삶과 문학의 길 위에서

삶과 문학의 길 위에서

초판 인쇄 2024년 5월 2일
초판 발행 2024년 5월 10일

지은이 조동숙 | **펴낸이** 박찬익 | **책임편집** 권효진 | **편집** 이수빈
펴낸곳 (주)박이정출판사 | **주소** 경기도 하남시 조정대로45 미사센텀비즈 8층 F827호
전화 031)792-1195 | **팩스** 02)928-4683 | **이메일** pijbook@naver.com
홈페이지 www.pijbook.com | **등록** 2014년 8월 22일 제305-2014-000029호
ISBN 979-11-5848-941-0(03810) | **가격** 17,000원

시가 있는 에세이집

세월이 일깨워준 긍정과 희망

삶과 문학의 길 위에서

조 동 숙 지음

박이정

작가의 말

글쓰기는 결국 자신에게로 돌아가는 과정이고 작품은 자기 물음에 대한 응답이며 대상을 향한 말하기라고 한다. 과장과 과시, 허세가 판을 치는 세상에 살면서 우리는 서둘러서 본연의 자신에게로 돌아가야 하고 자신을 지키는 일이 무엇보다 중요하다. 그러기 위해서는 삶을 성찰하는 맑고 밝은 눈을 가져야 한다고 조언한다. 중요한 것은 살아온 길, 지나온 길을 거울삼아 살아갈 길, 나아갈 길을 가늠하는 일일 것이다. 그리하여 잃어버린 시간을 돌이키고 삶의 방향점을 모색하게 되는 것이다.

이 책을 통하여 사람들에게 삶에 대한 긍정과 희망으로 자신감을 보태주고 싶은 마음이다. 희망은 살아있는 자의 의무이며 무언가 살아갈 구실을 주는 것이라고 했다. 우리는 힘겨운 삶을 살아가면서 일상의 문제를 어떤 자세로 받아들여야 하는가의 문제에 맞닥뜨리게도 된다. 삶에 대한 긍정으로 살아가다 보면 수많은 기회를 만나기도 하고, 따뜻한 문들이 열릴 것이라는 희망을 갖게 될 것이다. 삶의 도처에 있는 함정들을 이겨내고 마음이 포근해지면서 흥을 돋우며 삶의 재미도 따라오는 것이면 좋겠다. 그리하여 대상들에 대한 공감 능력이 신장되고 자신을 돌보는 일에도 최선을 다하게 된다. 여기에다 애잔하면서도 질기고 강한 삶의 향기가 오롯이 피어나며, 춥고 허한 마음을 따뜻하게 채워줄 것이라 본다.

누구에게나 공평하게 흘러가는 시간 속에서 무엇보다 자신을 소중히 생각하면서 자신을 챙기는 일에 우선순위를 두어야 할 것이다. 세상살이는 용서와 화해의 여로란 생각도 품으면서 먼저 자신의 잘잘못을 용서하고 화해해야 한다. 그런 과정을 거치지 않고 어찌 남을 용서하고 화해를 청할 수 있겠는가. 이리저리 휩쓸리고 흔들리는 세상에서 우리는 고통 속에 내몰리기도 하고 인생의 결정적인 사건을 만나기도 한다. 그럴수록 자신이 붙잡고 있는 관계의 끈을 놓쳐버려서는 안 된다. 냉엄한 현실을 인생의 본질 중 하나로 인식하면서 끝까지 포기하지 말고, 즐거웠던 일들을 되살리며 반추하는 일이 필요하다. 자신이 좋아하는 일을 꾸준히 끝까지 해보는 것도 자신감 회복의 한 해법이다.

예나 지금이나 인생살이가 슬픔과 한, 그리고 고통을 품고 있기에 고달픈 것도 변함없는 사실이다. 그러나 슬픔과 기쁨은 공존하며 서로의 버팀목으로 존재하고 있다. 또한 슬픔은 기쁨에의 약속이기 때문에 보석이라고도 한다. 살면서 즐거움과 기쁨을 발견하고 저축하며, 필요할 때 적절히 꺼내 쓰는 것도 아름답게 사는 방법일 것이다. 따라서 반짝이는 순간을 놓치지 말고, 일상의 곳곳에 산재해있는 소소한 기쁨과 즐거움을 경험하고 축적하는 것이 무엇보다 중요하다. 이렇게 글쓰기를 통해 살면서 체험하고 사유한 것들을 기술해 보았다. 나아가서는 이러한 것을 가르쳐준 인생과 세월에 대해 고맙게 생각하면서 여러분과 함께 공유하고 싶은 심경임을 밝힌다.

이 작품집은 시가 있는 에세이집으로 자전적인 성격을 지닌 것도 있다. 시의 창작 배경과 글을 쓴 계기, 그리고 그 의미를 이야기하고 잠언적인 내용을 덧붙이기도 했다. 기존의 시들을 수정 보완해서 수록한 것도 있으며, 산문 중에는 문예지나 신문에 게재된 것도 몇 편 된다. 또한 세계 문학사에서 빛나는 불멸의 작가 단테, 릴케. 유진 오닐과의 '가상 대담'을 싣기도 했다. 이를 통해 그들의 업적이나 명성에 가려져서 미처 몰랐거나 잘 못 알았던 것을 사실 그대로 살펴봄으로써 의문점을 해소하고 인간적인 이해의 폭도 넓게 되리라는 의도에서였다.

그리고 이런저런 인생의 질곡들과 마주치면서 느끼고 체험했던 대상들이나 일들, 삶과 문학에 대한 나의 오랜 편력들도 작품을 통해 다소간 표출되어 있다. 비유법이나 우회적으로 돌려서 자신을 표현하는 시에 비해서 애써 가리려 하지 않고, 직설적으로 드러내는 산문도 수록한 만큼 한편으론 민망스럽기도 하다. 오랫동안 마음속에서 영글고 있던 시편들이 이렇게 에세이와 어우러져 〈시가 있는 에세이집〉 형식으로 점화하여 세상에 나오게 된 것이다. 이 책이 여러분들께 읽히면서 세월이 일깨워 준 성찰과 위로를 넘어선 삶의 긍정과 희망을 드릴 수 있다면 다시없는 기쁨이 되겠다.

2024년 5월
조동숙

사랑하는 나의 가족에게 이 책을 바친다

목 차

제 4 부

제 5 부

제 1 부

당신의 존재

아무것도 없는 곳에서
무엇을 보고 듣게 될 때
많은 것 안에서도
아무것도 못 보고 못 들을 때에
당신의 존재를 느낍니다

짧은 사랑이 떠나고
긴 이별이 시작되는 때에나
부질없는 기쁨이 거두어지고
진공(眞空)의 하얀 슬픔이 자라나는 곳에서
당신은 틀림없이 존재하실 것입니다

우리가 비겁했던 일들을
우리가 놓쳐버린 진실을
당신이 비추시는 거울 속에서는
도저히 피할 수 없음을
이제야 이제서야 알겠습니다

우리가 어이없는 방황 속에서 헤적이며
당신을 떠나있던 그 많은 세월은
당신의 존재를 진실로 인식하는
긴 과정이었음을 당신은
당신만은 이미 알고 계셨습니다

나를 부르는 존재의 목소리

「당신의 존재」(『방문객』)는 일상 속에서 매몰되고 잃어버린 자아를 찾는 과정을 형상화한 시편이다. 진정한 자기 자신으로 돌아가는 과정으로서 성찰의 계기를 마련해보려는 의미도 담겨 있다. 우리는 살아가면서 이래저래 흔들려도 결국은 자신의 본원으로 되돌아가기 마련이라 하지 않은가. 시낭송회에서 자주 낭송했던 이 작품을 두고 '당신의 존재'에 대해 누구를 시적 대상으로 하여 쓴 것이냐의 질문을 어지간히 받기도 했다. 참석자 나름대로의 상상력을 동원하여 자신의 생각들을 말해줄 만큼 관심을 많이 받던 작품 중의 하나였다. 여기서는 본보기로 삼아야 할 인물로서 모범을 보여주고 이끌어 주는 존재다. 진심으로 염려해주고 자신의 이야기를 호의적으로 잘 들어주며, 삶의 올바른 방향을 제시해 주는 대상으로 다소 포괄적이기도 하다. 나아가 그 무엇으로도 대신할 수 없는 가족의 존재는 물론 어둠 속의 반딧불이 같이 정신을 반짝 깨우치며 성장시키던 책과의 오랜 인연도 해당된다. 이렇듯 소중한 존재에 대해 삶에서 겪은 마음의 편력들을 시화(詩化)한 것이다.

우리가 살아가면서 때로는 눈에 보이지 않는 존재의 힘도 느끼게 된다. 극심한 위기의 상황에서 구원의 손길을 내미는 존재의 힘을 절감할 때다. 절체절명의 순간에서 그 존재의 힘으로 위기국면을 간신히 벗어났던 경우를 몇 차례 겪기도 한다. 손에 진땀이 날 정도로 아슬아슬한 그런 순간을 나 자신도 몇 번씩 체험한 적이 있다. 그 때를 생각하면 지금도 가슴을 쓸어내린다. "아무것도 없는 곳에서 / 무엇을 보고 듣게 될 때 /

많은 것 안에서도 / 아무것도 못 보고 못 들을 때에 / 당신의 존재를 느 낍니다"(위의 시, 1연 1~5행)에서의 너무나 막막하고, 뜻밖의 상황에 처할 때 존재에 대한 인식이 극대화되는 대목이다. 때로는 침묵 속에서도 어떤 목소리가 들려오기도 하고, 말을 걸어오는 낯선 목소리의 존재를 경험하기도 한다. 부언(附言)하면 낯선 목소리는 나 속의 또 다른, 즉 내면에 숨겨진 나이며, 비밀스럽게 감추어진 본래적인 자기목소리이자 양심의 목소리라고 한다. 양심은 대화상대가 없는 대화이며, 낮은 목소리로 말하는 독백형태의 대화로 나를 바라보는 주체이자 객체라는 것이다. 존재의 말을 경청하고 삶의 지향점으로 삼을 때 자신에게도 보다 진실해진다고 했다. 그런데 보려고 해도 아무 것도 볼 수 없고, 들으려 해도 아무 것도 들을 수 없는 절박한 때에 맞닥뜨리는 경우도 더러 있다. 우리의 삶이 눈에 보이지도 들리지도 않는 다른 면을 가지고 있는 것 또한 사실이다. 이런 힘겨운 과정을 통해 만물 속에 존재하는 '당신'을 볼수 있는 눈이 트이고, 당신의 목소리에 귀가 열리도록 견인하여 올바른 삶의 길로 나아가게 되는 것이다.

우리를 바라보고 우리를 지켜보는 눈이자 양심의 목소리로써의 존재와의 만남으로 참된 자아를 일깨우고 그 경이로움을 인식케 하게 된다. 무엇보다도 자신에게 진실하고 자신을 지키는 일이 가장 소중한 것임을 알려주고 깨달음에 눈이 트이게 하는 만남이다. "우리가 어이없는 방황 속에서 헤적이며 / 당신을 떠나있던 그 많은 세월은"(위의 시, 4연 1~2행)에서의 심경과 같은 맥락인 다음의 시구에서도 아린 여운을 더하고 있다. "미망(迷妄)속을 헤매다 헛발질 하고 / 빤하게 있던 길도 미처 못 보던 / 백주 대낮속의 캄캄한 청맹과니였던"(「세월의 저편」, 3연

3~5행, 『잃어버린 사람을 찾아서』)시절이었다. 무엇엔가 홀린 듯 정신을 놓고 뜬구름 잡던 소위 '질풍노도의 시절'에 대한 참회와 반성의 편린(片鱗)들을 아로새기고 있다. 삶의 길목에서 턱없이 미련하여 스스로 눈을 감아 장님이 되고, 스스로 귀를 막아 귀머거리가 된 시절을 불러들이고 있다. 그리하여 어딘가로 휩쓸려 가버린, 허비하고 잘 못 쓴 그 시절의 자신에 대한 거침없는 고백이고 통렬한 반성의 정조(情操)가 알알해진다. 그렇게도 척박한 상황 하에 놓여 있다가 다행스레 진정한 대상과의 접촉을 하게 된다. 그로인해 놓쳐버린 본질을 되찾으며, 얽히고설킨 미망에서 벗어나 삶을 바로 세우게 하는 전환점에 이른다. 이런 과정을 겪으면서 존재에 대한 의미가 보다 심화되고 있다.

그런데 인간의 마음에서 자기 이해의 중요성을 강조한 윌슨의 시각을 참고해 보자. 인간의 마음은 가능한 수백만 가지의 길 중 하나를 선택하는 연속된 과정 속에서 크고 작은 단계들의 미로를 헤치면서 나아온 끝에 지금의 형태를 갖추었다고 보고 있다. 자신이 아닌 다른 어떤 힘에 부응하도록 되어 있는 것은 아니다. 자기 이해에 토대를 둔 지혜만이 우리를 구원할 것이라고 했다(에드워드 윌슨, 『인간존재의 의미』). 어느 정도의 시간이 흐르면 다시 자신이 속한 세계와 시간 속으로 되돌아가고자 하는 회기본능이 있다. 여기에다 존재의 경험을 통해 황량한 마음속의 어지러운 굴곡들을 높히면서 어리석은 자신의 삶을 바로 세우고, 본래대로 돌아가는 길에 들어선다. 따라서 자신에게 주어진 삶, 현재의 삶을 바로보고 제대로 살아가는 것이 가치 있는 일임을 재삼 확인하게 되는 것이다.

"우리가 비겁했던 일들을 / 우리가 놓쳐버린 진실을 / 당신이 비추시는 거울 속에서는 / 도저히 피할 수 없음을 / 이제야 이제서야 알겠습니다"(위의 시, 3연 1~5행)에서의 '거울'은 자신의 양심을 비추어 드러내는 것을 비유한 것이다. 어떤 것으로도 가릴 수도 피할 수도 없는, '또 다른 나'인 양심과 대면할 때의 당혹감과 부끄러움이 환하게 드러난다. 이러한 부끄러운 자기반성을 거친 후 그동안 마음 밭에서 자라나던 잡초들을 걷어내고, 맑고 밝은 삶으로의 지향을 모색하고 있다. 바로 위에 인용한 시, 5행의 '이제야 이제서야 알겠습니다'에서는 각성(覺醒)의 시상이 고조되어 있다. 그리하여 살아가면서 무엇을 멀리해야 하고 무엇을 가까이 해야 하는가를 거듭 인식하게 된다. 따라서 우리가 낯선 곳에서 방황하던 일이 결코 쓸모없었던 것만은 아닌 것 같다. 그런 방황이 이렇게도 의미 있는 깨달음으로 인도하기 때문이다. 여기서 양심에 대한 이해를 돕기 위해 하이데거의 이론을 간략하게 정리해서 참고해 보겠다. 양심은 각자의 양심이고, 유일무이한 본래적인 자신의 목소리다. 다시 말해서 양심의 목소리는 일상 속에서 자기 망각과 자기 상실을 알려주는 동시에 본래적인 자기의 가능한 모습을 열어준다. 양심의 목소리는 침묵의 양태로 존재한다. 양심의 목소리는 침묵의 목소리다. 양심의 목소리는 언제나 양심의 가책과 연관되며 가책의 성격을 띠면서 우리의 존재 깊숙이 파고드는 목소리다(김동규, 『철학의 모비딕— 예술, 존재, 하이데거』 참고).

이 시편 「당신의 존재」에서 시적화자는 삶에서 겪게 되는 숱한 오류들과 삶의 본질에서 멀어졌던 일들을 소환하여 되비추며, 내부 깊숙이 자리 잡은 "도저히 피할 수 없"는 회한과 마주한다. 이렇게 적나라한 자신과의 맞대면 후에 스스로 놓쳐버리거나 스스로를 지나쳐버린 피 같은 시절의 삶을 반추해 보고 있다. 따라서 도저(到底)한 참회와 반성을 아로새긴, 자신의 지난 인생에 대한 자기 고백적인 요소가 강하다. 한편으로는 지나온 거친 삶을 포근히 품어주던 '당신의 존재'로 인해 소원(疏遠)했던 사랑과 감동을 회복하는 계기마련이 된다. 그리고 한동안 보이지도 않고 들리지도 않던 것조차도 나이가 들어가면서 가슴으로 보고, 가슴으로 듣는 놀라운 발전에 이르기도 한다. 바로 세월의 힘인 것이다. 사람에게 있어서 가장 중요한 것은 '사는 것'이라고 규정하고 있다. 이 시편을 통해 우리가 놓쳐버린 본질을 인식하며, 삶의 뜻을 바로 세우고 사는 것에 진정한 의미를 부여하고자 했다. 아울러 자기신뢰를 바탕으로 한 자신의 가능성을 계발하고, 자신을 굳건히 지켜가는 일이 무엇보다 중요하다는 메시지도 담아보았다.

잃어버린 동화

어둠이 새록새록 내릴 때면
어머님은 오래된 우물에서
두레박으로 별을 건져 와서는
동이 동이 채우셨다
우리 집은 늘 크고 작은 별들로 가득했다

화롯불에 인두를 꽂고
아버님의 저고리 동정을 다시던
어머님의 손끝이 가물가물해질 때는
마을 뒷산에서 수풀을 휘젓고
밤새소리가 굴러오고 있었다

홍자색(紅紫色) 싸리 꽃을 꺾다가
손이 오그라들어 바늘로 손을 잘 따시던
가는귀가 먹은 할머니 집으로 가던 길은
마음이 먼저 아리고 따끔따끔했다

요에 큼지막한 지도를 그리던 날
내키만한 체를 머리에다 쓰고
헤벌린 입에 웃음보가 터지는 사람들을 지나
소금 얻으러 가던 때처럼

어느덧 그때의 어른들은
별을 한 아름씩 안고
먼 길을 아주 떠나셨고
어린 우리들은 하릴없이 어른으로 자라나
그 옛적의 별을 한 아름씩 잃어가고 있다

감동과 경이의 시절을 그리워하며

'동화의 시절', 선물과도 같은 그 시절을 잃어버리고 어언간 어른이 되어 어른의 삶을 살고 있는 지금은 그 시절이 더욱 감동적으로 떠오른다. 더 이상 여기에 없는 지난날들과 그 시절의 사람들, 그 때는 이 모든 것이 순식간에 사라진다는 사실을 몰랐다. 어린 시절의 초롱초롱한 감동과 어른의 낡고 닳은 삶에서 오는 무감동을 대비해 보면서 원체험(原體驗)으로 회기하고 싶은 심정이 간절하다. 내가 어디에서 무엇을 하건 그 시절은 꼭 붙잡아야 할 구심점이며, 동아줄로서의 가치와 의미를 지니고 있다. 유년시절 시골 마을에서 바라보던 밤하늘의 총총한 별들, 사철 넉넉하던 강물, 강을 에워싸던 버드나무 숲길, 마을 어른들의 덕담과 후한 인심들은 어린 우리들에게 아늑하고 따뜻한 정감의 세계로 이끌었다. 무엇보다 우물물 안에서나 물동이 안에서도 함초롬히 고여 있던 친근한 별들, 지천으로 피어나던 꽃들, 온갖 새소리들과 함께하며 보내던 어린 시절은 감동이 무럭무럭 자라나던 시절이었다. 마주 대하던 그 모든 것들이 실제보다 훨씬 더 크게 보이고 더 많아 보이며 신기했다. 특히

'용소강'에서 멱 감다가 바라보았던 밤하늘의 흐드러진 별들은 손에 잡힐 듯 가까이에서 반짝였다. 그렇게 쏟아질 듯이 빼곡하고도 크고 푸르게 반짝이던 별들은 도회지로 이사한 이후부터 이제까지 다시는 만나지를 못했다.

그리고 학교 성적에 목을 매면서 '공부해라'고 들볶으며, 과도한 압박감을 주거나 높은 기대치로 긴장감을 주는, 그런 부모가 아니라서 우리는 자유롭게 뛰어 놀며 마음껏 보낼 수 있어 참으로 다행이었다. 이를테면 부모의 과도한 욕망에 갇히지도 않고 '자연의 아이'로 살아가는데 아무런 방해나 구속이 없었던 시절이었다. 세월 따라 나이를 먹어가고, 감동과 경탄마저 놓치고 살아가면서 그 시절을 생각하면 가슴속에서 따뜻한 것이 연방 솟아오르는 느낌을 받는다. 화살같이 잽싸게 날아가고 물같이 끊임없이 흘러가는 세월 속에서 필요 없는 것까지 꿰차며 보이는 것도 제대로 못보고, 들리는 것도 제대로 못 듣는 탓에 감동의 자리까지 내놓고 말았던가.

나이 들면서 얻는 것도 있지만 잃어버리는 것이 더 많은 것 같다. 우리가 겪어야 할 그토록 많은 이별이 있다는 것을 알았다. 무엇보다 소중한 사람들과의 사별로 인한 상실감과 슬픔, 고통들을 겪으면서 나이를 먹어가는 어른으로의 삶이 결코 가볍지도 쉽지도 않음을 점차로 알게 되었다. 그럴 때면 그리운 시절로 회기하면서 위안을 받고 희망을 회복하기도 한다. 부모님이 건재하신데다 혈육들이며 그 무엇 하나 손상되지 않은 채 원형 그대로인, 유년의 자아를 만날 수 있기 때문에서다. 세월이 흐를수록 그 시절의 정경과 따뜻하고 다정한 소리들이 더욱 선연해진다. 지금도 내 안에서 생동하면서 반짝반짝 빛나고 있으며, 그 어떤 것으로도 대신할 수 없는 시절이다. 여전히 뇌리 속에서 살아 숨 쉬고 있는 옛 시절에 대한 진한 향수를 쌓아가면서 이렇게 시로써 형상화해 보았다.

시편 「잃어버린 동화」에서 "어느덧 그때의 어른들은 / 별을 한 아름씩 안고 / 먼 길을 아주 떠나셨고 / 어린 우리들은 하릴없이 어른으로 자라나 / 그 옛적의 별을 한 아름씩 잃어가고 있다"(5연, 1~5행, 『나는 말하지 않으리』)의 이 시행들은 그리운 시절에 대한 아쉬운 마음들을 다소나마 그려본 것이다. 그리고 아래의 「시간 기행」과 「그리움·1」, 「용소강」의 시들도 「잃어버린 동화」와 그 궤를 같이한다.

먼저 「시간 기행」과 「그리움·1」에서는 엄격하면서도 다정한, 구원의 어머니에 대한 애절한 사모곡인 셈이다. "자매처럼 옹기종기 앉아있는 마을의 지붕 위로 / 저녁연기가 한 둘 피어오를 무렵 / 어머님이 오신다. / 타성(他姓) 마을이라 늘 조신하시던 어머님은 / 새악시같이 눈을 내리깐 채 걸으셨다. / 눅눅한 풀섶을 헤치고 청개구리 한 마리가 / 어머님의 하얀 코고무신 위로 / 화들짝 몸을 날릴 때 / 도란도란 들려주시던 동화 / 청개구리의 불효는 어린 가슴을 콕콕 찔렀다"(「시간 기행」 일부, 『방문객』). "나지막한 굴뚝에서 저녁연기가 피어오르던 / 고향의 집들과 소꿉놀이하던 친구들의 / 얼굴너머로 우리들을 부르시던 / 어머님의 목소리, 그 빛깔……"(「그리움·1」 일부, 『위의 시집』).

다음의 시 「용소강」에서는 오랜 강의 전설과 마을 사람들, 그리고 개구쟁이들이 조화로운 아우름 속에서 공존하는 상호간의 끈끈한 유대감을 묘사한 것이다. "용이 살다가 승천했다는 / 용소강의 전설을 고스란히 지니고 / 옹골차게 살아가던 이 마을 사람들 / 인심은 강 같고 성정은 고운 물빛이었다 / ~중략~ / 물장구치며 뛰놀던 구릿빛 개구쟁이들

/ 흙 묻은 손발이며 호미 씻던 어른들 / 강가에서 빨래하던 여인네들의 고른 방망이질 소리 / 아득한 세월의 물살 따라 그 모두가 아롱아롱 오는구나"(「용소강」 일부, 『잃어버린 사람을 찾아서』).

이러한 시편들은 모두 어린 시절의 경험을 추억과 회상이라는 환기작용을 통해 되살려 본 것이다. 현실에서는 더 이상 존재하지 않은, 잃어버린 과거를 추억과 회상을 통해 되찾을 수 있게 된다. 지난날의 감동과 사랑을 오롯이 간직하면서 현재의 삶을 기쁨과 만족이 있는 삶으로 변화시키고 싶은 마음의 반영이기도 하다. 그런 과정을 거치면서 과거의 순연한 아름다움과 감동이 현재의 삶 속에서 다시금 되살아나기도 한다.

윌리엄 워즈워스*는 인간 영혼의 위대한 원천과 지혜는 어린 시절에 깃든다고 믿었던 시인이었다. 아래의 시는 이상화된 어린 시절과 긍정적 삶의 표상인 자연을 형상화한 그의 대표작으로 회자되고 있다. "하늘의 무지개를 볼 때마다 / 내 가슴은 뛰노니, / 나 어린 시절에 그러했고 / 어른이 된 지금도 매한가지, / 쉰 예순에도 그러지 못하다면 / 차라리 죽음이 나으리라. / 어린이는 어른의 아버지 / 바라노니 나의 하루하루가 / 자연의 믿음에 매어지고자."(「하늘의 무지개를 볼 때마다」의 전문) '하늘의 무지개'는 '자연의 믿음'이며, 성년의 워즈워스를 어린 시절과 연결해주는 가교적(架橋的)인 역할을 한다. 그에게 어린 시절에 바라본 무지개는 무덤덤한 일상에서 그 감동을 지속적으로 유지할 수 있는 동력이 되고 있다.

시골에서 자라던 나의 어린 시절에는 무엇 하나라도 흠이 될 것이 없었고, 오동지 섣달의 솜이불처럼 따뜻하게 감싸주던 충만한 사랑이 있었다. 애정이 어려 있는 기억만으로도 잃어버린 순수성을 회복하는 데 큰 도움을 준다. 자연의 아이가 되고 마을의 아이로 자라면서 담뿍 받았던 푸짐한 인정의 세계는 감동과 경탄이 있는 삶의 길로 나아가게 했다. 현재의 메마른 삶 속에서도 그 시절의 기억은 퇴색되지 않고 아직도 영롱한 빛을 발하고 있다. 그런데 우리가 겪는 어려운 일들 가운데서도 가장 두려워해야 할 것은 감동을 빼앗기는 일이라고 한다. 왜냐하면 그것은 바로 생명이 없는 죽음과 같은 것이기 때문에서다. 따라서 되도록이면 어린 시절에 느꼈던 그 감동의 세계를 회복하고, 매일 즐거움을 발견하는 눈을 열어간다면 우리의 삶은 기쁨과 활력을 회복하리라 본다.

※ 윌리엄 워즈워스(1770~1850) : 영국의 낭만주의 시인. 전원시인, 호반시인, 계관시인. 시집 「하늘의 무지개를 볼 때마다」와 「서곡」이 있고, 테일러 콜리지와 공저한 「서정 민요집」은 영국 낭만주의 운동의 시발점이 되었다는 평가를 받고 있다.

그 여름의 기억
— 그리움 —

촘촘한 얼음 알갱이가 한도 없이
아른아른하던 세모시
눈 시리던 세모시
한 올 한 올 정성들인 푸새에다
소리 고른 다듬질이며 배어나던 손맛의
여름 품은 한산 모시옷 갖춰 입으시고
나들이 하셨다가 돌아오시던
어머니와 외숙모는 젊고 자태가 고우셨다

자미정* 뒤쪽의 호호(浩浩)한 세월을
딛고 서 있던 목백일홍** 꽃길을 지나
사랑채 행랑채 대문을 거쳐서
안채의 웅숭깊은 마당에 이르실 때
그분들의 발 길 따라 붉고 노란
꽃들이 반짝 반짝 피어났고
단아한 옷의 선이며 솔기에서
깨어나던 모시나비들의 날갯짓이 시원했다

댓돌 위의 하얀 코고무신마다
소복하게 담겨있던 연초록의 오후

결 고운 미풍으로 그분들이 앉으실 땐
대청마루에도 은은한 격이 풍겼다
자수 놓인 손수건이 땀방울 송송 맺힌
이마 두 볼 목선을 따라 움직였고
난(蘭)을 친 부채가 한들거리면서
마루는 난향으로 아롱졌다

함지박 안의 풍성한 제철 과일들이
그분들의 정담(情談)으로 절로 익어
다디단 향기를 내뿜었고
여러 놀이에 한참 달떠있던
어린 우리들의 발그레한 얼굴위로
못내 도타운 시선들이 여름날의
일조시간보다도 오래 머물러 있었다

* 자미정 : '고려동학'인 재령이씨 모은 종택의 재실 이름임. 경상남도 문화재 제56호로 1982년 8월 2일 지정됨. 고려동 안에는 고려동학비, 고려담장, 고려종택, 자미정, 율간정, 복정 등이 있고 경남 함안군 산인면 모곡 2길 53에 소재한다.
** 일명 배롱나무, 자미화라고도 한다. 이곳의 목 백일홍(화초 중 백일홍과는 구별됨) 수령은 620년이며 충혼의 상징으로 회자되고 있다.

그리움의 빛깔들

　지금의 시골집들은 대부분 개량주택이 많아 그 옛날의 원형을 그대로 지닌 경우가 썩 드문 편이다. 그런데 차를 타고 가다가 드물게도 기와지붕이 고즈넉한 전통가옥을 만날 때면 내 마음은 이내 들꽃향기 같은 그리움이 목까지 차오르며 전신을 휘감아 돈다. 그 집안의 풍경들이 상상을 통해 환히 들어오고, 내 문학의 싹을 틔워준 외가의 고택(古宅)이 어른거리기 때문이다. 특히 큰 방과 작은 방들을 맵시 있게 이어주는 대청마루를 통해 세대를 아우르는 소통이 있고 삶의 맛과 정취가 배어났다. 따라서 그 마루는 독특한 공간으로서의 의미가 알알이 아로새겨져 있기도 하다.

　나는 유년기나 청소년 시절을 외가에서 많이 보냈다. 자손이 귀한 집안이라 외손으로서의 대접과 특별한 사랑을 듬뿍 받았던 기억이 아직도 생생하다. 명문가답게 여러 채의 기와집이 대숲을 배경으로 빙 둘러 있었다. 자미정이란 재실을 거쳐 해묵은 목 백일홍나무와 노래하는 개울을 따라가면 사랑채가 나오고, 그 위로 조금 더 가면 안채로 가는 대문, 그 옆은 행랑채, 웅숭깊은 안마당의 양 옆으로는 고방, 디딜방아 옆의 집, 정면을 향해 품위 있게 자리한 안채가 눈에 찼다. 특히 여름의 기억들을 아름드리 품고 있던 그곳은 초록의 불을 밝히며 더러는 선연히 다가온다.

　나는 여름방학 때면 연중행사처럼 책을 한보따리씩 싸가지고 외가로 줄달음치곤 했다. 앞뒤가 확 트인 안채의 대청마루에 큰 상을 펴고 이 책에서 저 책으로 무한상상을 하며 정신의 자양분을 넉넉히 섭취했다. 독서삼매경에 빠져 있을 때면 내 등 뒤에서 연방 흐뭇한 미소를 짓고 계시던 살아생전 외조모님의 모습이 어제 일인 듯 눈에 선하다. 미래에 큰 인물이 될 것이라는 기대가 그 분을 은근히 고무시켰다고 생각되나 그 기대에 턱없이 부족한 나 자신이 면목 없고 송구스럽기만 하다.

한편 전망이 아름답던 고가는 늘 정적 속에 잠겨 있어 생동감과는 거리가 멀었다. 사랑채 주변의 연못엔 연꽃이 홍조를 피우고 있고, 사랑채 마루에는 외조부님과 외삼촌의 근엄한 듯 다정하신 표정이 빈 마루에 가득했다. 또한 사람들의 동작과 발걸음소리, 말소리는 늘 절제되고 조용조용했다. 그래서인지 천둥이 거대한 폭발음을 내며 하늘을 가르고, 연방 소나기를 퍼붓거나 공중에서 달려오며 한바탕 회오리치는 바람을 마루에서 바라보는 재미와 설렘은 그 어떤 것과도 비교할 수 없었다. 고요경의 고가와는 퍽이나 대조적인 현상이라 더욱 그랬던 것 같다.

그리고 드넓은 집을 채우고 있던 것은 곡간의 곡식만큼이나 풍요로운 고요와 알 수 없는 적적함이었다는 느낌이 아직도 가시지가 않는다. 그런 분위기를 누르기라도 하듯 나는 안채의 마루에서 앙드레 지드, 헤르만 헤세, 도스토예프스키 등의 작가들을 그들의 저서를 통해 열심히 만나고 대화를 나누었다. 낭만주의에 대한 동경이 외국문학에 심취하게 했던 시절이라 생각한다. 나는 그들을 통해 다소나마 정신적 개안이 있었다고 본다. 그런 반면에 발 고운 세모시나 옥양목 옷들을 밟고 손질하여 다듬질하고 널고, 다시 물 뿜고 밟고 다림질하시던 외숙모님의 곧은 자태나 손맛에서 전통적인 삶의 단아하고 멋스러움을 일찍이 학습하고 있었다고나 할까. 여태껏 휘둘리는 생활에 허둥지둥 살아왔지만 사람들은 가끔씩 내게 고전 무용하는 분이냐, 국악인이냐며 관심을 가지기도 하는데 아마 외가의 전통적인 삶의 모습이 은근슬쩍 나에게 영향을 준 것이라 생각한다.

나의 가없는 그리움인 그 집, 외가댁의 고택은 내 문학의 시원(始原)이 되었다. 넓고 시원한 전망, 밤이면 마루에 누워 바라보던 하늘, 미지의 세계에서 깨알같이 박혀 투명하게 빛을 쏟아내던 별들, 마당 한 편에서 들려오던 누렁이의 코고는 소리, 밤이 이슥하도록 외사촌 아우와 주고받던 이야기 등등 그 많고도 많은 이야기를 아로새기고 있던 마루는 내 문학과 그리움의 숨소리가 배어있는 곳이며, 나를 받쳐주는 굳건한 지주로서 존재하고 있다. 어머니가 돌아가신 후로는 외가와의 관계가 다소 소원하고, 왕래가 뜸하기도 하지만 가끔씩 심신이 고달플 때면 반사적으로 생각나며 언젠가는 가보리란 생각만으로도 힘을 얻기도 한다.

세상에 변하지 않은 것이 어디 있겠는가? 지금도 외가의 안채 마루는 그대로 있겠지만 그 시절의 어질고도 정답던 사람들은 이미 고인이 되어 먼 나라로 가시고, 그 때의 정취는 이미 퇴색되었을 것이다. 그런데도 외가의 고택은 이미 내 인생의 중심에 굳건히 자리하여 삶의 힘을 보태고, 삶의 태깔을 다듬어 주고 있다. 여기에다 내 기억 속에 옛 그대로인 채로 온존하고 있는 안채의 마루는 오늘도 나를 한껏 품어주고 다독이며 환한 빛을 비춰주고 있다. 시편 「그 여름의 기억 ― 그리움 ―」(『나는 말하지 않으리』)은 외가에서 보내던 시절에 대한 나의 곡진(曲盡)한 사랑과 그리움을 다소나마 형상화해 본 것이다.

새의 비상(飛翔)

뼈 속을 파먹으며
자라나는 새가 있었다

내가 나른할수록
왕성하게 자라나는 새

한 움큼의 피를 토해낼 때마다
어느 결에 새의 몸으로 수혈된다

나를 먹고 자란 새는
내 허물을 벗고 호기롭게 날아갔다

백지의 기억

백지의 섬밀(纖密)한 입자 안에는
세상의 벙어리들 시린 가슴에서
일제히 발화하는 소리 잃은 함성의
내밀하게 타오르는 불 숭어리가 있었다

영문도 모르는 채 거세된 사람들의
쪼그라든 삶이 얼룩져 있고
그 안에서 때때로 시퍼렇게 날선 눈과
숯 검댕이 가슴이 붉게 충돌하던 곳

늙고 쇠잔한 광대의 굵게 패인
겹겹 주름살의 이랑 이랑마다
사그라지지 않던 팽팽한 공포가
화석처럼 아로새겨진 백지의 편력들

생피의 비릿하고 더운 냄새가
가두리를 하고 있던 백지 안에는
폐광의 입구처럼 황량하고도 매몰찬
삶의 곡절(曲折)들이 응축되어 있었다

삶과 문학의 길 위에서

시편 「새의 비상(飛翔)」(『아름다운 공포』)에서의 '새'나 「백지의 기억」
(『나는 말하지 않으리』)에서의 '백지'는 시의 세계에서 상징적 의미를 지
니고 있다. 각고의 노력 끝에 졸작이나마 완성하는 것도 작품 창작의 한
과정이라 하겠다. 따라서 창작행위의 지난(至難)함을 산고나 천형에 비

유하기도 하고, 기나긴 잔병치레와 같아서 끔찍하고 기진맥진한 싸움이라고도 표현한다. 완성도 높은 작품이야 더 무슨 말이 필요하겠는가. 아주 많은 불후의 명작을 썼고 후세에까지 그 명성이 공인되고 있는 작가들조차도 글 막힘 현상 즉 마음이 메말라서 쓸 수 없는 현상이 일어나고, 백지의 공포를 느낀다고도 실토했다. 대부분의 작가는 자기가 주고자 하는 것의 10분지 1, 아니 100분지 1도 내놓지 못하는데 이것이 언어의 한계이자 자신의 한계라고 그 고심을 털어놓기도 한다. 바로 글쓰기의 고통과 그에 따른 언어의 막중함을 다시금 깨우치게 하는 금과옥조의 역할을 하고 있다. 이런 내용을 접할 때면 나는 왜 쓰는가에 대한 자문을 하게 된다.

먼저 「새의 비상(飛翔)」은 첫 시집, 『아름다운 공포』에 수록된 나의 분신과도 같은 작품이다. 끝이 보이지 않던 많은 현실적인 난제들에 부딪치면서 작품을 쓰는 일은 그만둬야 한다는 생각이 줄곧 나를 지배하고 있었다. 이런 탓에 그동안 제법 무게가 나가는 일기장이나 작품을 구상하던 메모 노트를 간헐적으로 없애며 헛된 미련은 깡그리 지우고서 오로지 현실적인 삶에 충실하고자 거듭 다짐하며 생활했다. 그런데 세월이 흐를수록 덧나는 생채기처럼 내 삶에 드리워지는 상흔이 점점 두터워지고 깊어가면서 왠지 모를 공허감과 갈급증에 몹시 시달리게 되었다. 이런 현상의 원인에 대해 오랫동안 고민하던 끝에 나 자신과 마주하여 진솔하게 대화하면서 해결책을 모색해 보고자 했다. 그러던 중 무리하게 글쓰기를 중단해버린 것이 그 원인이었음을 알게 되었다. 늦었지만 그것을 이어야한다는 생각에 미치면서 그동안 소진되어버린 창작의 불씨를 살려내려 애썼다. 여러 과정을 거치면서 어렵사리 하나씩 태어나던 시들을 모아 첫 시집을 출간했고, 시편 「새의 비상(飛翔)」은 이런저런 곡절을 형상화한 작품이다. 뼈를 깎고 피를 토하는 각고의 노력과 치열함이 시 작활동에 수반돼야 한다는 메시지를 담아 나 자신에게 바치는 헌시(獻詩)이기도 하다. 나의 뼈와 피를 먹고 자라나 마침내는 나의 허물까지 벗고 새로운 세계, 시의 세계로 호기롭게 날아가야 한다는 일종의 자기 선언인 셈이다.

그 다음의 시 「백지의 기억」은 시를 쓰기 위해 백지를 마주하고 있던 나 자신의 정신적 체험이 그려져 있다. "소리 잃은 함성의 내밀하게 타오르는 불 숭어리"처럼 글 막힘 현상을 겪기도 하고, 언어의 미로에서 언어를 잃어버리기도 하는 참담한 심경이 묘사되기도 한다. 또한 "늙고 쇠잔한 광대의 굵게 패인 겹겹 주름살의 이랑 이랑마다 사그라지지 않던 팽팽한 공포"에서 나타나듯이 비록 자신의 일에 익숙한 사람이라도 기력의 소진과 공포의 긴장감에서 자유롭지 못하는 것을 글 쓰는 일에 비유해 본 것이다. 그리고 "거세된 사람들의 쪼그라든 삶이 얼룩지고 충돌하던 곳"이며 그 "곡절(曲折)들이 응축되어 있었"던 백지는 글 쓰는 사람이 빠지기 쉬운, 위축되고 굴곡진 심경에 대한 은유이기도 하다.

위의 시편들, 「새의 비상(飛翔)」이나 「백지의 기억」에서 인용한 대목들은 삶과 문학의 길 위에서 보낸 편력의 일단(一端)이 부분적으로나마 그려져 있다. 그런데 나의 경우 대단한 문학적 성과를 바라면서 작품을 쓰고 책을 발간하는 것은 아니고, 잘 팔리는 인기작을 만들기 위해 노심초사하지도 않는다. 남들이 들으면 참으로 한심 답답한 사람이라 할지 모르지만 생각을 정리하는 글쓰기가 내 삶의 지향점과도 비견(比肩)하면서 이미 삶의 중심에 들어온 것이다. 작업의 고행가운데서도 실낱같은 기쁨이나마 누리며, 나름의 존재감과 성취감을 맛보는데 그 의미가 있다고 본다. 이것이 바로 글쓰기에 대한 나의 역설적인 진실이기도 하다. 큰 이변이 없는 한, 설령 아무런 보장이나 밝은 전망이 없다 하더라도 이 일을 계속해 나갈 것이다. 관중 없는 무대에서 홀로 외치는 배우가 될지라도 무슨 상관이겠는가. 쇼펜하우어는 다음과 같이 저술가를 두 종류로 나누었다.

"세상에는 두 종류의 저술가가 있다. 사물 그 자체 때문에 쓰는 사람과 쓰기 위해서 쓰는 사람이 그것이다. 전자는 어떤 생각을 지녔거나 경험을 해서 그것을 전달할 가치가 있다고 여긴다. 후자는 돈이 필요해서, 돈 때문에 글을 쓴다. 이들은 글을 쓰기 위해 생각한다. 후자의 특징은 다음과 같다. 이들은 될 수 있는 한 길게 생각을 뽑아내고, 반쯤 진실하고 그릇된, 부자연스럽고 불확실한 생각을 전개하곤 한다. 또한 대체로 그들의 실제 모습이 아닌 것을 보이기 위해 불명료함을 사랑한다. 때문에 그들의 글에는 단호함과 명확성이 결여되어 있다." (「글쓰기와 문체」 〈두 종류의 저술가〉, 『쇼펜하우어와 니체의 문장론』)고 양자를 구분했다. 그리고 니체의 글쓰기에 대한 다음의 말도 살펴보자. "나는 모든 글 중에서 자신의 피로 쓴 것만 사랑한다. 피로 써라. 그러면 그대는 피가 정신임을 알게 될 것이다. 피와 잠언으로 글을 쓰는 자는 읽히기를 바라는 것이 아니라 암송되기를 바란다."(「차라투스트라는 이렇게 말했다」 〈읽기와 쓰기에 대하여〉, 위의 책)고 했던 것이다.

그런데 19세기 독일 최고의 문장가들이었던 쇼펜하우어의 주된 저서 『의지의 표상으로서의 세계』나 니체의 명저인 『차라투스트라는 이렇게 말했다』의 경우엔 어떠했는가? 그들의 살아생전에는 다른 통속 작가들에 밀려 외면을 받았으며, 출판하고 나서도 오랫동안 단지 몇 권 밖에 팔리지 않았다. 그들은 자신의 저서에 대한 자긍심과 자부심이 대단했다고 전해지는데도 말이다. 그렇지만 니체의 예언대로 『차라투스트라는 이렇게 말했다』가 어느 정도나마 이해되는데 100년 이상의 세월이 걸렸던 것이다. "내 작품에 익숙해지면 사람들은 다른 작품에 더 이상 견딜 수 없게 된다."고 장담했던 그가 아니던가. 한편 쇼펜하우어는 돈을 위해 글을 쓰는 인기영합 형의 저술가에게만 관심을 쏟는 세태에 대해 탄식했다. 여러 언어의 대가였던 그는 특별히 할 말이 있을 때만 글을 썼기 때문에 많은 책을 쓰지도 않았고, 돈을 위해 쓰지도 않았다. '어떤 글을 쓸 것인가'는 결국 '어떤 삶을 살 것인가'와도 관련이 있다고 한다. 진정한 글과 진정한 사람의 덕목은 다르지 않다는 것에서다. 쇼펜하우어는 글이 곧 그의 삶이기도 했던 보기 드문 인물이었다.

그런데도 거짓이 진실보다 더 잘 팔리는 출판 시장과 언어의 희롱을 일삼으며, 영감도 맛도 없이 늘어진 작품들도 많다는 것 또한 사실이라는 지적들도 만만찮다. 교활하고 부박한 가짜의 삶들이 어느 분야를 막론하고 판을 치고 있는데, 문단도 예외가 아니라고 개탄하는 목소리도 점점 더 높아지는 실정이다. 악화가 양화를 구축하는 듯한 이런 상황을 우리 모두가 직시해야 할 것이다.

여기서 장 폴 사르트르가 그의 글쓰기에 대해 한 말도 살펴보자.

"나는 여전히 쓰고 있다. 그밖에 할 일이라도 있는가? 무일일불사일행(無一日不寫一行)*이것이 내 습성이요 또 본업이다. 오랫동안 펜을 검으로 여겨왔다. 나는 책을 쓰고, 또 앞으로 쓸 것이다. 쓸 필요가 있다. 그래도 무슨 도움이 될 터이니까."(『책읽기와 글쓰기』)라고 했다. 참으로 의

미심장한 말이다.

프란츠 카프카도 이와 다르지 않다. "글 쓰는 것이야말로 지상의 일 가운데 가장 중요한 것이며, 혜성을 향해 망원경을 조준하듯 매일 나 자신을 향해 단 한 줄의 글이라도 써야하는 사람이었다."라고 말할 정도였다. 그들의 삶에서 글쓰기라는 문학적 삶만이 유일한 실존이었던 것이다. 또한 무엇보다 글쓰기가 큰 위안이 되었고 치료제였다고 토로한 문인들도 더러 있다. 그들 중 패트릭 모디아노※가 했던 다음의 말이 전해오면서 많은 반향을 일으켰다. "내 내면에는 일종의 목소리가 있습니다. 글을 쓸 때 '이것이 내 진짜 목소리'란 느낌이 들고, 글쓰기는 내가 몰락하지 않기 위해 필요로 하는 일종의 약물입니다."라는 대목인데 그 울림이 깊고도 크다.

글 쓰는 사람들의 경우에는 그들의 이토록 치열하고 고매(高邁)한 작가정신이 단지 그림의 떡이 되어서는 안 될 것이다. 세계와 새롭게 관계를 맺고 주체와 객체와의 관계를 확장할 수 있는 것도 글쓰기의 효과로서 보다 성숙한 인생관을 확립하게 된다. 글쓰기를 통해 자아탐구를 시도하는 것도 중요한 일이다. 불우했던 과거의 기억들을 글로 표현함으로서 마음의 응어리를 해소할 수 있고 치유의 길로 나아가게하기 때문에서다. 많은 작가들의 경우 자전적인 작품을 남겨 주목을 받기도 했다. 예민한 자의식에 대한 치유와 수양, 구원으로서의 글쓰기였다. 괴테, 토마스 만, 헤세, 샤르트르, 카를 융이 대표적이지만 대부분의 작가들도 결국은 자기 이야기를 쓰고 있다는 사실에서 거의 벗어날 수는 없을 것이다.

얽히고설킨 생각으로 복잡해진 머릿속을 정리하고, 정신적인 소화불량과 갈증을 풀기 위한 목적에서 글을 썼다던 작가들의 말이 떠오른다.

글쓰기는 결국 자기 자신에게로 돌아가는 과정이며 그것으로 자신을 보다 깊고 선명하게 알게 된다고 한다. 한갓 인기의 거품에 불과한, 속 빈 강정 같은 작품들이 극성을 부리는 와중에서도 인류의 보고로서 끝까지 살아남는 작품들을 헤아려 본다. 세기에서 세기로 이어지는 드높은 문학성과 불멸의 생명력에 감동하며 경외감을 가지게 되는 것은 마땅하다. 문학은 엄하고 무섭지만 그런 이유 때문에 문학을 가르쳐 준 세상에 대해 고맙게 생각한다는 작가의 글을 접할 때도 새삼 글 쓰는 삶에 대한 진정성과 무게감이 전해온다.

※ 무일일불사일행(無一日不寫一行) : Nulla dies sien linea 라틴어 인용구로 원뜻은 화가의 경우, '한 줄이라도 그리지않은 날은 없도다.'이다. 여기서는 작가의 경우에 적용되는데 즉 '한 줄이라도 쓰지 않는 날은 없도다.'로 풀이된다.

※ 패드릭 모디아노 : 노벨문학상 작가. 『어두운 상점들의 거리』 등의 작품들이 있다. 언론인 라디쉬와의 인터뷰에서 한 말이다.

밤의 설화 · 2

사철 고즈넉한 바람이 부는
농장의 한켠에는
모래섬이 임산부의 배처럼
봉긋한 동산을 이루고 있었고
늦은 오후는 그 날의 빛을 모아
서쪽을 향해 쏟아 붓고 있어서인지
온통 붉은 기운이 감돌았다

사위(四圍)는 정적 속에 잠겼는데
어디에선가 스란치마 끄는 소리가
물결처럼 흘러들어왔다
그 때 석양빛에 반사되면서
시계(視界)를 꽉 채우는 것이
막 한눈에 들어오는 순간
실낱같은 숨결도 잦아들었다.

모든 정지의 극점에서 만난
장강(長江)만한 뱀 세 마리가
머리를 곧추세우고 보폭을 조율해가며
나란히 엎드려서 기어오고 있었다

가운데 뱀의 유난히 반지레한 몸뚱이에는
색색의 꽃잎 무늬가 빼곡했다
그들이 무한량의 시간과 공간을
한껏 접었다 펼쳤다 하며 간신히
나의 시야에서 벗어났을 때는
계절이 몇 번이나 바뀐 듯했다

밤의 설화·3

꽉 여문 알곡이 툭툭 떨어지는 농로를
무표정한 사람들이 지나치고 있었다
여러 길을 거쳐서 해묵은 나무로 가려진
고옥(古屋)의 입구에 당도했을 때는
가녀린 저녁달이 떠 있었을 뿐
인기척 하나 없는 텅 빈 적막만이 가득찼다

울타리를 빙 두르고 있던 곳의 한옆으로
무너져 내린 집의 잔해들이 누워 있다가
발걸음 소리에 뒤척거린다는 생각이 미칠 때는
이내 온몸이 뻗질리기 시작하더니
눈에 보이는 그 모두가
비스듬히 돌고 있었다

한 발짝씩 길을 더듬거리고 있을 때 난데없이
앞발을 들고 걸어오던 동물들이 돌을 던졌다
가방으로 막아도 연방 발밑에 쿵쿵 쏟아졌다
꽤나 걸었다 싶었는데 그들은 어느새
바로 그 자리에서 내 앞에 죽 서있었다
넋 놓은 채 한참을 허우적대다가
가까스로 정신이 들 즈음에
머리맡의 창틈으로 여명이 스몄다

꿈속의 꿈

켜켜이 쌓인 시간들이 손가락 사이에서
모래알처럼 미끄러지며 흘러내리고 있었고
뒷모습만 보이는 사람을 따라잡기 위해
줄달음을 치다가 넘어지고
또 줄달음치곤 해도
그 사람 가까이는 이르지 못했다

아득한 어린 시절 용달화물차 위에서
확확 뿌리던 삐라* 같은 것이
몇 다발로 묶여져 내 앞에
쿵쿵쿵 떨어져서 깔리고 있었다

뒷모습의 사람에게
그것이 뭐냐고 소리쳤더니 "꿈"이라고
주체할 길 없는 꿈의 더미 앞에서
진땀을 흘리며 망연히 서 있을 때
어디선가 음산한 바람이 몰려오더니
바닥에 널브러진 꿈의 다발들이 산산이 흩어지며
종이비행기로 까마아득히 날아가고 있었다

얼마나 지났는지 시간의 경과조차
도무지 가늠할 길 없던 꿈속에서
"꿈"의 잔해(殘骸)들은 깡그리 거두어지고
무량한 적요함이 깊어가던 곳에
한 조각의 구름만이 나무 우듬지의
빈 가지 끝에서 희번덕거렸다

※ 삐라 : 전단지의 비표준어인데 작품속의 그 시절에는 삐라가 대중적인 용어이기도
   했다.

꿈들이 깨우쳐준 것들

　폭풍 가까이 자리하고 있었던 신산했던 시절의 굴곡진 삶이 더러는 스산한 꿈으로 나타나면서 나의 오랜 문제들을 만나게 된 것이다. 세월의 급류를 타고, 그저 기억의 저편으로 흘러가 까마득히 사라질 수도 있으련만 마음 안에 둥지를 틀고 있다가 때로는 기억을 환기시키며 여태껏 살아온 삶을 되돌아보게 했다. 내 인생에 대한 질문에서 여전히 답을 찾지 못한 채로 남겨진 문제들에 대해서도 새로운 시각(視角)으로 받아들이게 되었다. 그런 꿈들이 길몽인지 악몽인지 아직도 판단하기가 어려운 것들도 많다. 그동안의 수많은 꿈 가운데서도 더러는 그 인상이 너무나 독특하고 선연하여 마치 어제 밤의 꿈인 듯 생생한 것도 있다. 여기에 실린 세편의 시들은 기억에 깊이 새겨진 것들을 형상화한 것이다. 「밤의 설화·2~3」(『방문객』)에서 작품을 지배하는 배경은 꿈속에서는 물론이거니와 현실 속에서도 엄청난 공포감과 좌절감이 주기적으로 되살아날 정도였다. 그런 한편 「꿈속의 꿈」(『나는 말하지 않으리』)의 경우는 '못내 이루고 싶었던 꿈들'이 허상(虛想)이 되고 마는 과정을 지켜보면서 '이루지 못할 꿈들'을 접게 한 계기마련이 되었다. 이런 꿈들은 암담했던 그 시절의 상황들이 무의식을 통해 반영된 것으로 나에게 올바른 판단 내지 선택을 재촉한다는 생각이 들었다. 꿈을 통해 내가 처한 현실을 그대로 직시하면서 문제 해결을 위해 고심하고 노력한 흔적들이 지난날의 일기에 아로새겨져 있기도 하다.

　먼저 시편 「밤의 설화·2」에서 기어오고 있던, 어마어마한 크기의 뱀

세 마리는 인생의 어떤 시기에 극도의 불안과 긴장감 속에서 살아가던 나 자신의 삶이 꿈을 통해 표출된 것이라 생각한다. 그 꿈은 오금이 저리고 몸서리칠 만큼 너무나 섬뜩했다. 그 다음의 시 「밤의 설화·3」에서 "무너져 내린 집의 잔해들이 누워 있다가 / 발걸음 소리에 뒤척거린다는 생각이 미칠 때는 / ~중략~ / 한 발짝씩 길을 더듬거리고 있을 때 / 난데없이 앞발을 들고 걸어오던 동물들이 돌을 던졌다"는 묘사에서도 다음을 감지하게 한다. 그것은 바로 막다른 곳의 척박한 상황에 처한, 예사롭지 않은 심적 상태와 극심한 공포감이었던 것이다. 그리고 「꿈속의 꿈」의 시편에서는 실제의 꿈과 그 꿈속에서 만난, 이루지 못한 꿈이 겹쳐있는 이중구조로 병치되어 되어있다. 따라잡지도 가까이 이르지도 못하는 뒷모습의 '그 사람'과 내 앞에 쿵쿵쿵 떨어져 깔리고 있던 것이 "꿈"이라고 알려주던 '그 사람(동일 인물)'이 나 자신을 꽉 옥죄고 있는 듯 했다. '꿈의 잔해(殘骸)들은 깡그리 거두어지' 는 현상을 접했을 때는 이 시의 끝 연에서 묘사한 것보다 더 황량하고 씁쓸한 심경이었다. 이런 참담한 마음은 꿈을 깬 이후에도 오래도록 뇌리에서 떠나지 않았다. 내 앞을 항상 무엇인가가 가로막고 있다는 생각과 내 앞길이 무엇인가에 의해 심하게 가로막혀 있다는 생각들이 지배하고 있던 때였다. 끝이 보이지 않던 공부에의 길과 무엇보다 불리한 여건, 그리고 내 능력의 한계가 맞닥뜨리면서 일어나던 척박한 상황인식이 이러한 꿈을 꾸게 한 것이라는 생각이 견고하게 자리를 잡아갔다. 그러면서 내가 맞서서 싸워야 할 장애물과 훼방꾼은 어쩌면 나 스스로가 키워가던 파생물(派生物)인지도 모른다는 인식에 이르렀다. 이런 꿈들로 인해 꿈이 주는 의미와 메시지를 깨닫게 되고, 나의 문제가 무엇인가를 객관적으로 보게 된 것이다. 어쩌면 환상에 가까울 수도 있는 꿈을 내려놓아야 한다고 다짐했다. 그리고 무엇보다 현실상황에 대한 이해력을 높이고 자신을 긍정하는 자세의 중요성을 깨달았다. 오랜 세월이 흐른 후에도 흉터처럼 남아있던 꿈, 그 꿈을 통해서 되살아나는 지난날의 기억들이 이제는 내 삶의 방향타 내지 평형추 역할을 해주고 있다.

세계적인 정신분석학자인 지그문트 프로이트는 꿈이 우리의 내면, 평소에 의식되지 않은 심층의 무의식에서 출발하는 정신생활의 표출로 꿈은 자신과 자신의 내면을 이해할 수 있는 길로 보았다. 즉 꿈을 무의식 과정에 대한 중요한 정보원으로 인정하고 있다. 마음은 몸이 잠자는 동안에도 몸과는 별개로 행동한다는 것이다. 이때의 마음을 무의식이라고 부르기도 하는 잠재의식의 영역으로 넘어가 있는 상태라 했다. 우리 자신의 삶의 영역은 이 잠재의식에서 나온다고 했다. 이러한 이론은 정신분석학이란 이름으로 심리학을 연구하는 사람들에게 지대한 영향을 끼치고 있다. 프로이트의 제자였던 카를 구스타프 융은 그의 업적을 다음과 같이 평가했다. 그가 우리 문화에 준 충격은 무의식으로 통하는 길을 발견한 것이었다. 꿈을 무의식과정에 대한 가장 중요한 정보원으로 인정함으로써 잃어버려 이제는 어쩔 수 없다고 여겨진 가치를 과거와 망각으로부터 되찾아 왔고, 자신의 경험으로 무의식적 정신의 존재를 증명했다고 말했다.

또한 융은 "꿈의 진정한 의미를 발견하는 일은 나에게 달려있음을 깨달았다. 꿈은 가능한 한 어떤 일을 표현하려고 한다. 무의식은 우리에게 뭔가를 알려주거나 영상으로 암시하면서 하나의 기회를 준다. 무의식은 어떤 논리로도 이해되지 않는 것들을 우리에게 때때로 전해줄 수 있다.

동시성 현상과 예언적인 꿈, 예감 등을 생각해보라!" (『기억, 꿈, 사상』)고 했다. 융의 이러한 <무의식의 가능성과 능력>이론은 검증된 지 이미 오래되었다. 과학자, 예술가, 문인 등은 꿈을 통해 계시를 받았다는 경이로운 경험담들이 전해지고 회자되면서 이를 뒷받침하고 있다.

우선 여기서는 문학사에서 대단한 업적을 남긴 문인들과 그들 작품들의 창작배경이었던 꿈에 대해 간략하게 언급해 보겠다. 거의 이틀에 한 번 꼴로 악몽을 꾼다는 보르헤스와 꿈에서 잉태된 그의 작품들, 그리고 인상적인 악몽들이서 영감을 받았던 에드거 앨런 포의 많은 작품들과 카프카의 작품들이다. 그들에게는 어떠한 꿈이든지 비록 악몽이라 할지라도 예언과 예감, 영감을 주는 도구가 되었고 작품 창작의 연료로 작용했던 것이다.

다음은 나의 예시적(例示的)인 체험담이 되겠다. 융의 자전적인 위의 책을 한창 읽어가고 있을 때였다. 그러던 며칠 후 새벽녘의 꿈에서 내가 지인과 대화하면서 '모든 것은 지나간다.'고 위로의 말을 했다. 그런데 뜻밖에도 꿈을 꾼 날 오전에 융의 '그 책'을 전날 읽었던 다음부터 읽어가다가 세 페이지를 막 넘겼을 때였다. 바로 그 첫째 줄에 꿈속에서 내가 한 말, 곧 '모든 것은 지나간다.'(융의 위의 책, 김영사, 2014, P.288. L.1.)가 그대로 적혀있는 것이 아닌가! 내가 평소에 예지력(豫知力)이 있다고 생각해본 적은 없지만 어떠한 말로서도 표현할 수 없는 신기한 일을 겪게 되었다. 단지 꿈에 대해 많은 생각을 하며 프로이드의 저서 『꿈의 해석』을 읽고, 위에 언급한 융의 저서를 집중해서 읽어가고 있을 때였다. 그것이 단초가 되어 나타난 우연적인 현상인지 모르지만 책의 한 문장을 미리 만나던 날의 경이로운 체험이기도 했다.

새해의 기도

새해에는
그 오랜 날들의
줄 장미넝쿨처럼 뻗어가던 소요(逍遙)와
가득한 혼미(昏迷)의 흐린 기운을 거두시고
당신의 세계 속에 마련된 하얀 길에 들게 하소서

그리하여 켜켜이 쌓여가던 미혹(迷惑)과
눈에 밟혀오는 미련도 정리할 수 있는 힘을 주시고
또한 굳게 닫혀있는 저마다의 밀폐된 문들마다
박차고 열며 나아갈 수 있는 용기를 내리소서

새해에는
척박한 세계의 조바심을 거두고 나온
수많은 생명체들이 서로 믿고 기대어 살게 하시고
저 나목의 우듬지에도 피어나는 순백의 눈꽃
그 처음 같은 떨림과 벅찬 희열을 내리소서

그리하여 무덤 안 같이 가득한 공허에 휩싸이며
상실해버린 순수열정을 아쉬워하는 우리에게
상실감 속에서도 새로운 인식에 눈 뜨게 하시고
조용하고도 겸허한 자신과 마주하게 하소서

또 다른 시작을 위하여

이맘때, 새해의 벽두가 되면 늘 그렇듯 지나간 시간과 세월이 이 시점과 맞물리면서 회색빛 회한과 장밋빛 꿈이 교차하게 된다. 그동안 아름다운 꽃등을 가슴속에 품고 만족할 수 있는 한 해가 될 수 있길 얼마나 간구해 보았던가! 하지만 그 결과물의 뒷맛은 못내 씁쓸했다. 그렇다고 해서 태만했거나 낭비하면서 생활한 것도 아닌데 이런 저런 차이가 발생하는 것은 도대체 무슨 연유에서 일까?

요즘은 자기경영 시대라 하는데 자기경영의 치밀성이 결여된 주먹구구식에서 빚어졌거나 실현가능성이 희박한 과욕에서 발생한 일이 아닌가 한다. 이런 탓으로 스스로에게 빚을 지게 되어 못다 이룬 꿈의 잔해(殘骸)들이 가을날의 낙엽만큼이나 쌓여가고 있다. 따라서 놓쳐버린 사랑처럼 허전하고 못내 아쉬워지기도 한다.

서머싯 모음은 그의 불후의 명작 『달과 6펜스』에서 다음의 명언을 남겼다. "나는 과거를 생각하지 않소. 나에게 중요한 것은 영원한 현재 뿐이요."라고. 이 대목에서 우리는 다소간의 위로를 받을 수 있을 것 같다. 흐르는 시간과 세월에 대한 통절(痛切)한 아쉬움과 회한이 없었더라면 어찌 이러한 말을 할 수 있었을까?

영원한 새날, 청순한 나의 신부, 설레는 첫 사랑의 모습으로 또한 축복으로 찾아오는 영원한 현재인 새해를 우리는 오감을 활짝 열고 감동적으로 맞이해야 하겠다. 그리하여 또 다른 시작을 위하여 세월과 인생이 전하는 메시지를 감사한 마음으로 수용하는 보다 겸허하고 성숙된 인생관을 가져보고 싶다. 시편 「새해의 기도」(『잃어버린 사람을 찾아서』)는 이러한 소망을 반영해본 것이다. 묵은해를 보내고 새해를 맞이한다는 송구영신(送舊迎新). 문제는 어떻게 보내고 어떻게 맞이하느냐가 관건이라 본다. 묵은해는 구차한 변명보다는 잘잘못을 있는 그대로 인정하자. 그것은 결코 포기를 의미하는 것은 아니다. 나아가 그 잘못마저도 사랑하려는 마음으로 '쿨'하게 보내고, 새해는 새싹처럼 파릇파릇 돋아나는 새로움으로 맞이하면 좋겠다. 과거에 대한 향수나 미련에 발목이 잡혀 있어서는 퇴영적인 인생이 되고 말 것이다.

'기다림'과 '물음'으로 그 의미를 더하는 우리의 삶에서 소중하게 자리하는 인연들에 대한 배려와 사랑, 그리고 관심 등의 아름답고 착한 마음 씀씀이가 무엇보다 필요하지 않겠는가? 모든 존재는 나름대로 서로에게 그 존재의 의미와 가치가 발현되기 마련이기에 더욱 그렇다. 자신에게 남아있는 인생, 그것도 왕성하게 활동할 수 있는 삶을 계산해보면 이제부터라도 어떻게 살아가야할 것인가에 대한 해답이 나올 것이다.

세계적인 극작가인 조지 버나드 쇼의 비문에는 "우물쭈물 살다가 내 끝내 이렇게 될 줄 알았지"라고 새겨져 있다. 그 누구보다도 치열하게 살았던 그의 생애와 그가 남긴 업적들은 후세 사람들의 귀감이 되기에 손색이 없었지만 자신에 대한 회오와 아쉬움이 내포되어 있다. 그러기에 우리의 삶을 뒤돌아보게 하는 대목이기도 하다. 황홀한 시작의 신호탄인 새해의 벽두를 맞이하는 감회가 더욱 새로워진다. 또 다른 시작을 위하여 우리는 가슴 뛰는 경이와 설렘으로 자신의 새 역사를 쓴다는 자세로써 맞이해보면 어떨까? 그러면 우리의 삶에 새로운 지평이 열리리라 본다.

세월의 저편

쉼 없이 달리는 시간을 싣고
줄지어가던 아득한 세월의 저편에서
한 시절의 순연한 애환이자
그렇게도 빛나던 슬픔과 기쁨이
점점이 아로새겨져 수시로 갈마든다

도랑치마 입고 우쭐거리던 때
푸르게 열리던 나날들의 기쁨과
마음속의 꽃망울도 흐드러지게 피어
새로운 예감에 지피면서 들뜨던 일들이
가끔씩은 뇌수에 불을 켜주기도 했다

때로는 무언가에 씌었던 탓에선지
없는 길을 찾으려고 애쓰며
미망 속을 헤매다 헛발질하고
빤하게 있는 길도 미처 못 보던
백주 대낮속의 캄캄한 청맹과니였다

하늘이 번개춤을 추던 붉고 텅 빈 오후
한갓 빛바래고 애달픈 꿈이 되어버린 채
속절없이 떠나간 세월을 되새겨 보며
다시는 오지 못할 시절과 사람들에 대한
깊어가는 그리움과 도저(到底)한 회한을 촉진했다

떠나간 세월이 남긴 것들

흐르는 세월 따라 거의 모든 것은 점차 낡아지고 빛바래다가 볼품없이 소멸해가는 것이 일반적인 사실이지만 꼭 다 그런 것만은 아니다. 세월 앞에서 더욱 발전하고 빛나는 사람도 있는 것이다. 언젠가는 그런 사람을 만나게 되리라는 희망만으로도 삶의 의욕이 파릇파릇 되살아난다. 그런데 지난 세월이 저편에서 말을 걸어올 때면 쓴웃음을 지을 때가 많지만 이 또한 진정한 자아를 회복하는 과정으로 보고 스스로를 위로하고 싶다. 회상이라는 환기작용을 통해서 만나게 된 그 시절을 반추해 보며 여려 사념에 잠겨본다. 가망 없는 꿈으로 보내면서 공(空)치던 세월속의 나날들이었다. 그것을 하나하나씩 불러들이기엔 너무도 멀리 와버린 것 같다. 더구나 남은 세월이 더 짧아지고 더더욱 빨리 지나가고 있다는 생각과 함께 그나마 내게 남은 세월을 헤아려보곤 한다. 그럴 때면 존재하지도 않는 신기루를 쫓거나 뜬구름 잡는다고 헛되이 보낸 세월에 대한 통렬한 회한과 슬픔에 푹 젖게 된다. 하지만 회한과 슬픔이 없는 삶이 어디 있겠는가.

때로는 쓰디 쓴 맛을 보고 많은 대가를 지불하며 얻은 일이 과연 무엇인가를 자문해 보기도 한다. 그것은 터무니없는 이상에 치우쳐서 현실을 똑바로 인식하지 못한 탓에 미래설계가 제대로 되지 못했으며 상당히 미흡했던 것으로 귀결된다. 이제나저제나 하며 기다리던 세월은 빈손을 흔들며 어느새 한참이나 그마저도 아주 지나가 버렸다. 그런데도 지나가 버린 삶에서 겪어왔던 일들이 새삼 향수를 불러일으키고 있다. 우리는 과거 얘기를 하면서 현재를 살아가고 있는지도 모른다. 몸은 '지금 여기'에 있으면서도 마음은 자꾸 '그 때 거기'로 향할 때도 많다. 그래서 인지 지난 삶에 대한 너무나 많은 생각들이 머릿속에서 우글거린다.

시 「세월의 저편」(『잃어버린 사람을 찾아서』)은 쓸데없는 일에 낭비하여 흩어져버리고 만 나날들에 대한 통렬한 반성문이자 씁쓸한 비망록이 되겠다. 누구에게나 헛되이 보낸 날들은 결코 웃어넘길 일은 아닐 것이다. 재고도 없이 소비를 일삼던 그런 시절이었던가 하는 자책이 앞서기도 한다. 더구나 자신을 좀 먹고 있었던, 지나온 삶의 잔해(殘骸)들로 인해 두터운 회한이 파묻지고 있다. 이를 때면 몽테뉴와 존 러스킨이 남긴 아래의 명언은 많은 참고가 되며 길잡이 역할을 해 준다. 먼저 몽테뉴는 "자신의 행동을 잘 정리정돈하기 위해서 우리는 생활 습관을 조절해야 한다."고 했다. 그 다음에 존 러스킨은 "절제는 자신의 힘을 실현시킬 수 있도록 도와주는 도구이며, 노동과 마찬가지로 인류가 존경해야할 매우 가치 있는 덕목이다."라고 말했다. 일관된 가치관이나 기준이 없는, 제멋대로의 생활을 한다면 우리의 삶은 엉망진창이 되고 말 것이다. 따라서 인생, 세월에 가치를 부여하기 위해서는 습관을 조절하고 절제 있는 생활을 할 것을 더욱 강조하는 대목이기도 하다.

한편으로는 사람들의 삶의 흔적들이 있는 지난 세월과의 교류도 필요하다고 한다. 어둡고 척박했던 생의 어느 한 시기, 그 암울했던 시절에서 우리와 함께 했던 사람들과의 교류인 것이다. "하늘이 번개춤을 추던 붉고 텅 빈 오후 / 한갓 빛바래고 애달픈 꿈이 되어버린 채 / 속절없이 떠나간 세월을 되새겨 보며 / 다시는 오지 못할 시절과 사람들에 대한 / 깊어가는 그리움과 도저(到底)한 회한을 촉진했다"(위의 시, 4연 1행

~5행). 여기에서 그려진 바와 같이 아득한 세월을 거슬러 올라간 그 시절이 눈에 밟힌다. 그러하더니 세월과 시간의 밀물과 썰물, 그 흐름을 가로질러 나에게 힘을 주던 친근한 사람들이 이제 막 집으로 들어오는 듯하다. 미흡했던 나의 사랑을 만회할 수 있는 기회를 얻은 듯 고맙고도 반갑다. 그들이 생존해 있든 유명을 달리했든 간에 생각만으로도 큰 위안을 받고 힘을 얻을 때가 많다. 그들과 공유했던 삶의 흔적들이 광채를 발하며 나 자신의 존재감을 드높여주기 때문이다.

　그런데 누구에게나 산다는 것은 힘든 일이며, 쉽지만은 않은 일이기도 하다. 예기치 못한 곤란한 문제들이 시시때때로 일어나고, 견딜 수 없는 시련도 있기 마련이다. 그렇지만 광란하는 삶의 그 소용돌이 가운데서도 자신을 지탱해주는 힘을 찾아야 한다. 바로 자기 안에서 살아 숨 쉬는 것, 자기 안에서 빛을 발하는 것이 바로 자신을 지탱해주는 힘인 것이다. 너무 심각하게 생각하면서 살거나 자신을 지나치게 옭아맬 필요는 없지 않겠는가. 마음을 아프게 하는 기억이나 일에서는 되도록 빨리 벗어나야 한다. 중요한 것은 그것을 발판으로 보다 나은 삶을 위한 계기마련의 기회로 활용한다면 더한층 효율적이고 생산적이라 하겠다. 따라서 무엇보다 먼저 허접쓰레기 같은 잡동사니를 하나씩 정리하는 일이 중요하다. 그리하여 내부에서 일어나는 고요, 맑고도 밝은 스스로의 빛으로 자신이 지니고 있는 가치를 더한층 인식하는데 방점을 찍어야 할 것이다.

도심 속의 옛집

빼곡한 고층빌딩과 각양각색 문명의 이기들이
대오를 이루고 있던 도심의 이면도로 한편에
도로에서 푹 꺼져 파란 지붕과 창문만 보이는 집이
옛 그대로의 모습으로 버젓이 남아있었다

높은 생활수준에다 환영 같은 건축물의 틈새에서
그 옛적 살가운 삶의 흔적들을 오롯이 간직한 채
유물인양 남겨져 까마득한 날들을 지키면서
여러 대와 소통하는 야트막한 집이었다

지금은 사라져버린 집들 골목길 가게와
공동우물이며 사람들을 선연히 기억하며
그리운 옛 시절의 나날들이며 깡그리
잊고 지내던 일들도 반추하고 있었다

여러 동기(同氣)가 옹기종기 모여 지내고
살림살이가 옹색해도 삶의 맛이 도타워
우리가 살아가면서 놓치고 잃은 것을
떠올려보고 되살리게 하는 집이었다

턱없이 높고 분주한 번화가 한 옆으로
엎드리듯 자리한 나지막하고 한가로운
그 집의 고요와 충만이 외려 번잡하고
어수선한 세월의 길목을 지키고 있었다

흑백사진 같은 옛집을 만나던 날

　건물의 덩치가 점점 커지고 그 층수도 올라가기의 경쟁에 물들어가는 것이 현대 건축물의 추세인 듯하다. 이런 흐름에 따라 도심의 고층건물들이 새로운 스카이라인을 형성하고 있던 그 곳을 지나가게 된 날이었다. 고층건물들이 즐비하고 시도 때도 없이 분주한 거리를 마치 무언가에 쫓기 듯이 걷고 있던 사람들, 포효소리를 내며 쌩쌩 달리던 차량들, 늘어선 상점들의 빼곡한 상품들과 빛의 요술단지 전광판 앞에서 현기증이 났다. 편리하지만 황량한 건물더미 가운데서 터무니없는 조급성에 감염되고 중독되어가는 현대도시인의 삶을 체감하면서 일어난 반응이었을 것이다.

　살얼음판 같은 무한경쟁과 무한성장의 성과주의로 긴장의 연속선상에서 촉발하는 각종 스트레스가 우리의 삶을 지배한 지도 이미 오래되었다. 나사같이 조이고 옭아매는 일상생활에다 머릿속의 생각들마저 터무니없는 것들로 우글거려 실낱같은 여유마저 빼앗기며 살아가고 있는 실정이다. 이런 탓에 삶의 알맹이가 사라진 정형화되고 비인간화된 삶의 모습들을 도처에서 쉽게 만날 수 있다. 빠르게 변화하는 세계에 휘둘리고 뒤틀리면서 가치전도 현상이 가속화되고 있는 실정이다. 거기에다 더욱 높고, 더욱 크고, 더욱 넓고, 더욱 많은 것을 향유하고 싶은 욕망들에 갇혀있는 것도 기정사실인 것이다. 우리는 이런 포만의 시대와 잉여의 시대에 따른 복잡한 세상에 부대끼며 살아가고 있다. 분명 과거보다 더 풍족한 세상에 살고 있는데도 사람들은 결핍감으로 점점 더 메마르고 황폐한 삶을 살고 있다는 생각마저 든다. 아울러 도시의 인공적인 성격은 조화와 균형과는 한창 멀고, 자연이 추방되는 반 자연현상이 횡행하고 있는 실정이다. 자연과의 공생관계는 거리가 멀어도 한창이나 먼 곳. 기계문명과 물질문명 이면에 자연파괴와 인간성의 황폐화라는 양날의 검이 도사리고 있었다. 또한 끊임없는 자극과 욕망을 부추기는 갖가지 행태로 인해 개인의 삶이 위축되고 상처받을 수 있는 곳이라 염려스럽기도 했다.

도심의 거리를 걸으며 이런 저런 생각 속을 헤매다가 그곳과는 너무나 동떨어진, 옛적의 기억을 고스란히 담고 있는 흑백사진 같은 집을 보았다. 순간 머릿속이 환해졌다. 규격화와 속도감, 그리고 편리함이 단단히 자리한 도심 한곳에 다소 누추하고 불편해 보이는 아주 오래된 단독주택이었다. 모든 것이 서둘러 사라지고 있어 아쉬워하던 차에 오랜 세월의 기억을 담고 있는 옛집을 보게 되어 감회가 새로웠다. 도시의 사냥꾼들도 미처 낚아채지 못한 그 집은 독특한 힘으로 나의 마음을 끌어당겼다. 꿈속의 환영 같은 느낌을 받았지만 꿈속이 아닌 현존의 상태로 우리가 지나온 옛 시절의 생활모습을 그대로 붙들고 있었다고나 할까. 거기에서 어떤 애틋한 향수 같은 것을 느꼈고, 그리운 시절을 향해 가고 있는 듯한 생각마저 들었다.

결코 돌아오지 않는 옛 시절의 여운을 담뿍 머금고 있던 그 집은 야트막하고 느리며 고요했다. 또한 지나온 삶의 흔적들이며 휩쓸려 지나가고 사그라졌던 일들도 반추하며 현재적 가치를 부여해주었고, 거의 잊고 지냈던 일들이 하나하나씩 미소를 지으며 나에게로 다가오고 있었다. 세월의 침식작용에도 전혀 그렇지 않는 것이 기억이라지 않은가. 아무리 세월이 흘러도 더욱 영롱하게 빛을 발하고 있다. 비록 형편이 넉넉하지는 못했지만 그런대로 마음의 여유가 있었고, 소소한 즐거움을 누렸던 옛 시절에 대한 그리움을 소환하게도 했다. 가난했던 시절의 풍족함과 즐거움, 넉넉한 오늘날의 결핍감과 불행함이란 역설적인 현상을 되새겨도 보았다. 황량한 건물더미 가운데서 생활하는 현대도시인의 삶은 편리함이란 미명하에 오히려 빼앗기는 것이 더 많을 것 같아서였다. 각종 문명의 이기들이 결코 만능은 아닌 것이다. 심각한 획일성의 문화권속에 개인의 삶조차도 매몰되어가고 지나친 속도 경쟁으로 내몰리는 상황과 맞닥뜨리게도 하는 것이다.

각종 기계문명의 온갖 편리함에 길들어져 가지만 그런 것이 행복만을 주는 것은 아니다. 편리함을 주고는 빼앗아가는 것이 더 많아서인지 우리의 일상은 점점 더 숨이 가쁘고 힘들어진다. 우리는 등이 부러질 정도로 너무 많은 것을 지고 살아가고 있다. 우리는 살아가면서 불필요한 많은 것들 때문에 오히려 그것에 치이기도 한다. 따라서 무거운 짐을 내려놓고 가볍게 사는 법을 익혀야 할 것이다. 정보과잉 시대를 살아가면서 이제는 꼭 필요한 것과 필요하지 않는 것을 선별해내는 기준이나 눈을 가져야 한다. 언제부터인가 실속 없이 분방하고 번잡한 관계가 유능한 사람의 본보기로 여겨져 안타깝다. 차고 넘치고 늘려 있는데도 저마다의 결핍감에 목이 마르고, 잡동사니 같은 욕망에 스스로를 가두고 사는 것이 오늘날의 사람들이란 생각에 못내 씁쓰레해 진다. 이에 비해 부족한 대로 삶의 진국이 있던 옛 시절이 지금보다 더 행복하고 충만했다는 느낌마저 든다. 동양화의 여백처럼 빈 곳이 있고, 다소 느리고 단순한 삶에서 오히려 현명해지고 알곡 같은 실속이 있었다고 생각한다. 그 느림은

게으름이 아닌 완만한 흐름으로서 성찰과 평화, 그리고 안정감을 주었던 것이다.

공동체적인 삶과 사고가 퇴보하고 모든 것이 돈으로 계산되는 시대에 접어든 지도 이미 오래다. 현대인의 삶은 핵가족에다 개인주의 풍조가 만연하고 점점 원자화되어 간다. 이러한 현대사회의 폐해 속에서 옛적의 다소 어리숙하지만 인간미가 있고, 정다운 삶의 맛과 향기가 있던 그 시절이 못내 그리워진다. 우리가 소중히 여기며 살아왔던 것은 남겨져야 하는데 현실이 따라주지 못해 우려된다. 오늘날에는 날선 경쟁을 일삼고 소비를 부채질하는 생활에 길들어져 삶의 진정한 가치를 망각하며 살아가는 것도 부정할 수 없다. 생활이 날로 각박해지고 살벌해지면서 우리의 일상도 덧없는 것들로 가득 차있고, 그것이 마음에 끼치는 부정적인 영향 또한 간과해서는 안 된다.

황량한 빌딩 더미와 벌떼처럼 달려드는 차량들이며 각종 소음이 뒤엉켜있던 도심의 한 곳에 지난 시절의 증언처럼 자리한 옛집. 오랜 수첩의 촘촘한 메모와 같이 잃어버리고 묻혀있던 것을 환기시키던 그 집의 색다른 인상은 이 시편 「도심 속의 옛집」(『잃어버린 사람을 찾아서』)의 모티브가 되었다. 우리가 떠나온 인정의 세계를, 이 세상에 존재하지 않는 사람들의 얼굴을, 그리고 깡그리 없어져버렸거나 완전히 변해버린 집들과 동네아이들이 뛰어놀던 좁다란 골목길들이며 두레박 소리가 들려오던 동네 우물을 작품을 통해 그려보았다. 그 따사로운 정경은 위의 시 3연에 응축(凝縮)되어 있다. 흘러간 시대의 증언 같은 '도심 속의 옛집'을 통해 한동안 잊고 지내던 삶의 자취들이 고스란히 되살아나며 못내 그리운 시절로 이끌려가던 날이었다.

제**2**부

봄날은 간다 · 3

신분상승의 아름찬 꿈으로
가슴을 풍선마냥 부풀리며
한껏 곱게 차려입은 깜찍한 아가씨가
고시공부로 힘이 실린 오빠 만나러
빵과 청량음료랑 쿠키를 사가지고
물 찬 제비마냥 나타나곤 했었다

오빠는 그녀의 긴 머리카락을 쓰다듬다가
굵다란 손가락으로 애무하듯 빗질하며
예쁘고도 고마워서 어쩔 줄 몰라 했다
마냥 부러워하던 주변의 뭇 시선들이
그들에게 갖가지의 조명을 비춰줬다

오라 그날이여, 어서 오라 그날이여
알토란같은 합격증을 제일로 먼저
사근사근 한결같은 그미의 품안에다
팍 안겨줄 오빠의 그날이여
쏘아올린 꿈의 그것을 꼭꼭 껴안고서
입맞춤할 그미의 그날이여
오라, 어서어서 오라

시험 발표일도 한참이나 지나고
그녀의 오빠가 도서관에
다시 붙박여 있을 때
봄버들같이 살랑 살랑대던 그녀는
듬직한 체구의 다른 오빠와 손을 맞잡고
도심의 번화가를 누비고 다녔다

지난날과 같이 그녀의 긴 머리카락이
색다른 오빠의 어깨위에서 자르르 물결쳤고
서로의 허리를 감싸 안은 손가락 위론
커플링이 여러 빛깔을 내며 사금파리처럼 반짝였다
한창 조명을 받던 그 시절 그들의 한갓된 만남처럼
그렇게도 덧없는 빛으로 반짝이던 봄날은 간다

봄이 왔지만

4월도 초순 해거름 녘이었다
봄이 왔지만 봄날 같지도 않은
때늦은 추위가 불쑥불쑥 드나들고
옛 시절의 보릿고개가 생각나는
사는 게 팍팍하고 어수선한 날이었다

상의 추리닝이 낡고 닳아서
모서리가 너덜너덜한 옷을 걸치고
상품들이 진열된 제과점 앞에
한참이나 멈춰선 채 눈길을 붙박고 있던
심신이 출출한 취준생의 명에

파지와 종이상자를 묶은 손수레를 저는 다리로
힘겹게 끌고 가던 늙은 아낙의 뒷모습
긴 나무의자에 대자로 누워
연방 눈을 감았다 떴다하던
노숙인의 파리한 얼굴과 퀭한 눈

한창 물오르는 봄날에 걸맞지 않은
어두운 정경을 바라보던 나 자신이
뭔가를 훔쳐보다 들킨 사람처럼
못내 민망하고 왠지 모를 슬픔이
옛 우물물처럼 고이고 있었다

우리를 우울하게 하는 봄날의 정경

여기에 실은 두 편의 시는 인생의 봄과 계절의 봄을 소재로 하여 이를
형상화한 작품이다. 「봄날은 간다·3」은 꿈꾸는 인생의 봄과 그 허망을,

「봄이 왔지만」은 시린 계절의 봄과 소외계층을 시적 대상으로 하여 그 비극성을 드러내 본 것이다. '춘삼월 호시절'이란 말이 전해오고 있지만 현실의 춘삼월은 호시절과는 거리가 멀어도 한참이나 멀다. 춘삼월은 봄의 경치가 가장 좋다는 음력 3월인데 양력으로는 4월에 해당한다. 계절의 봄은 갖가지의 꽃들을 더불어서 어김없이 찾아왔지만 현실의 봄은 꽃노래를 부를 만큼 그렇게 녹록치는 않다. 기대에 부풀어 마냥 설레던 봄은 일생을 통해 과연 얼마나 있었냐고 자문해보면 참으로 씁쓸해진다. 화사한 겉보기와는 아주 다르게 삶의 힘겨운 상황에 맞닥뜨려야 하는 것, 이 또한 피할 수 없는 현실인 것이다. "4월은 가장 잔인한 달"이라고 한 시인(T.S.엘리엇, 그의 시 「황무지」에서)이 있을 만큼 계절의 봄과 우리 인생이 경험하는 봄은 큰 차이가 있고, 달라도 너무 다르다. 즉 꿈꾸는 봄과 현실의 봄, 그 간극은 참으로 커다할 것이다. 그런데 세상일이란 변화무쌍하고 자신의 의도대로 되지 않는다는 사실을 인정하지 않으면 안 된다. 그렇게 하지 않을 때는 갑절로 불행한 처지에 놓인다는 사실은 살아가면서 겪게 마련이다.

먼저 시편 「봄날은 간다·3」(『나는 말하자 않으리』)은 고시공부를 하던 남자가 고시에 실패하자 이내 다른 남자에게로 가는 여자 이야기를 객관적 관찰자 시점에서 묘사해본 작품이다. 달면 삼키고 쓰면 내뱉는 이 시대 젊은이의 모습과 세태의 일면을 조감(鳥瞰)하며 비판적 시각으로 묘사해 보았다. 그들 커플은 알토란같은 미래가 손짓하고 있다는 믿음으로 행복감을 앞당겨서 맛보며, 열병 같은 나날들의 미혹(迷惑)에 마냥 들떠 있었다. 쌍무지개를 타고 오가며 서로의 꿈을 재확인하면서 달콤한 만남을 쌓아갔다. 하지만 유감천만이게도 그들이 꿈꾸던 그렇게 멋진 날은 오지 않았다. 한갓 일장춘몽이 되어버린 채 그토록 감질나던 만남도 결국에는 마침표를 찍고 말았다. "시험 발표일도 한참이나 지나고 / 그녀의 오빠가 도서관에 / 다시 붙박여 있을 때 / 봄버들같이 살랑살랑대던 그녀는 / 듬직한 체구의 다른 오빠와 손을 맞잡고 / 도심의 번화가를 누비고 다녔다"(위의 시, 4연 전부). 작품에 나타난 이런 현상은 세상의 다양한 욕망들이 빚어낸 한 부분이기도 하다.

한 때의 열광이 그렇게 물거품이 되어버린 것을 만회하고, 춘몽과도 같은 추억과 미련을 싸악 싹 다 날려 보내기 위해 재빨리 다른 남자를 만나 국면전환을 꾀하려던 것이었을까? 약빠르고 영리한 아가씨라 나름의 판단이 앞섰겠지만 나는 미련하게도 왠지 모를 공허감이 한동안 가시지 않았다. 그렇게 만나고 그렇게 떠나는 커플을 보며, 고이고 있던 이런저런 생각들을 형상화한 것이 바로 이 시편이다. 괴테의 "비열한 처사를 / 비난하려 하지 말자 / 뭐니 뭐니 해도 / 비열한 것이 판치는 세상 아니냐"(시,「나그네의 편안한 심사(心思)」일부)에서 다소 위로를 받기도 했다. 시험불합격과 사귀던 여자의 배신으로 힘이 꺾이고 만기가 죽어 도서관에 죽치고 있던 고시생과 순수가 밥 먹여 주냐며 줄행랑을 놓았던 깜찍한 아가씨의 모습이 쌍곡선을 이루던 봄날은 그렇게 가고 있었다.

다음의 시편「봄이 왔지만」(『잃어버린 사람을 찾아서』)에서는 날로 부풀어 오를 자연의 봄과는 대비되게 날로 찌들고 있는 인간사의 봄에 무게가 실리고 있다. 음력 춘삼월인 양력 4월 초순의 땅거미가 내릴 때였다. 각종 차량들이 떼를 지어 잽싸게 달리고 있던 곳의 인도(人道)로 걸어가다가 눈에 박히던 정경을 순서대로 묘사해 본 작품이다. 호시절이 아닌 봄날에 나 자신의 썰렁한 마음이 투사되기도 했다. 여태껏 예사로 보며 그냥 지나치기도 했는데 그날은 여느 때와는 달리 그들의 면면이 눈에 밟히며 마음으로 파고들었다. 그래서인지 나는 왔다 갔다 하면서 그들을 주의 깊게 바라보게 되었고, 그들은 그렇게 자신들의 삶을 그대로 보여주고 있었다. "상품들이 진열된 제과점 앞에 / 한참이나 멈춰선 채 눈길을 붙박고 있던 / 심신이 출출한 취준생의 멍에"(위의 시, 2연 3~5행) "파지와 종이상자를 묶은 손수레를 저는 다리로 / 힘겹게 끌고 가던 늙은 아낙의 뒷모습 / 긴 나무의자에 대자로 누워 / 연방 눈을 감았다 떴다하던 / 노숙인의 파리한 얼굴과 퀭한 눈"(위의 시, 3연 1~5행). 여기에서 묘사한 '취준생, 다리를 저는 늙은 아낙, 노숙자'는 옥죄이는 자신의 일상 속에 갇혀있는 사람들이다. 그들이 풍기고 있던 공통점은 우선 형색이 초라하고 불안정한 삶으로 인한 누적된 초조와 피로감이었다. 그들 중에서도 특히 폭삭 내려앉은 얼굴로 '연방 눈을 감았다 떴다하던 노숙인'은 자신이 죽지 않고 아직 살아있는지 어떤지를 스스로 확인하면서 오히려 살아있다는 것을 잊어버릴 때만 행복한 듯했다.

더구나 막막하고 어두운 전망으로 취업의 보릿고개에 시달리는 젊은 이들의 음지는 그 골이 더한층 깊어가고 있는 실정이다. 또 한편으로 세상의 진창에서 움츠리고 살아가는 우리 사회의 노년빈곤층 등의 취약계층들이 당면한 문제들은 결코 녹록하지 않다. 취업난, 물가고, 금리인상 등으로 서민들의 생활은 점점 더 고달파진다. 그들의 신산스러운 삶은 무대책이 대책인 채로 언제가지나 계속되어야 하는지 못내 안타깝다. 만에 하나라도 복지정책의 허점은 없는지, 복지의 사각지대에 내몰려 있지는 않은지를 세세히 살펴봐야 할 것이다. 닫혔던 눈과 마음을 트고서 우리 주변에 산재해 있는 사회적 약자와 소외지대에 관심을 드높여야 하리라 본다. 생활고에 따른 중첩된 불안을 키우며 살아가는 그들에게 지금보다 나은 변화가 일어나길 바라는 마음 굴뚝같다. 혹자(或者)들은 기껏 이 정도의 일을 가지고서 너무 호들갑을 떤다고 할지 모르지만 봄 같지 않게 음산하던 그날의 거리풍경으로 마음마저 심히 울적하고 산란했다. 무엇하나 믿음을 가지고 기대할 것조차도 없다는 자조어린 체념만이 텅 빈 봄날을 가득히 채워가고 있던 날이었다. 이후 오랫동안 그 봄의 씁쓰레한 인상들이 긴 여진으로 남아서 울리더니 이렇게 작품으로 태어나게 했다.

봄과 강아지

3월도 초순 불청객인 황사가 달려오고
매운 소소리바람이 드나들던 날에
네 배 째의 강아지들이 양수(羊水)를
한 종지씩 몸에 바른 채 태어났단다

하나같이 금쪽이던 어미의 어린 것들을
살금살금 팔아 돈을 사던 야살스런 할머니의
듬성듬성한 이빨 사이로 말이 새어나가듯
강아지 네 마리도 새어나가 남은 것은 두 마리

입이 널찍한 자색 고무 대야에 담겨져서
사람들의 손길만 닿아도 사시나무 떨 듯
몸을 움츠린 채 바들바들 떨고 있던 강아지들은
이제 겨우 눈 떴지만 젖은 떼지 못한 핏덩어리들

땅거미지고 어둠이 사방에서 밀려오던 밤
꼭 품고 쓰다듬던 갓난쟁이들을 빼앗겨버린
어미의 아늑한 젖가슴을 빼앗겨버린
피붙이들의 울음소리와 더운 눈물에 봄이 흠뻑 젖는다

인연

어느 초봄 Y로터리 부근의 은행 앞이었다. 평소 사람들의 왕래가 빈번한 곳이었는데 반백의 할머니가 대야에 뭔가를 담아 팔고 있었던지 행인들이 멈춰 서서 바라보다가 바짝 다가앉아서 만져보기도 했다. 짐승의 어린것들이 움직이고 있었는데 가까이 가보니 태어난 지 얼마 되지 않은 강아지들이었다. 남은 두 마리를 떨이하면 값을 깎아주겠다며 흥정하던 할머니의 말도 귓가에 맴돌았고, 가슴 속으로는 줄곧 시린 바람이 불어댔다.

그날의 정경에서 느낀 강아지들에 대한 나름의 연민이 시편 「봄과 강아지」의 출발점이 된다. 그날따라 황사가 어느 때보다 세차게 일어나고 있었다. 보호자를 잃은 작은 생명체들의 운명이며 삶, 생별, 사별에 대한 생각들이 맴돌며 쉬이 떠나지 않다가 작품으로 형상화되었다. 다음은 강아지 가족들에 대한 연민이 극대화되어 그려지고 있는 대목이다. "땅거미지고 어둠이 사방에서 밀려오던 밤 / 꼭 품고 쓰다듬던 갓난쟁이들을 빼앗겨버린 / 어미의 아늑한 젖가슴을 빼앗겨버린 / 피붙이들의 울음소리와 더운 눈물에 봄이 흠뻑 젖는다"(위의 시 4연, 『잃어버린 사람을 찾아서』).

모든 생명체들은 인연의 관계, 상생의 관계, 의존의 관계를 맺고 함께 움직이고, 서로 영향을 주고받으며 공동체를 이루며 살아가기 마련이다. 때에 따라서는 다른 생명체에 빛을 지고 살아가기도 한다. 그리고 어렵고 힘들었던 시기 우리 곁에 머무는 듯 스러져간 인연들이 가슴 언저리에서 몹시도 파고들며 깊이 가라앉아있던 생각들을 들춰내준다.

아득한 그 시절로 회귀할 때면 뭔가 뜨거운 것이 북받쳐 오르곤 한다. 그 중 농장의 개들에 대한 연민과 아쉬움이 북받친다. 그들은 모두 이 세상에 없고 이미 저 세상으로 갔지만 지난날에 함께 지냈던 동물들에 대해 생각하니 애틋한 그리움이 봇물 터지듯 밀려온다. 그중 매리는 첫 시집 『아름다운 공포』의 「잉태」를 통해 묘사되어 있다. 계절은 역시 초봄이었다. 매리는 모두가 잠든 밤에 건강한 갓난쟁이 8마리를 낳아 스스로 뒤처리까지 하고 아침에 젖을 먹이고 있었다. 그 때 바라본 초봄의 들판에는 아지랑이가 뭉게뭉게 피어오르고 풋풋한 생명력이 가득했다. 그날의 진한 감동이 아직도 온몸으로 전해온다. 무엇보다 몹시 척박했던 농장에서 생활하던 때였다. 따뜻한 눈길이나 손길이 미흡한 채 제대로 보살피지도 못했지만 드나들던 가족을 맘껏 배웅하고, 마을 입구까지 나와 오랜 시간을 기다리던 매리의 한결같은 충직을 잊을 수 없다. 많은 세월이 급류를 타고 아득히 흘러갔지만 마치 어제 일처럼 생생하다.

장·폴·샤르트르는 『책읽기와 글쓰기』에서 개들에 대한 자기 외조부님의 말씀을 다음과 같이 상기했다. "개들은 사랑할 줄 안다. 사람보다도 더 다정하고 충실하다. 개들은 선(善)을 인식하고 좋은 사람과 나쁜 사람을 구별할 줄 아는 완전한 본능을 가지고 있다."는 대목은 많은 울림을 주고 있고, 그 공명(共鳴)은 깊고도 넓다. 내가 농장에서 그들과 함께 보내면서 체험하고 절실히 느껴온 때문이기도 하다.

그런데 휴가철이 한창이면 버림받은 유기견들이 살기위해 스스로 농장에 찾아오는 경우도 빈번했다. 이리저리 떠돌다가 제 발로 농장으로 들어온 돌이는 그 상처가 이내 치유되었던지 아무런 경계심 없이 사람을 잘 따랐고 천성이 무척 온순했다. 콩이 역시 똑같은 처지였는데 천성이 명랑하고 활동적이며 또한 생존력도 강했다. 돌이와 콩이는 우리가족이 지어준 이름이다. 이 둘은 그 얼마 후엔 부부가 되어 가정을 꾸리고 잘 살아갔다. 돌이는 특히 강한 모성을 보이며 자식들을 잘 보살폈다. 지금은 그들 모두 먼 나라로 떠나가고 없지만 어렵고 힘든 시기에 그들이 주었던 위로와 기쁨을 떠올려 보면 마음이 이내 따뜻해지면서 절로 눈시울이 젖는다.

인간과 동물과 사물은 시간에 의해 소멸된다는 것은 어김없는 사실이다. 지금 그들이 살았을 때의 사진을 보며 이 글을 쓰니 생명의 무상감에 뼛속까지 사무친다. 병사한 돌이는 자신의 죽음을 예견하고 우리의 눈에 가장 잘 뜨이는 곳에 마지막 자리를 마련하고는 홀로 그렇게 갔다. 이후 농장의 양지 바른 곳에 잠들어 있다. 그들은 아주 가고 없지만 몹시도 그리울 때면 추억을 불러들이며 다소나마 위로를 삼고 있다. 추억은 과거 속에 머물러 있는 게 아니라 현재 속에 뒤섞이기도 하면서 생명력을 발(發)하고 있음을 느낀다. 세월은 흘러가도 그리움은 이렇게 흘러와서 쌓여 가는가 보다. 이른 봄날, 팔려가는 강아지들이 계기가 되어 한 시절을 함께했던 그들을 생각하니 감회가 다시금 새로워진다.

인생의 간이역에는

이렇게 밀려오며 파릇한 꿈 흔드는 손 보아라
저렇게 밀려가며 하얀 슬픔 흔드는 손 보아라
왔다가 떠나가는 인생의 간이역에는
사람들은 저마다의 사연을 품고서
저마다의 얼굴을 달고 와서는
마음 접으며 펼치며 손 흔들며
사랑의 열꽃 피우더니
아슬아슬 파도타기 하여라

갯벌 초 같은 인연도 깃털 같은 인연도
함께 흐르는 인생의 간이역에는 언제나처럼
앞서거니 뒤서거니 하며 오롱조롱 울려오는
층층 세월의 발걸음소리 하염없어라
그렇게 맞이하고 보내는 인생의 간이역에는
어느 사이엔가
아롱아롱 오가던 사랑과 빛바랜
세월의 한 모서리가 또 낙하(落下)를 하는구나

본원으로의 회기과정인 간이역

이 시편 「인생의 간이역에는」에서는 저마다의 인생궤도에서 만남과 이별, 마중과 배웅, 떠남과 회기(回歸), 삶의 기쁨과 슬픔이 교차하는 우리 인생의 모습들을 다소나마 담아보고자 했다. 사람들은 인생의 간이역에서 여러 인연들을 만나기도 하고 헤어지기도 하며, 서로 간에 영향을 주고받으면서 살아간다. 그런데 운명과 함께하는 질긴 인연이 있는가하면 쉽게 부서지고 무너지는 나약한 인연도 있는 것이다. 혜살을 부리는 세상을 살아가면서 우리는 여러 종류의 인간관계를 경험하고 있다. 가뭄 속의 단비와도 같은 좋은 인연은 사람과 사람뿐만 아니라 사람과 사물, 사물과 사물 사이에도 존재한다. 서로에게 힘이 되는 좋은 인연은 삶의 질을 높이고 서로의 성숙을 촉진시킨다. 하지만 소아적(小我的)이고 오직 나만을 위한, 이해득실만을 염두에 둔다면 그 관계는 모래 위의 성처럼 허망하게 될 것이다.

다음에 인용한 시행에서는 흐르기도 낙하하기도 하는 세월 속에서 삶과 더불어 '밀려오며, 밀려가며' 오고가는 인연들을 '인생의 간이역'으로 비유해서 묘사해보았다. "갯벌 초 같은 인연도 깃털 같은 인연도 / 함께 흐르는 인생의 간이역에는 언제나처럼 / 앞서거니 뒤서거니 하며 오롱조롱 울려오는 / 층층 세월의 발걸음소리 하염없어라 / 그렇게 맞이하고 보내는 인생의 간이역에는"(위의 시, 2연 1~5행. 계간지 『지성의 샘』 2019. 6).

그런데 인간의 행위가 항상 합리적이고 목적적이지는 않다고 한다. 스스로 만들기도 하고, 만들어지기도 하는 그런 관계 속에서 갖가지의 일들이 일어나고 있다. 따라서 우리는 소란스러운 삶과 맞닥뜨리게 된다. 그런 와중에 길을 잘못 들기도 하고, 중요한 어떤 것을 잃어버리기도 하면서 여러 모습으로 세상에 존재한다. 그렇지만 역류 끝에 다시 본래의 흐름으로 돌아가는 강처럼 우리는 본원으로 회귀(回歸)하는 과정에 놓여있는 것이다. 시시하고 덧없는 일에 집착하고 살아도 "종말에는 언제나 인간은 자기 자신에게로 돌아온다."고 한 시성(詩聖) 괴테의 말(「나의 인생, 시와 진실」『괴테 자서전』)은 이를 잘 반영하고 있다.

　세상은 너무나 뒤틀려 있고 삶은 난관에 부딪치는 경우가 허다하다. 그리하여 인간사는 기이한 슬픔과 고통으로 가득 차 있고 세상살이는 살얼음판과도 같다고 한다. 독일의 대표적인 문인중의 한 사람이었던 프리드리히 횔덜린의 소설 『휘페리온』에서 "인간의 삶의 노선은 곧게 진행되지 않는다는 것, 낯선 힘이 달아나는 자의 길을 막아선다는 것"이라는 대목이 있다. 그 내용처럼 '곧게 진행되지 않고 낯선 힘이 길을 막아'서는 삶의 노선으로 인해 우리의 삶 가운데에서는 여러 사건들이 수시로 발생하기 마련이다. 이런 까닭에 인생사에는 정답이 없다지만 각자가 나름대로 자신에게 맞는 답을 찾아보면 있을 것이다. 때로는 인생의 혼란 속에서 깜박거리던 것조차도 소진되었다는 생각마저 들기도 한다. 우리가 삶의 변두리로 내몰릴 때도 일상에서의 다양한 경험을 밑거름으로 보다 성숙한 인생관을 확립해야 할 것이다. 무엇보다 자기 스스로를 한층 존중하고 즐겁게 할 의무가 있다.

도시의 이방인·5
― 부랑자들 ―

대형 서점 각종 병원 유명 백화점이며
온갖 시설물들이 로타리의 듬직한
파수꾼이 되어 우람하게 둘러서서
노다지를 캐러 모여들던 번화가의 S거리
사람들이 시골의 장날처럼 늘 북적이며
서로의 등을 떠밀듯이 오고 가던 곳

이곳에 한 자리를 덜렁 차지하더니
남녀 엇비슷한 사람들이 모여들어
뒤섞이고 퍼질러 앉아 소주와 막걸리를
돌려가며 마시던 그들 주위로는
일회용 컵들이며 폐지 나부랭이들이
널브러지며 울타리를 빙 두르고 있었다

깡통이나 모자를 앞에다가 놓고 엎드려 구걸하는
걸인들도 보이는 곳의 맞은편에는 분수대가
수시로 하얀 물줄기를 뽑아 올리고 있었다
거리의 악사들이랑 가수들이 저마다의
재주로 행인들의 눈과 귀를 즐겁게 하더라도
그들에게는 귀찮은 훼방꾼이며 소음일 뿐이었다

남아도는 시간과 자유를 소비하기 위해

무슨 일도 못하겠냐며 더러는

차고 넘치는 힘을 빼기 위함인 듯

무시로 서로에게 시비를 걸다가

털끝이라도 건들렸다는 생각이 들면

냅다 싸움판을 벌이며 잉여분을 소비했다

지하철 에스컬레이터 옆을 지나면

푹 꺼진 두 볼 안에 치아가 듬성듬성 붙은

그 입으로 음식물을 먹고 마시다가는 아무데나

드러눕고 하면서 헤지고 망가진 삶을 살아가는

또 다른 부랑자도 함께 군중속의 음울한 풍경이 되어

요동치는 삶에서 심히 흔들거리고 있었다

군중 속의 음울하고 뒤틀린 풍경들

사람들이 몰려있는 도시. 화려한 도시의 그 이면에 도사리고 있는 음지의 척박한 삶은 우리의 경각심을 불러일으킨다. 비인간화되고 물질문명의 폐해가 곳곳에 만연해 있는 도시적 삶에서 인생의 부적응자 내지 부적격자들이 계속 양산되는 현상이고, 삶은 그들 자신에게나 그들을 바라보는 사람에게도 부담이 되고 있다. 우리는 도시의 곳곳에서 소위 인생의 낙오자들과 불행한 사람들을 쉽게 접하게 된다. 인간성이 사라지고 물질만능의 공허만이 지배하고 있는 현대도시의 일그러지고 살풍경한 모습이다. 더구나 부랑자들, 낭인들, 노숙자들, 손이나 다리가 없는 불구자로 구걸하는 사람들, 인격 장애 내지 인격 분열자들, 버림받은 비루한 사람들은 그들을 배제하는 잔인한 도시 속에서 허우적거리며 어렵사리 연명하고 있는 실정이다. 그들은 국외자(outsider)로서 세상의 곱지 않는 시선을 받으며, 군중과 소음 속에서 자신들의 정체성마저 깡그리 상실한 사람들로 보인다.

이런 상황과 맞닥뜨릴 때 현대 도시인들의 척박한 삶에 대한 질문을 하게 된다. 그들은 도대체 어떤 일을 겪었기에 저지경이 되었으며, 혹시라도 부당한 운명에 대한 참을 수 없는 반항과 분노가 그러한 행동으로 표출된 것이었을까? 또한 세상살이가 고달프고 버거우며, 인간관계도 평탄하지 못한 것도 사실이지만 사나운 운명의 덫에 걸려들어 어이없이 좌초당하고 말았던 것인가라는 질문을. 또 한편으로는 사는 보람을 느끼고 사람답게 사는 삶이란 어떤 것인가란 자문도 해보았다. 물론 인생사란 결코 녹록하지 않고, 때론 정답이 없는 것도 사실이라지만 그런대로 우리의 삶은 흘러가고 지나가게 마련이지 않은가. 그렇지만 황폐하고 불안한 삶 속에서도 자신의 존재감이 한층 증가하는 때가 있는데도 그들은 그 반짝이는 순간마저도 깜빡 놓친 탓에 스스로의 삶을 망쳤다는 생각마저 들어 안타깝다.

그들을 볼 때마다 뭔가 잘못되었다고 느꼈는데 그 얼마를 지난 후 우리도 역시 잘못했다는 생각의 변화가 일어났다. 그들의 삶이 거덜나고 피폐한 진창에서 허우적거릴 때 우리는 그 삶의 방조자가 되어 그들을 외면하고 배제하지는 않았던가하는 생각에서다. 나아가 그들이 희생한 자리를 은근슬쩍 꿰찼던 것인가 하는 의구심마저 들었던 것이다. 그들의 헝클어지고 구겨진 삶을 바라보면서 이런저런 편치 않았던 여러 생각들이 일어나곤 했다. 이후에 나는 가끔씩이나마 그들이 어떻게 살아가고 있는지 궁금했다.

이러한 발상이 계기가 되어 작품을 통해 형상화된 작중 인물들은 「주홍의 여인·1 ~ 2」*(『방문객』), 「도시의 우울」(『나는 말하지 않으리』) 연작시에 묘사된 사람들, 그리고 「도시의 이방인」(『잃어버린 사람을 찾아서』) 연작시에 그려진 사람들이다. 위의 「주홍의 여인·1 ~ 2」 시편들에서는 온통 주홍으로 물들이며, 눈 아래에 또 한 쌍의 눈썹을 만들어 두 쌍의 눈썹을 달고서는 거리를 헤매거나 잘못된 임신으로 남산만 하던 배가 무량의 공허로 채워지고 사람들의 입질에 씹히며 삶에 파 먹히던 '주홍의 여인'들을 그려보았다. 그 외의 시편들에서는 백주 대로변에서 벌거벗은 채로 특정한 대상이 없는데도 감자를 먹이다가 욕설을 마구잡이로 퍼붓던 여성, 몸의 크고 작은 흉터들을 보란 듯이 드러내고 살아가던 여성, 지하철 안에서 다른 승객들은 아랑곳하지 않고 자신 만이 보이고 들리는 '네놈'을 향해 험구악담을 줄줄이 엮어대던 남자, 역무원에게 끌려 나가던 썬 글라스의 긴 머리 남자 등이다. 그런데 아무 대상이 없는데도 감자를 먹이다가 욕설을 퍼붓던 여성이나 혼자서 험구악담에 열을 올리던 남자의 경우는 어떤 특정 대상이 자신의 운명에 불행한 원인제공자라는 생각으로 분노가 계속되면서 욕설을 퍼붓고 험구악담의 저주를 하게 된 것이다. 그 피해의식에 갇혀 스스로를 망가뜨리다가 결국은 자신의 무덤을 파게 되고 말았다. 그런 와중에서나마 상대의 장점도 찾아보고 나의 단점도 찾아보면서 생각을 전환하고, 증오의 패턴을 용서와 화해의 패턴으로 바꿀 수는 없었던지 안타까웠다. 세상살이가 결코 자신이 기대하는 대로만 되지 않는데도 말이다.

시편 「도시의 이방인·5 ─ 부랑자들 ─」은 도심의 대로변 한 곳을 떡 하니 차지하여 음식 품앗이로 먹고 마시며, 시도 때도 없이 누워 뒹굴고 있던 남녀노숙인 등을 시적 대상으로 삼은 작품이다. 소위 황금상권이 있고 각종 모임이 빈번하여 늘 사람들이 밀물처럼 흘러드는 곳으로 그들과는 선명한 대조를 이루고 있다. 그런데 이런 것 말고 그들이 할 수 있는 게 무엇일까라고 생각하자 여전히 막막해지는 느낌이 들었다. 그곳을 지날 때마다 가지게 된, 이러한 막막하고 착잡한 느낌들이 내심으로 흘러 들어와 하나씩 자리를 잡아가다가 이렇게 시로써 형상화되어 세상에 나온 것이다. 그리하여 5연 30행의 장시(長詩)가 되었고, 비교적 건조한 시어(詩語)와 사실적인 묘사로써 가감 없는 현장성을 그려보고자 했다. 그 어떤 언어적 수사조차도 여기서는 사치라는 생각이 들어서이다.

　그런데 삶다운 삶이란 원초적이고 근본적인 것과의 지속적인 관계가 성립될 때만 가능하다고 한다. 확고한 자아의식과 자존감은 사람들 사이의 긴밀한 유대와 관련되어 있고, 주변과 분리될 수 없는 연결망 속에 존재한다는 믿음을 가져야 한다는 관점에서다. 우리는 서로 간에 관계를 맺고 함께 움직이며 살아가고 있다. 힘들어도 끈을 붙잡고 있어야만 하는데 그들은 자의에서든 타의에서든 스스로의 생각에 매몰된 채 자신이 붙잡고 있던 관계의 끈을 놓쳐버렸던 사람들로 보인다. 희망의 마지막 페이지까지 넘겨버렸다는 생각이 들수록 여기에 주눅 들지 말고 관계를 다독이며, 과감하게 일어나 스스로의 삶을 꽃피우려고 노력해야 할 것이다. 냉엄한 현실을 인생의 본질 중 하나로 인식하면서 끝까지 포기하지 말고, 즐거웠던 일들을 되살리며 반추하는 일이 필요한데도 말이다. 자신이 좋아하는 일을 꾸준히 끝까지 해보는 것도 자신감 회복의 한 해법이 될 것이다. 이리저리 휩쓸리고 흔들리는 세상에서 우리는 고통

속에 내몰리기도 하고, 인생의 결정적인 사건을 만나기도 한다. 그럴수록 자기 자신을 챙기고 지켜야 하는 것이 무엇보다 중요한데도 어찌하여 마지막 자존감마저 녹슬게 하고 말았던 것인가란 의문이 시종 가시지가 않았다.

　돌아갈 곳도 없는 척박한 곳에 인신을 의지한 채 생게망게하게 살아가는 그들은 삶의 밑바닥까지 내려가 그 막다른 길에까지 들어선 사람들로 보였다. 더러는 예상하지도 못한 일이 일어나기도 하는 인생이라는 긴 여정. 그 험난한 여정에서 미래로 가는 통로는 모두 꽉 막혀있고, 오직 좌절로 점철된 어두운 과거로 가는 길만이 활짝 열려 있었던가. 그들은 너무나 많은 시간과 삶을 탕진해버리고, 허망한 나날의 기억 속에 갇힌 채 살아가는지도 모른다. 자기 삶의 벌거벗은 흔적들을 곱씹고 반추하면서, 희망도 없는 삶에 대한 지겨움으로 남루한 목숨을 부지하기에도 힘겨워 하는 듯했다. 자포자기로 스스로를 인생이 끝장난 사람과 마찬가지라는 대우를 하는 것 같았다. 왜 좋은 면을 생각하지 않고 즐거웠던 기억들조차 홀라당 날려 보내고 말았던가하는 의문이 가시지 않았다. 행복은 자신 안에 존재하는 생각이 만들어 내는데도 말이다. 우리의 일상에서 유머나 즐거움, 긍정적인 면을 찾으려는 노력을 가져야한다고 하지 않았던가. 위에서 언급한 시편들은 갖가지의 뒤틀린 모습을 보여주던 그들에 대한 나름의 생각들을 형상화한 것이다. 나의 어쭙잖은 작품들이 본인들은 물론 우리의 성찰과 사회적인 관심을 촉구하고, 다소나마 발전적인 방향으로 선회하는 계기마련이 되길 바란 것이 작시(作詩)의 동인이 된다.

※ 주홍의 여인 : 내가 거리에서 가끔씩 마주친 두 여인은 흔히 말하는 "약간 맛이 간" 여
　　　　　자들이었다. 공교롭게도 그들을 보았을 때마다 주홍빛 옷을 입고 있었
　　　　　다. 순간 나다니엘 호손의 걸작 『주홍 글씨』가 머리를 스쳤다. 주홍의
　　　　　색감에서 풍겨오는 것, 곧 '주홍 글씨'로 낙인찍힌 잘못된 운명의 표적
　　　　　이라는 점에서일까? 벅찬 운명의 소용돌이에 휩쓸리는 자들에 대한 상
　　　　　징성을 부각시켜본 작품이라 하겠다.

도심의 뒷골목 · 1

온화한 저녁을 갈아엎는 온갖
소음과 혼탁한 냄새가 판을 치고
날마다의 삶이 토해내는 잉여물과 온갖
잡동사니로 하치장이 된 도심의 뒷골목

푸다닥거리는 각종 생활의 소리를 딛고
스치듯 지나가던 행인들이 남긴 미련의 냄새도
옷 속에 마음속에 숨겨둔 비밀의 피 냄새도
알금삼삼한 도심의 뒷골목으로 엉켜서 흘러든다

때가 되면 뒷골목의 비릿하고 끈적한 냄새가
저마다의 영역을 차지하려 허접 쓰레기더미와
널브러진 부패물에 뒤섞여 아웅다웅하다가도
적당한 선에서 타협하며 공존공생하고 있다

도심의 뒷골목·2

번화가의 지하철역 이면도로에서
상아빛 의상을 우아하게 차려입은
날씬한 아가씨가 메니큐어 곱게 단장한
섬섬옥수의 하얗고 긴 손가락에다
담배를 끼워서는 맛있게 피고 있었다

그녀가 입을 벌렸다 오므렸다 빠끔거리며
익숙한 솜씨로 토해내는 담배연기가 몽글몽글
피어오르다가 내려오면서 부드럽게 자욱이 흩어졌고
빨간 불꽃이 남아있던 담배꽁초를 땅바닥에
휙 날려 뾰족구두로 비비대며 끄고 있었다

각종 쓰레기가 널브러진 음습한 곳에서
그녀의 보드랍고도 상큼한 입술을 지나서는
구둣발 아래 자는 듯 누워있던 그 흔적들과
앞서거니 뒤서거니 버려진 담배꽁초들이
뒷골목의 군데군데에서 대오를 이루고 있었다

화려한 도심의 빛과 그림자

　이 시편들의 시적 공간은 화려한 번화가의 음지인 도심의 뒷골목이며, 주된 내용은 우리 사회의 일그러진 모습을 반영한 것으로써 세태비판적인 성격을 띤다. 대형건물들이 즐비한데다 사람들의 왕래가 빈번한 도심의 그 곁가지로 자리한 뒷골목. 빛과 그림자와 같은 묘한 대조를 이루는 곳이다. 그 바로 앞쪽의 대로변에는 현란한 광고판이 온갖 욕망을 자극하며 소비심리를 부추기고 있어 자칫하면 개개인(個個人)은 도심의 부속물로 전락하기 십상이다. 거대한 도시의 군중 속에서 파편화되고 있는 개인의 삶, 그 초라한 면모의 한 반영이라 하겠다.

　도심이자 젊음의 거리가 으레 그렇듯 건물들이 밀집해 있고, 각종 편의점, 카페, 음식점, 화장품가게, 옷가게 등이 즐비한데다 젊음도, 돈도, 생각도 많이 소비되는 곳이기도 하다. 그 소음과 들뜸의 야단법석을 약간 뒤로하고서 그들의 마스코트 같은 담배를 휴대하고 뒷골목 안으로 흘러드는 젊은이들. 다소 황폐하고 축축하기도 한 이곳은 그들에겐 없어서는 안 될 곳으로 은밀하고 자유로우며 휴식과 위안의 장소로 이미 자리매김 되고 있었다.

　그런데 좁다랗고 그늘진 이 세계에는 더러 페인트칠이 벗겨진 벽을 배경으로 바닥에는 침과 가래가 끈적이는데다 온갖 잡동사니로 뒤범벅이 되어있다. 거기에다 곰팡내 섞인 담배냄새와 각종 야릇한 냄새가 그 안에 들어와 섞이면서 불결하고 을씨년스럽기도 하다. 이 시편들은 그곳을 오가면서 보고 느낀 것을 형상화한 것이다. 먼저 시편 「도심의 뒷골목·1」(『잃어버린 사람을 찾아서』)에서는 시의 배경이 된 이 공간을 다음과 같이 시니컬하게 묘사해 보았다.

"날마다의 삶이 토해내는 잉여물과 온갖 / 잡동사니로 하치장이 된 도심의 뒷골목"(1연 3~4행), "때가 되면 뒷골목의 비릿하고 끈적한 냄새가 / 저마다의 영역을 차지하려 허접 쓰레기더미와 / 널브러진 부패물에 뒤섞여 아웅다웅하다가도 / 적당한 선에서 타협하며 공존공생하고 있다"(3연 1행~4행).

이 시편에서 그려낸 것은 도심의 여느 뒷골목에서든지 그와 엇비슷한 모습을 쉽게 접하게 된다. 나는 가끔씩 편의점 의자에서나 카페에 앉아 그곳을 넌지시 바라보며 이 생각 저 생각에 잠기기도 했다. 현대도시 젊은이의 또 다른 삶의 일면을 반영이라도 하듯 그들은 시도 때도 없이 뒷골목을 제집처럼 드나들었다. 그러다가 줄담배를 피워대며 매캐한 연기와 칙칙한 흔적을 아낌없이 보태주었다. 행인들의 이런저런 시선쯤이야 이미 이골이 나있었고 아랑곳하지도 않은 태도들이었다.

그 다음의 시 「도심의 뒷골목·2」(『위의 시집』)에서는 젊고 멋스러운 아가씨를 시적 대상으로 하여 이를 부분적으로 묘사해 본 것이다. 아예 흡연실이 되어버린 너절한 뒷골목에서 세련되고 우아한 옷차림의 "날씬한 아가씨"가 한 눈에 들어왔다. "섬섬옥수의 하얗고 긴 손가락에다 / 담배를 끼워서는 맛있게 피고 있었다"(1연 4~5행). "빨간 불꽃이 남아있던 담배꽁초를 땅바닥에 / 휙 날려 뾰족구두로 비비대며 끄고 있었다"(2연 4~5행). 여기 인용부분에서는 그녀의 표리부동(表裏不同)한 모습, 즉 세련되고 우아한 겉모습과는 아주 다르게 담배를 끌 때의 거친 행동을 선명하게 묘사함으로써 대조적 이미지를 강화해 보았다. 줄담배를 피울 때 그녀의 입모습인 "입을 벌렸다 오므렸다 빠끔거리며"(2연 1행)에서는 약간의 풍자성도 가미한 것이다.

시편 「도심의 뒷골목·2」에서 그려본 바와 같이 뒷골목을 배경으로 한 그녀의 거침없는 행동들은 이 시대 도시의, 일부 젊은이의 또 하나의 풍조(風潮)를 보여주는 듯했다. 그런데 왜 그곳에 찾아들며 그런 행위를 하는지, 그렇게 하지 않을 다른 방법은 없는지를 묻고 싶었다. 찰거머리처럼 달라붙는 스트레스를 담배연기와 함께 내뿜으며 훅훅 날리려는 나름의 해소방법에 기대자는 것일까. 혹시 소진해가는 자신의 삶에 대한 불안과 위기감을 떨쳐내기 위해 담배를 접한 나머지 이 맛에 무작정 빠져버렸을까. 어쩌면 분열되고 찢긴 자아를 회복하고 심신의 안정을 기하는데 도움을 준다는 주변의 권고에 귀가 솔깃했는지도 모른다. 그들의 그침 없는 행동을 볼 때면 나는 이러한 의문들을 곱씹어 보곤 했다.

현대사회는 개인의 자유와 권리를 중시하지만 반면에 책임의식의 저하와 이기주의의 동류인 자유주의의 모순이 사회문제로 지적되기도 한다. 자칫 사회성을 무시한 방종으로 비춰질 수도 있기 때문이다. 공중도덕이나 공동체 의식 따위는 이미 '담배 맛 떨어지는 소리'로 전락하여 깡그리 그들의 발아래서 짓밟힌 채 그곳에는 아예 존재하지 않은 듯싶다. 끊임없는 자극과 갖가지의 욕망이 팽창하는 현대도시, 그 음지에서 횡행하는 각종 모순들에 대한 우려와 경각심을 이 시편들을 통해 다소나마 표출해보았다

목마와 숙녀

목마 탄 숙녀도 시인*도
세월과 함께 아주 떠나가 버리고
가을이 낙엽만큼이나 떨어지던 날
'목마와 숙녀'라는 간판의 포장마차 안에는
두 사내가 점점 더 언성을 높이며
독기 오른 싸움닭이 되어
서로를 매섭게 노려보고 있었다

그들의 바로 옆 자리엔
세상의 근심을 혼자 떠안은 듯한
중년이 마른안주 한 접시와 마주앉아
정종 잔에다 소주를 따르며 연거푸 마셔댔다.
그의 등 뒤로는 별 하나 없는
음산한 밤하늘이 드리워져 있었다

낯선 사람들이 어깨를 사이하여
옹기종기 앉아 저마다의 이야기에 열을 올리고
여기저기에 나자빠진 술병들 마냥
사람들의 마음도 고삐가 풀려갈 즈음
그토록 크게 보이던 세상도 어느덧
한 뼘의 술잔 속에 납작 엎드려 있었음인가?

매운탕같이 얼큰한 술판이 한창일 때

초반에 언성을 높이던 두 사내가 급기야는 멱살잡이하고

한 사내의 입과 코에서는 더운피가 흘러내렸다

자라목처럼 움츠리던 목을 쭉 빼고서

구경하던 사람들의 꼭꼭 숨은 충동도

슬슬 끓고 있던 포장마차 안에는

붉게 틔던 핏방울이 꽃잎인양 흩날리고 있었다

※박인환 시인. 「목마와 숙녀」는 그가 남긴 명시(名詩)의 제목이기도 함.

싸움판과 구경꾼들

육교 위에는 사람들이 빙 둘러싸서

몇 겹의 울타리를 만들고 있었다

고슴도치와 뱀으로 호객하던

거리의 약장수인가란 생각이 언뜻 스칠 때

울타리 너머로 한 걸인이 눈에 들어왔다

붉은 핏자국이 회색바닥에 엉겨붙어있었고

할퀴고 찍힌 몸뚱이와 구겨진 양은그릇이

오랜 부부처럼 나란히 누워있었다

몇 발짝 뒤로는 또 한 걸인이 뻗어있고

찢어지고 남루한 옷자락이 휘휘 날렸다

싸움에 전염된 구경꾼들이 진을 치고는
마치 자신들의 대리전(代理戰)을 치르는 듯
북받치는 야릇한 힘에 겨워서 못내 씩씩대며
주먹만 한 말들을 주고받던 육교 위에는
마침내 피를 청해오는 구경꾼들로 넘실거렸고
비릿한 야생의 열기가 염병처럼 번져나갔다

무가치한 싸움 대신에 공생의 길로

세상이라는 정글 속에서는 내적 외적 크고 작은, 갖가지의 싸움이 끊임없이 일어나고 있다. '살아있는 것은 모두 싸움을 한다'고 하지 않은가. 그렇지만 하찮은 싸움으로 귀중한 인생을 낭비해서는 안 될 것이다. 사람들은 자신의 복잡하고도 적나라한 심리상태를 드러내지 않고 생활하는 것이 일상적인 행동이다. 어쩌다 이런 모습이 벗겨지는 경우도 있는데 밤이 되거나 또는 술을 마시게 될 때가 많다고 한다. 환한 낮보다 밤에 술을 마시면 경계심이 무너져 본심에 있는 말을 내뱉게 된다는 것이다. 술을 마시고 떠드는 가운데 보통 때는 할 수 없었던 거친 말도 하게 되는데 마음속으로만 생각하던 것을 밖으로 드러낸다고 볼 수 있다. 술김에 남을 욕하고, 자신의 약점이나 실패에 대한 숨기고 싶은 말들, 심지어는 범죄를 저지른 일까지도 서슴없이 내뱉어 주변사람들을 놀라게도 한다. 우리가 익히 아는 바대로 평소에는 꼭꼭 숨어있던 고약한 버릇도 튀어나오는 것이 술의 부정적인 힘이기도 하다.

시편 「목마와 숙녀」(『나는 말하지 않으리』)의 시적 분위기는 퍽이나 을씨년스럽다. 늦가을 번화가의 한 포장마차 안에서 술을 마시다가 싸우던 모습을 시적대상으로 하여 이를 형상화한 것이다. 언젠가는 하며 벼르고 벼르던 싸움이었는지 아니면 상대방의 말이나 태도가 거슬려서 순간적으로 욱하며 말싸움하던 끝에 급기야는 멱살잡이에다 주먹질까지 하게 되었는지 알 수는 없었다. 그들은 이후 다시는 안 볼 사람처럼 듣기에도 거북한 쌍욕까지 남발하고 있었다. "여기저기에 나자빠진 술병들 마냥 / 사람들의 마음도 고삐가 풀려갈 즈음"(3연 3~4행)의 묘사처럼 보통 때는 꾹꾹 눌리고 참다가 술이 제법 들어가자 심리적 방어기제가 무너진 것이다. 뜻밖의 소동에 자리를 뜨는 사람들도 더러 있었지만 이에 아랑곳없이 그들의 싸움은 점점 무르익어 갔다. 답답한 기분이라도 풀려고 왔다가 혀를 차면서 빠지기도 하고, 바깥에서 기웃거리던 사람들이 발길을 돌리기도 했지만 가림 막 없는 그들의 싸움에 은근슬쩍 재미있어 하는 사람들도 보였다. "붉게 틔던 핏방울이 꽃잎인양 흩날리고 있었다"(4연 마지막 행)에서 핏방울과 꽃잎의 병치는 인간관계의 좌절과 허망의 역설적 표현으로 허무의 정조가 고조되어 있는 부분이다.

그런데 왜 싸울까? 사람 사이에 싸움이 일어나는 원인 가운데 다수를 차지하는 것은 무시당하고 모욕을 당해 체면이 손상됐기 때문이라고 한다. 여기에 질투심까지 보태게 되면 사태는 더욱 심각해진다. 상대가 자신을 무시하고 약점을 공격하면서 자존심마저 짓밟았다는 생각에서다. 쌓여갔던 오해가 분노로 바뀌면서 되갚아주겠다는 기분은 급기야 통제하기 어려운 상태로 치닫는다. 화와 분노를 주체하지 못하고 폭발하는 사람들은 불안감과 피해의식에 사로잡혀 싸움을 한다는 시각이다. 사람은 자신의 영향력을 확대하고 싶은 욕구가 있기 마련인데 어떤 이유로든 자신의 이런 욕구가 거부당하게 되면 욕구불만 상태가 되어 공격적인 태도를 취하게 된다는 것이다. 따라서 단지 그 사람 옆에 있다는 사실 하나만으로도 피해를 입는 경우가 더러 있다. 이를 경우엔 성급하게 자신의 의견만을 고집하거나 원칙론만 되풀이하면 대화는 더 이상 진전되지 않는다. 단정적인 말투 역시 대화를 막는 걸림돌이 될 뿐이다. 자기주장이 지나치게 강하다보면 자칫 공격적인 성향이 되어 이득이 없는 싸움에 휘말리게 되고 결국 후회만이 남는다. 가장 큰 승리는 싸우지 않고 이기는 것이라 하지 않은가. 상대를 화나게 하지 않고 내 편으로 만들어 그 힘을 이용하려면, 상대의 기분을 이해하고 꿰뚫어 보는 능력을 길러야 한다는 것이다. 상대의 기분을 꿰뚫어보는 능력을 가진 사람이 가장 현명한 사람이라고 한다. 상대방의 눈높이에서 바라보고, 상대방의 입장에 서서 생각해 보면 공감적인 경청을 하게 된다. 사람을 이해하는데 상대방의 입장에 선 만큼 확실하고 효과적인 방법은 없다는 것이다. 곧 자기 자신이 상대의 입장이 되어 생각해 본다는 것은 공감의 문제이고 일종의 역할분담이기 때문이다. 나아가 자기 자신을 객관적으로 관찰할 수 있는 기회가 되기도 한다. 대인관계에서 행동할 때는 언제나 상대의 기분을 생각하는 데서부터 시작해야 하며, 험담은 절대로 해서는 안 된다는 것이 정석이다. 험담은 결국 당사자의 귀에 들어가게 마련이다. 보편적으로 사람은 자기가 관심을 가지고 있는 일, 흥미를 느끼고 있는 일을 화제로 삼고 싶어 한다. 먼저 상대가 하고자하는 말이나 주장에 대해 정면으로 대항하지 말아야 하고 맞장구를 치면서 받아들이는 자세가 중요하다. 그리고 불쾌한 말을 들었을 때라도 곧바로 반응을 보이지 말고, 잠시 자리를 피해 냉정을 유지하는 것도 좋은 방법이다(다무라 고타고,『화가 나도 바보와 싸우지 마라』참고).

　그 다음의 시, 「싸움판과 구경꾼들」(『잃어버린 사람을 찾아서』)은 구걸하면서 연명하는 두 걸인의 싸움현장을 묘사한 작품이다. 행인들이 발길을 멈추고 빙 둘러서서 무언가를 보고 있었는데 순간 머릿속에 스치는 것이 있었다. 그것은 옛 시절에 흔히 접하던 거리의 풍경이기도 했다. 행인들의 왕래가 빈번하던 곳에 적당히 자리를 잡아 나름의 재주를 한껏 발휘하며 사람들을 모으고 약을 팔던 '거리의 약장수'들과 점점 몰려들던 구경꾼이었다. "고슴도치와 뱀으로 호객하던 / 거리의 약장수인가란 생각이 언뜻 스칠 때 / 울타리 너머로 한 걸인이 눈에 들어왔다"(1연 3~5행)에서 보듯이 옛 시절의 거리 풍경이 아닌 현재의 살벌한 풍경이었다. 그 장면은 현재 속에 옛 시절이 겹쳐있는 부분으로 이중구조를 이루고 있다.

　무점포의 약장수들은 그 시절에 쏠쏠한 수입을 올리기도 했고, 구경꾼들도 나름의 재미와 실리(필요한 약을 염가로 쉽게 구입)라는 두 마리의 토끼를 잡기도 했다. 그들은 고슴도치와 뱀을 능수능란하게 다루면서 사람들에게 스릴감과 흥미를 자극하고 볼거리를 제공해 주었다. 어느 한 쪽의 일방적인 이익이나 손해가 아닌 '처남 좋고 매부 좋은 격'이었다. 즉 공생 내지 상생의 관계였다. 하지만 현재의 이 싸움은 옛 시절을 떠올리게 하는 그런 싸움이 아닌, 소위 목 좋은 자리를 서로 차지하려고 벌이는 생존싸움이자 영역싸움이었다. 한창 영업(?)해야 할 백주 대낮에 사람들의 왕래가 빈번한 목 좋은 자리를 서로 차지하려고 죽기 살기로 싸운 것이다. "할퀴고 찍힌 몸뚱이와 구겨진 양은그릇이 / 오랜 부부처럼 나란히 누워있었다 / 몇 발짝 뒤로는 또 한 걸인이 뻗어있고 / 찢어지고 남루한 옷자락이 휘휘 날렸다"(2연 2~5행)의 묘사처럼 그 결과는 양쪽 모두 패배한 싸움으로 참담하고도 비루한 모습을 여지없이 보여줄 뿐이었다. 그것은 바로 대립과 그로인한 공멸의 학습장이기도 했다. 밑바닥 생활을 하며 알량한 자존심은 벌써부터 쓰레기통에다 버리고 나왔는지 어떤 행동을 하든 주저할 것이 없었던 것 같았다. 시장 통에서 동업자들끼리, 거리의 노점상들이 목 좋은 자리를 서로 차지하려고 벌이는 이런 자리싸움을 가끔씩 보게 된다. 살벌한 삶의 현장에서 벌어지는 치열한 생존경쟁인 것이다. 호전적인 취향을 제외하고는 싸움은 그 원인이 어디에 있든 우리를 우울하게 하는 것은 사실이다. 위의 두 시편들은 썩 드물게나마 싸움을 소재로 하여 그 현장을 형상화한 것이고, 사람들에게 많이 읽히기도 했다.

그런데 극렬하고 냉혹한 싸움을 보려면 정치 현실을 보라는 말이 있다. 국민을 위한다고 하면서도 당내외의 권력투쟁에 혈안이 되다시피 한 것이 정치의 현주소가 아닌가. 그들이 마구 쏟아내는 총질이나 칼날, 날선 등의 언어조차도 섬뜩한 피의 냄새가 풍긴다. 죽기 아니면 까무러치기로 살기등등하게 싸우고 있는 이해충돌의 격전장이 따로 없다. 날선 격돌, 불꽃 공방과 맞불 작전은 이미 그들의 전매특권이 되다시피 한 전투적인 용어로 자리매김하고 있다. 정치판에 뛰어들어 때론 교활한 공격과 방어, 도전과 응전을 되풀이 하며 정치인으로서의 잔뼈가 굵어졌던 그들이 아니던가. 흔히들 도덕이나 윤리가 통하지 않는 비정한 세계가 정치판이라고 한다. 우리는 원하든지 원하지 않든지 나날이 진화하는 그 비정함의 극치를 쉽게 접하게도 된다. 그리고 통상적으로 욕구가 일치하는 사람들끼리 모여 무리가 만들어지는데 그것이 바로 '파벌'인 것이다. 무리 만들기는 철저한 계산에 의한 것이다. 강한 자의 힘을 빌려 호가호위하며 살아남으려는 사람들의 영악한 생존전략이기도 하다. 약자들은 함께 있는 그 누군가로부터 이익을 기대하고 무리를 만든다. 강자 옆에는 그 덕을 보려는 가짜들이 판을 치게 마련이다. 또한 공통의 적은 그들 내부를 더욱 결속하게 만드는 촉진제 역할을 한다. 이상으로 '파벌'을 대충 정리해 보았다. 물론 이것은 끝이 아니다. '모난 돌이 정 맞는다.'는 속담을 자신에게 알맞게 활용하여 자신의 본색을 감추고 보호색으로 위장하고, 철새처럼 이리저리 옮겨 다니며 권력자에게 빌붙어 세를 확장해가는 인사들도 심심찮게 보게 된다. 그야말로 변신의 귀재(鬼才)들이 아닌가.

　복잡한 사회, 복잡한 인간관계 속에서 살아가는 사람들은 개개인의 사고방식이나 살아온 배경이 서로 다르다. 그러기 때문에 이해를 둘러싸고 의견이 대립하고 상호 충돌하는 것은 오히려 당연한 일이라고 한다. 그것을 대립으로 받아들이고 싸울 것인가, 아니면 서로의 차이를 인정하고 상대의 좋은 부분을 받아들여 상호의존적인 관계로 만들어 갈 것인가? 그 답은 진화생물학에서 분명하게 그 결말을 가르쳐준다. 즉 대립은 공멸 내지 절멸(絶滅)을 되풀이하는 역사를 낳지만, 상호의존에 기초한 공생은 번영의 역사를 만들어 간다는 것이다. 이것은 바로 진화생물학이 인류에게 권하는 공생의 이유이기도 하다. 대립의 길보다는 공생의 길이 진화생물학적으로도 훨씬 합리적인 선택이 되는 것은 자명하다. 이를 방해하는 것이 증오나 질투의 감정인데 공생을 배우지 못한 인류에게 내일은 없다고 한다(진화생물학자, 미야타케 다카히사, 『살아있는 것은 모두 싸움을 한다』 참고).

　삶은 감당하기 어렵지만 인생은 하늘이 내려준 큰 선물이며, 저마다의 삶을 지고 가는 우리의 삶은 계속되고 있다. 따라서 귀중한 인생을 무가치한 싸움으로 낭비하지 말고 가치 있는 일에 주력하면서 온전히 살아가야 하고, 융통성을 발휘하여 각종 스트레스에 대처해야 할 것이다. 싸움은 스트레스의 반응으로 나타나는 현상이라고도 한다. 남들과 싸울 겨를이 있다면 잘못되고 부정적인 생각에다 쓸데없는 생각에 사로잡힌 자신과 싸워야하며, 자신과 싸우기 위해서는 자기 자신과 마주하라고 조언한다. 날마다 치열한 경쟁이 벌어지고 있는 사회에서 스트레스 안 받고 그런 현실을 인정하고 살아가는 것도 지혜로운 삶의 자세라는 것이다. 밤낮으로 정보가 범람하는 시대에서 우리에게 과연 제대로 된 심신의 휴식이 있었던가? 지혜를 축적하기 위해서도 생물인 인간 역시 휴식이 필요한데도 말이다. 모든 일이 계획대로 되는 것도 아닌 세상에서 스트레스를 해소하는 것은 융통성 있는 태도에 달렸다고 한다. 생활습관을 바꾸면 삶의 방식이나 인생을 충분히 변화시킬 수 있다는 관점에서다. 더욱이 우리의 삶에서 무엇보다 중요한 것은 대립이 아닌 공생의 길이다. 대립은 공멸 내지 절멸을 초래하지만 공생의 길은 번영의 역사를 만들어간다는 사실은 아무리 강조해도 지나치지 않을 것이다.

슬픔이 오고가면

슬픔은 슬픔만이 오는 것이 아니라
여러 정감의 씨앗들을 데리고 온다
슬픔에게 눈물을 준다면 그 눈물은
탁하고 물컹한 것들을 걸러낸
수정같이 맑고 진주같이 단단한
그런 참한 눈물이어야 하리니

슬픔이 그들과 함께 와서
남겨진 한과 포개질 때면
슬픔은 슬퍼도 슬퍼하지 않을
그 어떤 힘까지 보태어져
질기고 강한 삶으로 거듭나서는
스스로를 다독이며 단단히 자리하려니

그 옛적 디딜방아로 곡식을 찧을 때나
베틀을 돌리며 실을 자아내어 길쌈하던
곤고한 삶의 된 자리에서
그렇게 알싸한 일을 할지언정
왠지 모를 어떤 흥취도 깃들어져
슬픔도 힘이 된다고들 한 것이려니

슬픔은 슬픔만이 오지도 않고

떠나갈 때도 그냥 가지도 않아

층층애환이 서려있는 삶의 길

그 안에서 저절로 영글어진

보다 색다르고 오롯한 힘을 실어

슬픔은 그렇게 오고가는 것이려니

슬픔은 기쁨의 징검다리

예나 지금이나 인생살이가 슬픔과 한, 그리고 고통을 품고 있기에 고달픈 것은 변함없는 사실이다. 이러한 녹록하지 않은 인생길은 동서양을 막론하고 시대와 계층에 한정되지 않으며, 세상의 어느 곳에서나 있기 마련인 공통적인 현상인 것이다. 그렇다고 해서 우리의 삶이 오직 한과 고통으로 일어나는 슬픔만이 지배하는 것도 아니다. 섣달 그믐날과 정월 초하루가 수레바퀴처럼 맞물려 돌아가듯 슬픔과 기쁨도 맞물려 돌아가는 것, 그 또한 세상사의 한 순리이다. 명암(明暗), 애환(哀歡), 장단(長短), 곡직(曲直), 주야(晝夜), 생사(生死), 명멸(明滅), 장단(長短), 길흉(吉凶), 화복(禍福), 희비(喜悲), 애락(哀樂) 등등의 반대 개념적 언어체계도 인생의 순환 궤도와 맞물려 있어 시사(示唆)하는 바가 크다 하겠다. 고통이 지나면 즐거움이 온다는 낙관적인 기대가 수반되는 것도 우연은 아니며, 이러한 순환 원리에 놓여있기에 더욱 흥미롭다. 이것은 '극과 극은 서로 통한다.'는 근거를 제공해 주기도 한다. 따라서 슬픔과 기쁨은 공존하며 서로의 버팀목으로 존재하고 있는 것을 확인하게 된다.

시편 「슬픔이 오고가면」(『잃어버린 사람을 찾아서』)에서 "그 옛적 디딜 방아로 곡식을 찧을 때나 / 베틀을 돌리며 실을 자아내어 길쌈하던 / 곤고한 삶의 된 자리에서 / 그렇게 알싸한 일을 할지언정 / 왠지 모를 어떤 흥취도 깃들어져 / 슬픔도 힘이 된다고들 한 것이려니"(위의 시, 3연 1~6행). 여기서 우선 시의 이해를 돕기 위해 힘든 노동의 고달픔을 잊고 흥겨움과 즐거움을 불러들이는 노동요 두 편을 살펴보겠다. 디딜방아는 발로 디디어 곡식을 찧거나 빻는 방아로 '발 방아'라고도 한다. 방아타령에서 각 지방의 여러 가지 '방아노래'가 있는데 방아를 찧으면서 부르는 민요. 위로와 흥겨움이 있는 이런 노래 속에 붙따르는 삶의 긍정으로 인한 쏠쏠한 재미와 기쁨도 내재되어 있다. 그리고 '베틀노래'는 봉건시대의 옛 여인들이 베틀을 돌려 길쌈을 하면서 그 고달픔을 잊기 위해 부른 노래로 영남지방에서 비롯되어 전국으로 널리 퍼졌다고 한다. 내용은 조금씩 다르지만 근본 뜻은 거의 비슷하고, 뽕잎을 따서 옷을 짓기까지의 과정을 시간 순서대로 노래한 것이다. 여성적이고 낙천적이며 흥겨움이 그 특징이면서 가족에 대한 은근한 사랑도 묻어난다. 이 외에도 '김매는 노래', '물레노래', '빨래노래', '바느질 노래' 등의 부요(婦謠)※가 있다. 실과 바늘처럼 여성들의 힘든 노동에는 이러한 노래들이 늘 함께했던 것이다.

　위의 시 「슬픔이 오고가면」은 옛 여인들의 생활이 힘들고 고달팠지만 흥취와 신명으로 반전하면서 삶의 활력을 되찾게 되는 과정을 형상화한 것이다. 살면서 즐거움과 기쁨을 발견하고 저축하며, 필요할 때 적절히 꺼내 쓰는 것도 아름답게 사는 방법의 하나다. 따라서 일상의 곳곳에 산재해있는 소소한 기쁨과 즐거움을 경험하고 축적하는 것이 무엇보다 중요하다. 그런데 슬픔도 삶의 일부이며 자연적인 과정으로서 나름의 생명력을 가지고 있어 스스로 성장하고 이동하며 우리의 삶을 생산적으로 변화시킨다. 슬퍼져야 냉정해지고 자신의 마음과 세상이 바로 보이기에 슬픔은 보석 이상의 가치를 지닌다고도 한다. 이런 관점에서도 우리는 고무되고 위로를 받는다. 나아가 슬픔을 겪음으로 인해 대상에 대한 공감 능력도 풍부해지고 자기 자신을 존중하는 길을 찾게도 된다. 그러므로 슬픔의 체험은 우리가 기댈 수 있는 것에 기대면서 최선을 다해 자신을 돌보게 하는 과정으로서의 의미를 갖는다. 우리의 삶은 슬픔과 한, 그리고 고통을 통해서 완성되는 것이다. 따라서 우리 선인들의 '슬픔도 힘이 된다.'는 말도 다시금 곱씹어 보게 한다. 그런데 상당히 인기 있고 사회적으로 큰 성공을 거둔 사람들이 이런저런 이유로 자살했다는 소식을 접할 때면 큰 충격을 받았고 뭔가 기만당한 기분마저 들었다. 그들은 웃음과 긍정의 표상이며 우리의 롤 모델이지 않았던가.

헤르만 헤세는 에세이 「두려움 극복하기」에서 "기쁨의 가치는 오직 고통의 과정을 통해서만 체험할 수 있다. 고통, 슬픔을 회피하려 하지 말고 받아들이며 나아가 옹호해야 한다. 그렇게 될 때 슬픔은 기쁨의 씨앗으로 자리 잡을 것이다."고 했다. 그는 또한 「외로운 밤」에서는 힘든 삶을 견뎌내기 위한 유머, 그것은 깊고 지속적인 고통 속에서만 자라는 수정과도 같으며, 힘과 건강은 고통의 슬픔을 통해 생성된다고 보았다. 진정한 유머의 발자취, 삶의 긍정과 슬픔의 긍정, 그리고 그 생산적인 힘을 보여주는 대목들이다. 슬픔은 정화의 힘을 가지고 있고, 그 힘을 통해서 맑은 기쁨을 누릴 수 있게 하는 것도 사실이다.

논어의 팔일(八佾) 편에는 '낙이불음 애이불상(樂而不淫 哀而不傷)'이라 했다. 즐거워하되 즐거움에 빠지지 않으므로 음(淫)이 없고, 슬프되 슬픔에 젖지 않으므로 상(傷)함이 없다는 것이다. 그리고 〈삼국사기〉 잡지악(雜志樂)에는 가야국의 악사(樂士)였던 우륵 선생이 제자에게 남긴 이야기가 전한다. 즉 '낙이불류 애이불비 가위정야(樂而不流 哀而不悲

可謂正也)'가 바로 그것이다. '즐거우면서도 휩쓸리지 말고 슬퍼도 비통해하지 않으니 바르다고 할 만하다'는 뜻이다. 이 예문들은 즐거움과 슬픔을 대하는 자세이자 감정을 조절할 수 있는 능력의 중요성을 일깨워주고 있다. 일상의 문제를 어떻게, 어떤 자세로 받아들여야 하는 가에 대한 교훈적인 의미도 담겨 있다.

그리고 만해선사의 시 「님의 침묵」에서 "걷잡을 수 없는 슬픔의 힘을 옮겨서 / 새 희망의 정수박이에 들어부었습니다."의 시행에서나 괴테의 시 「어느 소녀가 부른」에서 "아아 이 슬픔이 / 가슴을 에는 칼이라면 / 나의 목숨은 벌써 끊어졌을걸."의 시행을 살펴봐도 작중화자의 슬픔이 마침내는 새로운 희망과 기쁨으로 전환되는 과정임을 알 수 있다. 슬픔의 극복 의지와 그 반전을 성찰할 수 있는 소중한 대목들이기도 하다.

우리 인생은 슬픔과 기쁨, 행복한 일과 불행한 일의 반복이고 '슬픔은 기쁨의 시작이다.'라고 한다. 살아가면서 그 말들은 결코 허언이 아님을 깨닫게 된다. 오랜 세월이 흐른 뒤에도 면면히 이어지며 생명력을 발하고 있는 삶의 지혜를 만나게 되어 반갑다. 슬픔과 한을 품고 인생의 강을 건너다가 반전하면서 부르던 그들의 흥겨운 노랫소리인 부요가 쟁쟁하게 들려오는 듯하다. 그 노랫가락이 흘러들면 애잔하면서도 질기고 강한 삶의 향기가 오롯이 피어나며, 춥고 허한 마음을 따뜻하게 하고 채워주기도 한다. 흥이 있어야 삶의 재미도 따라오지 않겠는가. 그러기에 벅찬 생활 속에서도 새로운 꿈과 희망을 다독이며 살아가라고 우리를 일깨운다. 나아가 수많은 기회가 있고, 따뜻한 삶의 문들이 열릴 것이라는 믿음을 한층 고취시키고 있다.

※ 부요(婦謠) : 여성들이 노동을 하거나 일상생활에서 부르는 민요. 부녀요, 여성요, 여요이며 구비문학이다.

지나감에 대하여

저무는 날 나지막하게 내려앉은
으스름한 하늘의 그 틈새로
매지구름이 칙칙한 몸을 풀어헤치고
소소리바람은 쏜살같이 달려와서는
야단 굿을 떨다가 휘익 획 지나간다

번개춤 같은 요동치던 시절도 물러서고
쌍심지를 켜고 사정없이 덤비던
생의 한겨울을 만나 호호하고 살면서
신산한 삶의 촘촘한 얼룩들을
오종종히 매달았던 아릿한 세월 또한 지나간다

지나감에 대한 사념

이 시편은 선경후정(先景後情)의 2연으로 구성되어 있다. 제1연에서는
저무는 날의 스산한 자연현상을 시적 대상으로 하고, 제2연에서는 그로
인한 화자 자신의 정서를 담아보았다. 으스름한 하늘, 매지구름, 소소리
바람의 분위기는 상당히 을씨년스럽다. 시의 배경이 된 음산한 자연물을
차용(借用)하여 녹록치 않은 인생을 비유적으로 형상화한 것이다. 이렇
게 곡절 많은 삶을 살아갈 때면 갖가지의 신산하고 알알한 일들을 겪게

마련이다. 그런데 중요한 것은 이런저런 굴곡진 상황도 늘 머물러있지 않고 지나간다는 사실이다.

힘이 들 때 힘이 되는 명시 중 많이 회자되는 작품은 시인 랜드 윌슨 스미스의 「이 또한 지나가리라」이다. "큰 슬픔과 끝없이 힘든 일들로 지칠 때"나 "행운이 미소 짓고 환희와 기쁨, 명예와 영광 등이 웃음을 선사할 때"도 "지상에서 잠깐 스쳐가는 한 순간에 불과"하다는 대목은 깊고도 큰 교훈을 준다. 인생의 힘든 순간이나 좋은 순간도 지나가기 마련이며, 영원히 지속되는 것은 없다는 의미로 삶의 지혜가 아로새겨져 있다.

우리의 인생길에는 행운이 손짓하는 꽃길이나 고난이 엉겨 붙는 가시밭길이 시시로 갈마들기도 한다. 정도의 차이는 있을지언정 어느 누구도 이러한 현상에서 자유로울 수는 없을 것이다. 나무는 보고 숲을 보질 못하는 식으로 한 곳에만 치우쳐서 일희일비(一喜一悲)하다가는 늘 동요하면서 평정심을 잃어버리기 십상이다. 외골수의 편협한 시각을 지양해야 한다는 의미로도 파악된다. 또한 '세월이 약'이라고도 하지 않은가. 지나온 삶의 곡절에서 난마(亂麻)처럼 얽혀 도무지 헤어날 길조차 없던 일들과 맞닥뜨렸을 때도 큰 위로와 희망을 선물했던 명언이기도 하다. 아무리 괴롭거나 슬펐던 일도 시간이 흐르고 나면 자연스레 완화되거나 잊힌다는 시간의 해결력을 부각시켜 준다. 나아가서 이렇게 왔다가 지나가는 고난과 역경들이 우리를 일깨워주고, 뭔가를 배울 수 있게 한다는 사실을 아는 것은 중요한 일이다. 그런데 한편으로는 슬프고 힘든 일이 기쁨과 영광으로 전환되는 계기마련이 되기도 한다. 그것은 바로 고통을 성취로 발전시켜 삶의 완성도를 높이는 경우이다. 우리의 삶에서 이런 사례는 일일이 언급하지 못할 정도로 허다하다. 따라서 어떤 상황에

처해있더라도 희망의 끈을 놓치지 말고, 스스로를 다독이며 위로하는데 방점을 찍어야 할 것이다. 체념을 넘어서서 긍정의 마음으로 감사하고, 삶의 희망과 의지를 되살려 자기발전의 기회를 마련해야 하겠다. 그리하여 먼저 살아있음에 감사하고 기쁜 일과 감사할 일도 찾아보자. 찾아보면 더러는 있을 것이다. 되도록이면 힘이 되는 말과 힘을 주는 사람을 생각하며 웃어보기를 권하고 싶다. 정신건강학에 의하면 웃음은 뇌 속의 꽃으로 삶의 활력을 제공해주며 건강에 좋은 치유효과가 있다고 한다.

  그런데 새 한 마리도 날지 않던 음산한 날의 오후가 이렇게 희망의 메시지를 담은 시가 되었다는 것을 덧붙이고 싶다. 침침한 하늘과 거뭇한 구름, 매서운 바람 소리에 관심을 모으다가 하나씩 메모한 것이 작시(作詩)의 발단이기도 하다. 맨 처음엔 이 시의 제목을 「어느 흐린 날의 스케치」로 했는데 시를 써 나가면서 「지나감에 대하여」로 수정했다. 자연의 이런저런 모습도 때때로 변화하면서 지나가고 있는 것을 찬찬히 살펴보게 되면서였다. 침침한 하늘과 거뭇한 구름, 매서운 바람 소리도 때가 되면 쾌청한 하늘과 꽃구름, 명지바람 소리로 변환하는 것이다. 그와 마찬가지로 인생의 희비애락도 왔다가는 지나가게 된다. 이런 어김없는 현상을 자연의 순리(純理)이자 섭리라고 일컫지 않은가. 그날의 무척이나 스산했던 자연환경이 나에게 여러 생각을 불러일으키게 했다. 그것을 시를 통해 굴곡진 인생살이의 길로 변조(變造)하여 이렇게 묘사해 본 것이다. 무엇보다 난관이나 우여곡절이 많은 인생의 여정에서도 삶을 영위하게 하는, 끈질긴 의지와 희망의 가치를 작품 속에 담아보고자 했다.

제 **3** 부

S도서관 사물함 앞에서

빈틈은 이내 채워져 버리던
그 사물함 앞을 막 지나치려는데
자리가 비었는데도 오늘은 어찌
그냥 가느냐며 새파란 불을 켜고
내 발길 비추더니 따라 나서네

가을을 데리고 따라와서는 조곤조곤
도란도란 한동안 말을 걸어오며
오래 전에 물러나 머뭇거리고 있는
내 안의 미세한 알맹이라도
샅샅이 찾아내어 키질하라며 북돋우네

영원 같은 시간이 저녁 어스름 빛에
감겨드는 가을의 황갈색 발걸음소리와
시냇물의 파란 목소리가 함께 울려오고
내 마음에서 한참 떠나 갈앉은 향수들도
저마다의 빛깔로 솟아나더니 나를 따르네

도서관 대출 확인증

도서관에서 대출한 책을 절반이 넘게
읽어가다가 책갈피에 끼워져 있던
앞선 대출자의 이름과 책명, 대출날짜가
인쇄된 '이용자명 대출 확인증'을 보았다
지금으로부터 4년 전인 그 대출날짜가
여기서 고스란히 다시 살아나는 듯했다
벌써 두 번째로 이름이나 책명 날짜 중
그 어느 하나는 뚜렷하게 남겨진 채였다

가끔씩 이긴 해도 이전에
대출한 책을 읽고 반납한 후
한참을 지나 다시 대출해 읽어갔을 때
낡고 삭은 그대로 책갈피 깊은 곳에서
숨죽이고 있던 내 이름이 인쇄된
대출확인증을 접하면서 얼마간
생각의 갈래에 휩싸이곤 했다

이렇게라도 나의 손길을 기다렸던 것인가
그것을 책갈피에 그냥 끼워둔 채
반납했던 결과 다시금 나타난 것이리라
몇 페이지를 더 넘겼을 때 이번엔 책 안에

박제된 잎사귀 하나가 지난 세월을 품고 있었다
책을 앞에다 두고 앉아 이런저런 생각들이
교차하면서 명멸하던 날이었다
우리들도 언젠가는 인생의 갈피 속에
끼워져서 부식되다가 점차 사그라지려니

도서관 연가(戀歌)

우리는 살아가면서 알게 모르게 가족이나 주변 사람들, 그리고 환경의 영향을 받기 마련이다. 긍정적이든 부정적이든 그런 관계는 저마다의 인생에 큰 영향력을 행사해 왔던 것도 부인하기 어렵다. 나는 아주 어린 시절부터 선친의 책 읽으시는 소리로 아침을 시작해 왔다. 이른 아침 선친의 책 낭송은 온 가족이 잠에서 깨어나 일어나게 하는 역할을 톡톡히 했다. 어떨 땐 더러 짜증이 났지만 서서히 이런 환경과 생활에 젖어 갔다. 후일 알게 되었는데 선친께서 낭송하셨던 내용은 당송팔대가(唐宋八大家) 등의 고전시가가 주종을 이루었다.

나는 유년기에서 소년기로 접어들면서 무엇으로 삶의 목표를 삼고, 어떻게 노력할 것인가의 문제에 부딪치게 되었다. 가족들의 구체적인 조언도 없던 터라 혼자서 많이 방황하던 때도 있었다. 쉼표 없는 세월은 물같이 흐르고, 나도 휩쓸리며 함께 흐르던 중 책읽기가 삶 속으로 들어왔다. 자연스레 책이 많이 진열되어 있던 곳, 도서관이 또 하나의 집이 되어 공기처럼 드나들며, 책의 자양분을 한껏 섭취했다. 썩 드문 일이긴 해도 어떨 땐 기적같이 머리 안으로 빛다발이 쏟아져 들어오는 듯한 날들도 있었다. 공부와 독서에 대한 재미를 붙이면서 현실보다는 이상과 환상의 임계점까지 넘나들며 꿈과 희망을 부풀려갔다. 그런데 아쉽게도 여러 분야의 다양하면서도 균형 잡힌 독서가 아닌, 인문학에 편중된 독서가 쏠림현상을 초래하여 다소간에 흠결로 작용한 것도 부인할 수 없다.

그렇게 도서관과의 로맨스에 점점 빠져들면서 성장하던 세월. 내 삶의 흔적들이 놓이던 곳이기도 하다. 눈을 감아도 환히 보이던 도서관 안팎의 정경들에 나의 수족처럼 익숙해져갔다. 때로는 열람실에서 들려오는 이용자들의 책장 넘기는 소리, 의자 끄는 소리, 잔기침, 발걸음소리 조차도 소음으로 들리지 않고 학습이나 독서의욕을 고취시키는 리듬감 정도로 들리기도 했다. 이렇듯 도서관은 내 삶의 많은 비중이 놓여있는 곳으로 그와의 싫증나지 않은 로맨스는 갈수록 새로워지고 더욱 빛을 발휘한다.

또한 시간과 공간을 가로지르며 다가오는, 도서관과 관련된 세계적인 문인들 이야기도 접하면서 나의 도서관행은 탄력이 붙었다. 그들 중 장·폴·사르트르, 허먼 멜빌은 독특하면서도 인상적이었다. 먼저 사르트르는 그 유명한 실존주의 소설인 『구토』에서 이야기의 주요장소는 '부빌 도서관'이었다. 작중 인물들, 즉 도서관에 나날이 틀어박혀 롤르봉 공작의 전기를 쓰는 주인공 로캉탱과 알파벳 순위로 책을 읽어가는 독학자를 통해 그곳은 많이 언급된다. 책 이야기, 집필 관련 내용들, 열람실 분위기, 책의 행렬, 가죽 장정, 종이 냄새들이 그들의 애정 어린 시선으로 묘사되어 있다. '나는 로캉탱이었다.'고 말한 작가는 주인공을 통해 자신의 느낌을 감동적으로 드러낸다. "석양이 열람자의 테이블, 문, 책 따위를 물들이고 있었다. 나는 한 순간 황금빛 잎이 무성한 덤불 속으로 들어가는 듯 황홀한 느낌을 가지고 미소를 지었다. 참 오랜만에 웃어보는구나."가 바로 그 대목이다. 다음으로 『모비딕』의 작가 허먼 멜빌이 도서관에서 보낸 그 엄청난 시간과 열정을 들 수 있다. 그의 불후의 명작들은 도서관과 함께 일궈낸 업적이기도 하다. 자석을 따라 움직이는 쇳가루처럼 그들은 도서관에 뛰어들어 시각, 후각, 촉각을 총동원하며 책을 사랑했던 대표적 작가들이었다. 책이 발산하는 빛을 따라 발걸음을 옮겨가면서 미소를 짓고, 마음의 위안과 신기한 힘을 얻었으리라. 일찍이 그 곳에 드나들면서 나도 '언젠가'는 문인이 되어 내가 쓴 책이 도서관의 서가에 꽂히리란 희망을 가지고 있었는데 세월이 쌓이면서 '언젠가'가 '현실'이 되어 있었다. 인터넷을 통해서나 직접 가서 그 희망의 결실들을 확인했을 때면 마음이 뿌듯하고 기쁨을 느꼈다.

　마이크로소프트웨어의 황제인 빌 게이츠를 만든 곳도 그가 살던 동네의 작은 도서관이었다는 것은 익히 아는 사실이다. 이런 사례가 아니더라도 도서관의 소중함과 효용가치는 아무리 강조해도 지나치지 않을 것이다. 그런데 나는 크고 작은 도서관을 많이 접하면서 여러 생각들도 하게 되었다. 그 중 번화가에 위치한 어느 유서 깊은 공공도서관에서 겪은 일인데 참으로 씁쓸했다. 책을 읽다가 머리도 식힐 겸 화단 주변의 벤치에 앉아 무심코 위를 쳐다보았다. 등나무 줄기가 뻗어가는 철 구조물에 페인트칠이 벗겨져 심한 탈모의 모습을 방불케 했고, 도서관 입구나 복도에는 길고 검은 금이 다소 드러나 있었다. 그리고 오르내리는 계단의 군데군데 도장(塗裝)이 뜯기고 방치된 자국들은 흉물스러웠다. 여기에다 열람실의 철재로 된 신형 의자 사이에 놓여있는, 낡은 나무의자들은 옛 그대로의 골동품을 애써 보존하려는 것일까란 의문이 들기도 했다. 그 도서관은 고등학교 다닐 때부터 찾아가 나만의 꿈을 쌓아가던 곳이었다. 물론 외양이 허름하다고 내용도 그러리라 단정하기는 무리지만 하나를 보면 열 가지를 안다는 격언도 있지 않은가.

망설임 끝에 총무과의 담당자를 찾아가 이와 관련된 저간의 의견을 나누었고, 예산 지원문제 등등의 내용 일부를 듣긴 했으나 무척 심란한 데다 숙제만 안고 돌아왔다. '지혜의 보물창고'라는 도서관은 시설, 내용 면에서도 결코 소홀히 해서는 안 될 우리의 지적 자산인 것이다. 단순한 구조물이 아니라 과거의 기록물들을 보관 정리하고, 현재와 미래를 연결하는 문화유산이자 우리의 한 부분이기도 하다. 독서권장을 위시한 각종 문화행사, 배움 마당, 평생학습장을 마련하여 시민들에게 정신적 양식을 제공하는 도서관은 제2의 학교라 해도 과언이 아니다. 유모차를 끌거나 시장바구니를 들고 도서관을 찾는 지역 주민들도 종종 보게 된다. 도서관 이용인구가 점점 늘어나고 있는 것은 고무적 현상이다. 이를 위해서 무엇보다 제대로 된 지원책을 마련해야 한다. 속보이는 변명이나 사탕발림식의 정책보다 적절하고도 내실 있는 지원책이 무엇보다 시급하다할 것이다.

나는 연구실보다 도서관을 선호하는 편이다. 그곳에 가면 일상생활에서 위축되었던 마음도 본래의 자리로 되돌릴 수 있었고, 소소한 기쁨과 보람들이 풍선처럼 팽팽하게 차오르기도 했다. 부질없이 들뜨거나 상처받은 마음을 가라앉히고 치유하며, 나를 쓸모 있게 다듬기 위해 갔던 곳. 그곳은 삶의 소중한 선물을 안겨주었던 고마운 곳이었다. 멀리서도 묵묵히 자리하고 있는 도서관을 바라볼 땐 천군만마를 얻은 듯 마음이 든

든하고 큰 위안을 받곤 했다. 나에게 있어 도서관은 경쾌하고도 약간은 시적인 낭만도 있으며, 공부건 작품이건 진도를 낼 수 있었던 생산적인 곳이었다.

　내 인생의 거울이었던 책과 도서관을 함께하며 보내던 허구한 세월. 그것이 주는 메시지가 소중하고 의미 또한 깊다. 「S도서관 사물함 앞에서」(『잃어버린 사람을 찾아서』)나 「도서관 대출 확인증」(『앞의 시집』)의 시편들에서는 도서관을 시적대상으로 하여 형상화한 것으로 나의 이러한 심경이 부분적으로나마 반영되어 있다. 그리고 늦가을의 어느 날이었다. 그날따라 일정량의 책을 읽고 귀가하는 나에게 사물이 살갑게도 말을 걸어오며 격려하는 듯한 느낌을 강하게 받았다. 사물의 언어를 다소 감지하게 되었다고나 할까. 그 체험이 「S도서관 사물함 앞에서」라는 시의 창작배경이 된다. 나에게로 돌아가는 과정에 있던 에움길, 나뭇잎들 사이로 흘러나오던 유리창의 불빛, 서가마다 빼곡히 진열된 책들의 향기와 손가락에서 느껴지던 종이의 감촉을 떠올리면 가슴이 뛴다. 순수열정과 황홀한 설렘을 충전시키던 내 사랑 도서관. 그 곳에 따사롭고도 오랜 사랑노래를 보낸다.

보르헤스[※]

50대 중반에 시력을 잃고 장님이 되었어도
여명에 물들고 햇살 닿은 유리창 같은
더없이 밝고 환한 심안(心眼)으로
세상의 모든 것을 보았으며
어둠의 심연에서 눈 너머의 눈으로
평생토록 책을 읽고 글을 썼던 그
그의 낙원은 바로 도서관이었다

잘 보이는 너무나도 잘 보이는 눈을 달고서도
못 보거나 너무나도 잘 못 보는 청맹과니들의
교활하고 부박한 가짜의 삶들이 세력을 확장하며
영역을 다지고서 한도 끝도 없이 득실거리는데
그는 스스로를 하나의 실수이며
과대평가된 작가라면서 서슴없이 자평하고
오히려 영영 잊히는 것을 원하지 않았던가

시력은 잃었어도 형형한 마음눈과
전무후무한 기억력으로 어둠을 밝히고
읽고 쓰는 자신의 운명을 만나
멀고도 깊은 그 벅찬 길을 따라
탐구의 무한 세계를 열어갔다
세기를 초월하며 존재하던 그의 생애는
형안과 기억 속에서 자라난 명작들로 가득했다

※ 보르헤스

· 아르헨티나 소설가이자 시인.
· 독창적인 문학세계로 문단의 주목을 받으며, 세계적인 명성을 얻었고 미셀 푸고, 움베르토 에코 등에게도 지대한 영향을 미쳤다.
· 영국 여왕으로부터 기사작위를 받았으며, 옥스퍼드대학교와 여러 대학에서 명예문학박사학위를 받기도 했다.

현대소설의 패러다임을 창조한 거장

호르헤 루이스 보르헤스(1899년~1986년)에 대한 공통적인 견해는 20세기의 창조자, 20세기 최고의 소설가 중의 일인, 현대소설의 패러다임을 창조한 거장, 도서관 작가, 독서광으로 집약되어 있다. 여기에다 형이상학자, 회의주의자, 신비스러운 작가가 추가된다. 그에게 있어 우주는 거대한 도서관이었고, 세상은 온갖 문자로 쓰인 책이었다. 젊은 시절에는 도서관에서 책과 함께 지냈을 만큼 그의 낙원은 정원이 아니라 도서관이라고 스스로 밝히기도 했다. 그와 책과 도서관은 삼위일체가 되어 인생 전반을 지배했다고 해도 과언이 아니었다. 그는 지방 공립도서관 사서보조로 근무한 적이 있지만 아르헨티나 국립도서관 관장으로 오래 근무하기도 했다. 집안의 유전병인 실명 후에도 어머니의 도움과 책을 읽어주는 사람(알베르토 망구엘, 『보르헤스에게 가는 길』 참고)을 고용해서 독서를 이어갔다. 책을 쓸 경우는 구술에 의존하기도 했다. 그리하여 실명은 불편할망정 읽고 쓰는 데는 치명적이지 않았고, 평생토록 읽고 쓰는 생활을 이어갈 수 있었다.

실명 후 구술에 의한 작품집인 『작가(The Maker)』에 수록된 「보르헤스와 나」에서는 작가로서의 보르헤스와 사적인 자신 사이의 정체성 문제를 다루고 있다. '보르헤스'는 세상에 알려진 유명작가인 픽션과 가면으로서의 보르헤스이고, '나'는 개인적이고 내면적인 모습의 보르헤스라는 것이다. 즉 전자는 외적 인격이고 후자는 내적 인격으로 이 둘의 관계가 약간 불편하지만 적대적이라고는 말할 수 없으리라 했다. '나'는 살아가면서 '보르헤스'도 살도록 허용해주고 있으며, 자신이 죽고 나면 '나'의 의지와는 상관없이 '보르헤스'라는 이름이 하나의 픽션이 되어 세상을 떠돌 것이라고 예견했다. "나는 나로서가 아니라(나도 누구인지 잘 알 수 없지만) 보르헤스로 남게 될 것이다."의 말에서는 그의 우려심이 다소 내포되어 있다.

그리고 '독서'에 대한 그의 말들은 새겨듣고 실행에 옮길 만큼 정곡을 찌르기도 한다. 많은 경험 가운데 가장 행복한 것은 책을 읽는 것, 그보다 훨씬 더 좋은 것은 읽은 책을 다시 읽는 것으로 새 책은 적게 읽고, 읽은 책을 다시 많이 읽으라고 조언했다. 이 대목은 바로 그가 평생을 두고 실천했던 독서법이었다. 또한 그의 구원은 글쓰기에 있다고 보았고, 그런 만큼 열중할 수 있게 했던 것이다. 이런 내용을 반영한 보르헤스의 말을 간추려 보자.

"내가 처음으로 출판한 책(1923년 24세 때 출판)인 『부에노스아이레스의 열기』, 곧 아주 오래 전에 쓴 그 아스라한 책 속에 이후 내가 쓴 모든 책들이 담겨있다. 그 책은 시집인데 나의 대부분의 이야기가 거기 있다고 생각한다. 나는 그 시집을 계속해서 읽으며 내가 그 책에 썼던 것을 새로운 형태로 만들어 낸다. 나는 그 시집으로 돌아가 거기에서 나 자신을 찾고, 거기서 내 미래의 책을 발견한다."고 말했다. 자신의 책을 거듭 읽고서 처음 출발한 시점으로 돌아가 자신의 정체성을 찾고, 미래의 이 정표를 가늠하는 작가의 진지한 모습을 살필 수 있다. 따라서 이 최초의 책은 문학의 방향 점과 지침서로서의 역할을 톡톡히 하고 있다.

또한 '책'은 그의 경외심이자 그의 운명이기도 했다. 인간이 만들어낸 온갖 도구 중에서 가장 경이로운 것은 책이라는 것이다. 왜냐하면 다른 도구들이 인간의 육체에서 비롯된 것이라면 책은 상상과 기억에서 발생한 유일한 것이기 때문이라 했다. 그는 책이란 상상력과 기억의 연장이기에 정신의 금자탑으로 존재한다고 보았다. 그리고 '시'는 삶의 본질적인 부분이며 사물은 어떤 의미의 언어를 가진다는 것이다. 그러므로 시인은 사물의 말없는 언어, 즉 기호를 푸는 해독자라 했다. 그는 시인에게 자기가 쓰는 글에 쓸데없는 참견을 하면 안 된다는 것이다. 자기 글에 끼어들지 않아야 하고, 글이 스스로 나아가게 해야 한다고 강조했다. 즉 잠재의식이 스스로 나아가게 해야 한다는 내용으로 우리의 주의력을 환기시킨다.

그리고 어떤 일이 일어날 때는 그 일은 심오하고 불가해한 과거에 의해 형성되어 온 것이라며 일의 인과관계를 강조하고 있다. 모든 과거가, 헤아릴 수 없을 만큼 많은 과거가 어떤 특별한 순간에 이르기 위해 만들어져왔다는 것이다. 그리고 '상호 텍스트성'을 부각했는데 하나의 텍스트는 다른 많은 텍스트와의 인연에 따라 나온다는 관점이다. 시대마다 같은 책을 되풀이해서 다시 쓴다는 가정에서다. 즉 몇몇 상황을 바꾸거나 덧붙이면서 쓰기 때문에 영원한 책은 다 똑같은 책일 수 있다는 것이다. 우리는 항상 고대인들이 썼던 것을 다시 쓰고 있으므로 우리에게 남은 것은 인용 밖에 없으며 언어는 바로 인용체계라 했다. 그는 이를 검증하듯 기존에 사용된 것들을 변형하고 새로운 것을 창조하여 독창성을 부여했다. 즉 모든 문학형식이 고갈된 상태에서 옛 작품을 현대적 관점에서 재활용하여 생동적으로 부활시켜 '회기' 개념으로 확산하는데 성공했다는 평가를 받고 있다. 다시 말하면 기존에 사용한 것들을 변형하여 새로운 것으로 창조하여 독창성을 부여했던 작가였다. 작품집 『픽션들』에 실려 있는 「피에르 메나르, 『돈키호테』의 저자」(피에르 메나르는 가상인물)나 「바벨의 도서관」, 또한 『알레프』에 실려 있는 「타데오 이시도로 크루스(1829년~1874년)의 전기」 등의 작품들은 전술(前述)한 그의 이론을 잘 반영하고 있다. 이러한 상호텍스트성의 인연에 따라 자신의 시들과 소설 작품들도 다른 누군가에 의해 다시 쓰이고 좋아지기를 바라기도 했다.

　그는 절대적인 진리나 믿음 또는 인과율을 벗어난 어떤 초월적인 것, 세상의 신비를 믿고 범신론에 끌리며 자신은 기이한 것을 좋아하는 감수성이 있다고 터놓고 말하기도 했다. 이런 취향과 감수성이 그의 독특한 문학세계, 곧 환상소설과 탐정소설을 구축하고 상징주의 문학을 형성하는데 결정적인 역할을 했다고 본다. 상징들의 미로와 그 수수께끼, 그것은 문학적인 기교나 장치가 아닌 운명의 일부이자 자신이 느끼는 방식의 일부라는 것이다. 본인은 늘 당황스럽고 혼란스럽다고 하며, 미로는 길어야 한다고 강조하고 있다. '미로'는 그의 문학의 핵심을 이루는 요소이고, 인간의 힘으로는 어찌할 수 없는 비밀스런 성질을 지녔다는 것이다.

　이와 같은 그의 문학관으로 빚어진 간결하고 건조한 문체와 환상적

사실주의로 라틴문학의 대표적 작가가 되었으며, 이후 포스터모더니즘에 큰 영향을 끼쳤다. 이렇듯 영향관계는 비단 책뿐만이 아니라 사람 또한 마찬가지로 서로 주고받기 마련이다. 보르헤스에게 깊은 인상과 함께 영향을 많이 준 문인은 동향출신 마세도니오 페르난데스로, 17년 동안이나 서신 왕래를 했고 그 서한집은 2000년에 출간되었다. 그 외에도 그가 흠모한 시인으로는 휘트먼과 에드거 앨런 포, 브라우닝이며 휘트먼과 포에게는 빚지고 있다했다. 특히 브라우닝의 시는 시작(詩作)의 본보기가 되었고, 「추측의 시」는 그의 스타일을 흉내 내서 썼다고 토로했다. 또한 그가 찬미하던 시인과 시는 로버트 프루스트와 「자작나무」, 존 밀턴과 「눈이 멀고서」였다. 그런데다 보르헤스는 악몽을 많이 꾸었는데 인상적인 악몽을 꾸기도 했다. 이런 체험을 문학작품으로 구현했고, 이는 드퀸시나 카프카, 포에게 받은 영향이 크게 작용한 것이다. 여기에다 셰익스피어, 에머슨, 스티븐슨도 작품 활동에 많은 길잡이 역할을 했다. 이와 같이 그에게 다른 사람의 문학이 본보기가 되고 영감을 제공해 주었다. 그러므로 독서는 경험 중에서도 가장 현실적인 경험이 된 것이다. 또 한편으로는 20세기의 창조자인 그에게서 영향을 받아 크게 명성을 떨친 문인들도 눈에 띤다. 바로 움베르토 에코, 자크 데리다, 존 바스 등이다. 그들은 당대의 지성들로서 그를 '정신의 아버지'라고 흠숭(欽崇)해 마지않았다.

그는 자신의 글에 대해서 "나는 늘 나 자신에 대해 글을 써요. 다양한 신화를 창조해서 말이에요. 내 소설에서는 나 자신이 유일한 인물이라고 생각해요"라고 했다. 작품집 『픽션들』에 수록된 「기억의 천재 푸네스」는 기억 속에서 살아가는 작가 자신의 자전적인 작품이기도 하다. 완벽한 기억에 짓눌린 한 남자, 바로 자기 자신을 생각하며 쓴 것이라고 한다. "나 혼자 지니고 있는 기억이 이 세상이 생긴 이래 모든 인간이 가졌을지도 모르는 기억보다 더 많을 거예요. 내 꿈은 당신들이 깨어있는 상태와 같지요."라는 작중 인물인 푸네스의 말 속에 작가자신이 투영되어 있음을 알 수 있다. 특히 최초의 영감, 한 줄의 글 구성이 꿈속에서는 한 단어나 어떤 말들이 주어진다는 것이다.

그리고 불행, 고독, 악몽은 모두 다 작가가 사용해야하는 도구와 재료로서 가치를 지닌다고 말했다. 이틀에 한 번 꼴로 꾸는 악몽은 오히려 그의 작품상의 특징이 되고 집필의 능력을 강화해 주었다. 이렇듯 우리는 그를 통해 장애조차도 불굴의 능력이 되는, 경이로운 기적을 간접 체험할 수 있게 된 것이다. 참으로 놀라운 일이며 삶의 신비가 아니겠는가. 여기에 선보인 시편 「보르헤스」(『잃어버린 사람을 찾아서』)는 이러한 그의 전기적(傳奇的)인 자료에 힘입어 비교적 사실적으로 형상화해본 작품이다.

캠퍼스의 뒤안길

도도하게 밀려오는 시장논리에 발맞추듯
상아탑의 군데군데는 거의 폐기된
인문학의 형해(形骸)와 일회용품이며
빈 깡통들이 널브러져 있었다
물질이 정신을 저만치 앞지르고
돈과 취업 등 현실적 경쟁력을 가진
학과와 과목들이 군림하게 되는
우울한 시대의 풍조 속으로 그 구성원들도
발 빠르게 숨 가쁘게 따라가고 있는 현상들

동거도 캠퍼스 커플 문화의 반열에
버젓이 올라온 지 이미 오래
성욕해소와 생활비 절감이라며
'두 마리의 토끼를 잡는다'는
그럴싸한 미명(美名)하에
서로의 삶을 포개며 뜨거워지다가도
수틀리면 '헤어지자'는 말 한마디로
바로바로 등 돌리며 싸늘해지기도 하는
너무나 쌈박한 그들의 존재와 문화여

요즈음엔 삶도 사랑도

어쩌면 그렇게 쉽게 취하고

또한 그렇게도 내팽개치는

일회용 용기 같은 것인가

버려도 이내 공급되기에

조금치도 아쉬울 게 없다는

참을 수 없이 버거운 시대의 한 조류에

그저 고분고분해지며 휩쓸려가는 것인가

시대조류와 캠퍼스 문화의 음지

산업사회의 급속한 발전에 따른 기술교육이 지나치게 강조된 나머지 인본주의(人本主義) 교육의 결여로 비인간화 및 개인주의와 냉소주의 경향이 나타난 것은 주지의 사실이다. 따라서 인간은 그 존재가치를 상실하고 한낱 거대한 기계의 부속물로 전락하여 자신마저도 자신의 의지대로 움직일 수 없는 한낱 개체화가 될 뿐이다. 즉 물화(物化)시대의 도래로 인해 인간이 도구화되고 있는 양상이다. 그리하여 자신이 타인의 도구가 됨과 동시에 자신이 타인을 도구로 사용한다. 이것은 바로 인간성 상실의 사고방식이기도 하다.

시대적인 추세에 따라 지성의 전당이며 순수학문을 지향한다는 상아탑도 대학의 허울 좋은 명칭일 뿐 그 흐름에 역행할 수 없을 것이다. 그리하여 불확실한 시대, 직업불안정성으로 평생 직업안정성이 보장되는

학과의 쏠림현상은 갈수록 두드러지고 심화하고 있는 현실이다. 즉 학문의 순수성보다 시장논리가 우선시되는 것이다. 이와 같은 현상은 균형 있는 사회발전에 역행하는 일이기도 하다. 여기에다 산업화로 인한 경제의 급격한 팽창과 이에 따른 소비적이고 향락적인 대학문화와 함께 정신의 황폐성이 이슈화되기도 한다. 특히 상업적 대중문화의 소산인 3S(Sex, Sports, Screen) 등은 물화시대의 한 풍조로 간주되고 있다. 꿈과 이상에 상처받고 허무와 냉소에 빠져들면서 꿈과 이상보다는 실속과 현실을 우선시하는 것도 사실이다. 사랑이라는 말도 그 의미가 낡고 퇴색되어 때로는 '옛날의 금잔디' 정도로 시니컬하게 반응하기도 한다. 이것은 개인의 문제라기보다는 시대 조류의 한 현상이며 실리적 계산이 낳은 결과로 여겨진다. 이러한 일부 캠퍼스문화가 시적배경이 된 다음 시들의 쓸쓸한 이미지는 시대와 사회, 대학이 안고 있는 모순에서 파생된 하나의 현상이라 하고 싶다.

「캠퍼스의 뒤안길」(『나는 말하지 않으리』)이나 「캠퍼스의 봄」(같은 시집)은 내가 대학에서 강의할 때 보고 듣고 접한 것을 형상화한 것이다. 먼저 「캠퍼스의 뒤안길」 제1연(1행~9행)에서 묘사한 시적분위기는 상당히 시니컬하면서 여러 가지 생각거리를 제공하고 나름의 경종을 울리리라 본다. 제2연(1행~9행)에서는 대학사회에서 구성원의 일부이긴 하지만 그들의 현실 인식이 적나라하게 묘사되어 있다. "동거도 캠퍼스 커플 문화의 반열에 / 버젓이 올라온 지 이미 오래 / 성욕해소와 생활비 절감이라며 / '두 마리의 토끼를 잡는다'는 / 그럴싸한 미명하에 / 서로의 삶을 포개며 뜨거워지다가도 / 수틀리면 '헤어지자'는 말 한마디로 / 바로바로 등 돌리며 싸늘해지기도 하는 / 너무나 쌈박한 그들의 존재와 문화여"

또한 같은 맥락의 시, 「캠퍼스의 봄」에서도 낭만과 자유라는 미명하에 점점 대담해지고 있는 일부 학생들의 스스럼없고 몰지각한 애정행위를 그려보았다. "잔디밭 옆 석양빛이 내리는 기다란 벤치에 / 비스듬히 앉은 여학생의 넓적다리 위로 / 남학생의 머리통이 포개져 있던 곳"(위의 시, 2연 3~5행). "엄전한 도서관 입구에 세워진 / "지나친 애정행위는 자제해 주세요"란 / 당부의 말씀도 시시로 눈뜬 청맹과니였고 / 좀 지나서는 아주 철거되고 말았다"(위의 시, 3연 1~4행).

이러한 시편들을 통해 캠퍼스 문화의 그 이면에 도사리고 있는 성의 일탈과 방만함에 대한 우려감을 다소 비판적 시각으로 환기시키려 했다. 학내 일부 구성원들의 무절제한 모습과 거침없는 애정 표현의 개방 풍조는 인터넷과 각종매체를 통해 학습되어 온 것이기도 하다. 동시대에 살면서도 세대 간의 문화격차로 인해 더러는 심기가 불편했다. 이렇게 시대와 사회, 대학의 영향관계를 되짚어 보면서 시작(詩作)을 통해 그 단상(斷想)이나마 형상화해 본 것이다.

그런데 각종 경쟁을 불러일으키는 현대사회에서 인간소외현상은 발생하기 마련이다. 디지털 지식사회에서 발생하는 인간소외현상을 극복하고, 삶의 질 하락을 방지하기 위해서는 자신의 가치를 드높이는 일이 무엇보다 중요하다고 한다. 대학생활을 통해 엘리트 의식으로 자신의 역할을 자각하고, 캠퍼스 내에서 의미 있는 학습경험을 넓혀서 성취도와 행복감을 쌓아간다면 자신의 존재가치가 보다 높아질 것이라는 관점에서다. 이것은 바로 감성능력과도 관계된다. 따라서 그 능력을 발달시켜야 한다는데 논의의 초점이 모아지고 있고, 아울러 대학이 풀어야할 당면과제이기도 하다. 그동안 대학이 질적인 향상을 기하지 못하고 학생들의 요구사항과는 멀어진 채 오직 양적팽창에 매진했던 탓에 아노미현상을 초래했다는 비판도 피해가기는 어렵다. 이런 현상은 대학의 어두운 그림자이기도 하다. 무엇보다도 대학 구성원의 인간적 가치를 중시하고 정신적 행복지수를 높여주는 대학환경이 조성되어야 하는데도 말이다. 차제에 각종 매체를 통해 파급되는 상업적이며 저급한 대중문화가 대학 문화의 퇴폐적이고 향락적인 면을 부추기지는 않았는지 냉철하게 성찰해봐야 할 것이다.

P대학 역 앞의 '빛거리'

'빛거리'라는 대학가의 진입로에 들어서면
양 사방에서 달려오는 빛살에 이내 포위당했다
코로나 19가 난리굿을 떨고 황금상권이던
상가 1층도 '임대'라는 글자가 저승사자처럼
턱 나붙어 있는 곳들 그것도 오랫동안이나

그런데도 여기 이 거리는 세상 밖의 세상인 듯
어디를 가나 찰거머리처럼 따라붙는
빛의 소용돌이 그 빛의 광란이 절정이고
철사그물에 걸린 불빛도 보란 듯이
후닥닥 깨어나서는 해롱해롱 공중제비 했다

위에서 뛰어내리고 아래에서 타고 올라가서
곡예놀이를 일삼다가 그중에 어떤 것은
매달리며 꿈틀꿈틀 희한한 요술을 염병처럼 퍼뜨렸다
'빛거리' 중앙로 건물 2층 매장의 Over Bridge란
전광판이 유령의 꿈같이 떠서 공중부양하고 있었다

시일이 좀 지난 후 다시 가게 된
대학가의 '빛거리'로 내건 그 곳은
날로 증식하던 빛 무리도 더러는 야반도주 했는지
미궁 속에 빠졌는지 반 넘어 모습을 감추었고
과부하에 걸린 듯 역 앞의 그 간판도 철수되어 있었다

도시의 밤

제대로 된 밤이 단 한 번도 없었던
도시의 밤은 점점 더 요란해지고
비대해져가는 불빛의 광란 속에서
급기야는 만신창이가 되어가고 있다

어둠을 아귀아귀 씹어 발기며
생육하는 형형색색의 불빛들 아래서
만성피로와 누적된 불면증에 시달리다가
밤은 있는 듯 없는 듯 그저 자리보전하고 있다

실상은 덧없는 화려함에 저만치 밀려서는
심신이 갇히면서 하릴없이 잦아드는데
허상만이 발광하는 요란한 빛발 속에서
도시의 밤은 불치의 병마로 신음하고 있다

온전한 밤을 기다리며

무분별한 빛의 폭탄으로 얼룩진 도시는 급기야 밤마저 잃어버려 밤을 되찾아야 한다는 우려의 목소리가 점증되는 실정이다. 밤새도록 불을 환하게 밝혀놓은 대도시는 그 빛으로 일상이 심히 균열(龜裂)되어 간다. 허명 같기도 하고 유령의 꿈같기도 한 불빛, 그 악마의 요술 같은 을씨년 스런 빛의 광란이 지배하는 밤이 되었다. 지나치게 환한 밤의 도시는 현란한 색체의 범람으로 밤이 실종의 위기에 내몰리다가 급기야는 창백한 밤의 만가(挽歌)소리가 드높아지기에 이르렀다.

광폭한 빛과 그 위험한 에너지가 흘러넘치고 욕망과 소비도 그에 비례하면서 불안이 증가하는 추세다. 차제에 우리 생명의 근원인 밤과 어둠, 그리고 평온을 찾는 것이 보다 중요하고도 가치 있는 일이 될 것이다. 그동안 우리는 이견의 여지없이 밝은 빛은 공해가 아니라 문명의 진보라고 생각했다. 하지만 점점 더 밝아지는 인공의 빛으로 밤 없는 밤이 되고 말았다. 우리의 눈은 밝은 빛에 점점 더 익숙해져가면서 더욱 더 밝아지기를 바라는 것도 여기에 한 몫을 한 것이다. 개인에 따라서는 센 빛에 익숙해져 어둠 속에서 편안해지기가 어려운 경우도 있다지만 이제는 발상의 전환이 요구되고 있다.

코로나 팬 데믹 현상으로 지구촌이 몸살을 앓고 우리나라도 그 위험 수위가 극한으로 치닫고 있을 때였다. 지하철 P대학가의 역에 내려 걸어 가다가 심기가 몹시 불편했던 때가 종종 있었다. 걸음을 옮길 때마다 자연광이 아닌 인공 광들이 요괴(妖怪)처럼 덤벼들었고, 그 빛의 쐐기에 눈이 따갑고 몸이 어지러울 지경이었다. 이런 척박한 시기에 이렇게 마구 잡이로 인공조명을 퍼부어도 되냐는 생각이 줄곧 따라다니다가 그것을 시로써 형상화한 것이 「P대학 역 앞의 '빛거리'」와 「도시의 밤」이다. 이 시편들을 통해 어둠을 잠식당한, 밤 없는 밤의 도시를 시니컬하게 읊조려 보았다.

동전의 양면처럼 모든 빛에도 그 양면성이 존재하기 마련인데 문제는 너무 과한 데 있는 것이다. '과유불급'(過猶不及) 즉 '지나친 것은 미치지 못한 것과 같다.'란 말을 되새겨 보게 했다. 빛에는 유익한 점도 있지만 각종 인공조명은 우리에게 막대한 비용을 치르게도 한다. 그것은 경제적인 것뿐만 아니라 정신적인 데까지 그 영역을 확대하고 있다. 빛이 많아지는 이유는 도시 인구가 점점 늘어나고, 사람들이 사용하는 빛의 양도 늘어나기 때문이라 한다. 물론 우리의 '밝음'에 대한 인식이 시대나 개인에 따라 달라지고 있는 실정이지만 밝음에 대한 생태적 감수성을 일깨우는 것도 중요한 일이다. 그런데 밤에 빛이 있으면 안전해질 수 있다는 것에는 공감하지만 우리가 사용하는 빛의 양은 안전에 필요한 정도를 훨씬 넘어선다는 지적이다. 자연의 빛이 중요하듯 '밤과 맺는 상호작용'에 의해서 밤의 자연스런 어둠은 우리는 물론 자연계의 건강을 지키는 필수요인이다. 따라서 이런 대자연이 부여하는 어둠이 없으면 모든 생명은 고갈되며 고통을 받으므로 밤 환경을 지키려는 노력이 절실히 요구된다. 그런데도 차고 넘치는 인공의 빛이 포화상태에 이르면서 자연의 빛을 가로막으며 위축시키고 있는 실정이다. 이에 따른 생태계의 반작용이 심대해지고 있는 현실을 우리 모두 직시해야 할 것이다.

폭발하고 부풀어 오르고 휘달리는 아찔한 빛의 포화 상태에 살아가다

보니 어두웠던 밤을 상상하기 어렵다고들 한다. 어둠은 밤의 생명체들에 겐 어머니의 젖줄이고, 달빛은 그들에게 빛을 제공하여 원하는 방향으로 스스로 움직이게 하는 이정표이다. 그런데 인공야간 조명으로 인해서 생태계의 교란현상이 일어나고 있어 염려스럽다. '야간 조명이 야생에 미치는 영향 또한 심대하다'는 연구결과가 밝혀지고 있다. 빛의 진정한 가치는 주위의 환경과 어우러지게 하여 어둠에 깃들어 사는 생명체들을 불편하게 하지 말아야 하는데 있는 것이다. 빛 공해를 유발하는 야간의 인공조명은 식물과 인간 및 동물을 포함한 생물학적 기능에 막대한 영향을 미친다는 것은 주지의 사실이다. 우리가 하찮게 여기는 벌레나 풀도 영향관계에 놓여있다. 그러므로 생활의 모든 영역에서 생명의 상호연관성에 대한 인식이 증대되어야 할 것이다. 어느 중견시인은 어둠과 적막을 누릴 권리를 모두 박탈당한 도시를 개탄하며, 빛의 횡포와 소음으로 찌들면서 단잠이 힘들어지는 자신의 처지를 괴로워하다가 그 내용을 담은 에세이를 쓰기도 했다.

외국에서는 이미 조명구역을 설정하여 빛의 밝기를 제한하고 있다. 인공조명에 의한 빛 공해 방지법 제정과 국제 어두운 밤하늘 협회(IDA)의 설립이 시사(示唆)하는 바가 크다고 할 것이다. 이를 대략 정리해보면 다음과 같다. 체코부터 시작한 빛 공해 금지법이 미국, 영국 등 여러 국가에서 시행되었고, 한국도 인공조명에 의한 빛 공해 방지법을 제정하였다. 국제 어두운 밤하늘협회(IDA)는 1988년에 설립되어 세계 곳곳에 '국제 어두운 하늘공원'을 제정하는 등 빛 공해와 인공 빛에 대한 위험성을 알리는데 앞장서고 있다. 2018년부터 미국, 영국, 호주 등에 분포하는 여러 국가기관의 빛 공해와 관련된 법안제정에 참여하는 활동도 병행해 나가는 효력 있는 기관이다.

그리하여 이제는 예외 없이 우리 모두의 관심을 촉구하고 있으며 전 지구적으로 밤과 어둠을 지키려는 의지가 증가하는 추세다. 샤크 섬은 세계 최초로 '국제 어두운 밤하늘 섬'으로 지정되었다. 캐나다에서는 왕립천문학회가 어두운 밤하늘을 운영하고, 유네스코도 별빛 보호구역 프로그램을 시작했다고 한다. 이런 캠페인은 인공불빛이 점점 더 기승을 부리는 세상에서 밤과 어둠을 보호하자는 목표에 초점이 맞추어져있다. 별이 빛나는 밤하늘을 사람들과 함께 나눌 수 있는, 즉 별이 빛나는 밤으로의 회기를 위한 노력의 일환으로 세계적인 주목을 받고 있다. 우리나라도 위에 언급했듯이 잃어버린 밤하늘과 어둠을 찾아나서는 일에 동참하고 있다.

그런데 도심의 번화가인 B동 '카페거리' 주변에 있는 모 호텔의 경우 (바로 옆 자리엔 시립 도서관이 있었다)를 보자. 이곳에는 외벽을 타고 오욕칠정의 원색 불길이 끝없이 흘러내리며 아득한 불의 강을 만들어 갔다. 문제는 이런 모습들이 전염병처럼 번져가고 있는 데 있다. 흐르는 세월 속에서도 마모되지 않고 더욱 진화하여 영원히 살 것 같은 기세로 위로 솟구치고, 아래로 뛰어내리며 잽싸게 달려가는 저 불빛의 기세로 불야성(不夜城)은 더욱 견고해져 간다. 그리하여 밤과 어둠은 생태계의 필수불가결의 요소로서 도시의 밤도 어둠을 누릴 수 있는 권리를 회복해야한다는 당위성은 아무리 강조해도 지나치지 않을 것이다.

상황이 이러한데도 불빛의 보시라도 하려는 듯 어느 사찰의 눈부신 인공조명이 한 눈에 들어왔다. 촘촘하게 이어진 두텁고 새하얀 조명이 시야를 잠식하면서 오히려 그 빛 때문에 사찰이 어둠속에 파묻혀버렸다는 느낌마저 받았다. 더구나 그 얼마사이에 점점 진화하여 이제는 인공조명이 흰색과 황색이 섞인 차렵이불을 펼친 듯 더 넓은 영역을 떡하니 차지하고 있었다. 앞으로도 진화를 거듭할 것으로 보여 우려스러웠다. 이런 광경을 바라볼 때마다 아름다움을 느끼기보다는 어떤 비애감에 젖어들 만큼 참으로 아이러니한 전도현상으로 비춰왔다.※ 조명 전문가들에 의하면 "빛이 가득한 곳을 바라보면 아무 것도 보이지 않고, 빛이 나는 쪽 뒤편을 볼 수 없다."고 했다. 이 대목은 빛이 너무 많으면 부정적인 효과가 생기기에 그것을 경계하라는 의미로 읽힌다. 고즈넉한 충만이 오히려 사찰 본래의 모습이라는 생각에서인지 어떤 이물감을 보는 듯했다. 인공조명과 소음으로 가득한 도시의 밤에 저 멀리서 들려오는 새소리나 어둠속에 포근히 감싸인, 사찰의 맑고 고요한 풍경은 우리의 마음자리를 보다 평화롭게 하는 보약과도 같았고, 정신이 한결 정화되는 느낌을 받지 않았던가.

자연과학의 영역에서와 마찬가지로 문학의 영역에서도 월트 휘트먼은 일찍이 어둠과 밤에 관심을 드러낸 시인이었다. 그는 19세기 미국 문학을 대표하는 시인이자 20세기 미국 문학에 지대한 영향을 끼친 작가로 평가받고 있다. 세계적으로 회자되고 있는 그의 시집 「풀잎」은 밤의 이미지로 가득 차 있고, 별빛과 달빛이 온존하는 세계에 대한 믿음이 견고하다. 이후 이 「풀잎」을 증보한 시집인 『밤의 해변에서 혼자』에 수록된 다음의 두 시들은 이를 뒷받침하고 있다. 먼저 "거대한 불멸의 별들과 긴 시간을 버텨온 애수 어린 달들도 / 다시 빛을 발할 거야."(「밤의 해변에서」 부분)에서 확고한 믿음을 보이고 있다. 그 다음의 "나는 별들이 환히 빛나는 모습 바라보며, 밤의 해변에서 혼자, / 온 우주와 미래의 비밀을 풀 열쇠에 대해 생각한다. / ~ 중략 ~ / 이 거대한 유사성은 서로 이어지게 하고, 언제나 이어지게 해왔으며, / 앞으로도 영원히 이어지게 하여 그것들을 꼭 끌어안은 채 빽빽이 에워싸 주리라.” (「밤의 해변에서의 혼자」 부분)에서도 시인의 믿음은 한결같다.

　그는 위의 시편들을 통해서도 인공불빛의 남용과 오용에 대한 우리 모두의 경각심을 일깨우고 있으며, 함께 고민하고 그 해결책에 동참해야 한다는 메시지를 담았다. 낮과 밤, 빛과 어둠이 공존하지 않으면 공멸이 있을 뿐이기에 공생의 길을 모색하지 않으면 안 된다고 보았다. “나에게 낮과 밤의 한 시간, 한 시간은 말로 표현할 수 없는 완벽한 기적이다”라고 휘트먼은 덧붙여 말하기도 했다. 삶의 기적은 공존과 공생에서 이루어진다는 의미가 새겨진 이 내용은 많은 설득력을 얻고 있다. 진화생물학에서 강조하는 공생의 이유는 공생이 없으면 내일도 없기 때문이라는 관점에서다. 따라서 모든 생명체들과의 유사성을 인식하고, 유대와 공생관계를 이어나갈 때 번영이 있는 삶에 이른다는 전망은 우리의 주의력을 거듭 환기시킨다.

※ 이 글은 2023년 5월초 경에 쓴 것인데 한참 지나서는 다행스럽게 그런 인공조명이 철수되어 있었다.

또 다른 세상

이다지 우울하고 착잡한 시대에
극한 혐오의 경연대회에 출전하여
금메달을 따내려 각축전이 한창인
그들의 비릿한 면면들을 보고 듣노라면
그야말로 이전투구의 학습장이나 진배없다

수시로 색을 바꾸는 카멜레온 얼굴에다
여러 개의 입을 달고서 그동안에 길러온
갖가지의 온갖 전략전술을 총동원하며
저 거창한 목표를 향해 오르다가
굴러 떨어져도 또 오르려 용을 쓴다

한 때는 서로의 단합된 힘을 과시하며
살아도 같이 살고 죽어도 같이 죽자던 그들이
이제는 뿔뿔이 흩어져서 각자도생의 길로 나서며
차라리 진흙탕의 격전지에서 피투성이가 될지언정
운명적인 일을 도저히 거스를 수 없다는 것이다

저열한 권력의지의 현주소와 그 주인공들

　이 시편은 오랜 질곡의 세상을 살아가면서 정치권력의 타락상에 초점을 맞추면서 삶의 본질에 대한 물음으로 촉발한 것이다. 혼탁하기 비길 데 없는 정치와 사회에 대해 때로는 직설적으로 때로는 상징적으로 이를 형상화하여 우리의 성찰과 각성을 촉구해보고자 했다. 많은 얼굴들, 많은 소리들, 많은 시선들이 함께 흐르는 세상. 이런 세상에서 발생하는 피치 못할 삶의 굴곡들과 숱한 삶의 모순들을 다소나마 반영했다. 권력에의 걷잡을 수 없는 욕망과 그 참담한 비극성을 시니컬하게도 묘사해보았다. 아래의 시행들에서 이를 다소나마 살펴볼 수 있을 것이다.

　"수시로 색을 바꾸는 카멜레온 얼굴에다 / 여러 개의 입을 달고서 그 동안에 길러온 / 갖가지의 온갖 전략전술을 총동원하며 / 저 거창한 목표를 향해 오르다가 / 굴러 떨어져도 또 오르려 용을 쓴다"(시「또 다른 세상」, 2연 1~5행, 『잃어버린 사람을 찾아서』). 이와 같이 '저 거창한 목표를 향해' 행동이 따르지 않은 말만 남발하다보니 상황에 따라 본색을 바뀌면서 살기 마련이지 않겠는가. 그런데도 그들 출세지상주의자들은 입을 싹 닦고 식언(食言)을 밥 먹듯 하고 있다. 그리하여 스스로가 파 놓은 버거운 운명을 향해 돌진하고 있는 모습을 냉소적으로 그려보았다.

　긴 시간의 흐름을 타고 우리의 인생시간은 찬가와 비가의 희비(喜悲)가 섞여 흘러간다. 여기에다 스산하고 살얼음판 같은 세상살이는 자신이 원하는 대로만 되는 것도 아니다. 수시로 바뀌는 세상인심에다 화인(火印)과 같은 기억들과 더불어 살아간다. 인정의 세계가 아득한 옛 얘기가 되어버린 데다 갈수록 점점 살벌해지며 각박하게 돌아가는 세상풍조가 아닌가. 우리가 사는 이 세상은 바람 잘 날이 없고, 천태만상에다 각양각색의 사람들이 얽히고설켜서 살아간다. 여기에다 세상에는 많은 사이비들이 판을 치고 있고, 권력에의 의지로 자신의 세를 확장하는 일에 전력투구하고 있는 현상이다. 이래저래 정치와 세상일은 서로 닮아있다고 한다. 니체는 권력의지를 존재의 가장 심오한 본질이며 삶의 근본 충동으로 보았다. 그런데 문제는 정치권력의 '저열한 권력의지'이다. 권력의지는 강하나 도덕성, 청렴성, 책임성 등이 약하고 언행의 비 일치성이 심화하면서 점점 더 지탄의 대상이 되고 있다. 그들은 유 불리에 따라 자신이 하는 말이나 쓰는 글과는 너무나 따로따로 노는 행동을 일삼는 사람들인데 이 또한 어두운 진실이기도 하다. 만인의 부러움을 한 몸에 받았던 그들의 실상은 만인의 지탄을 한 몸에 받는 대상으로 추락되기도 한다. 인사청문회를 포함하여 일부 사회지도층 인사들의 경우는 불법재산증식, 세금체납, 군 면제, 스펙(경력, 학벌) 위조 등의 부정을 저지르는 자들의 주역이었음이 밝혀지면서다. 한계가 없는 그들의 비리고도 추악하며, 끈질기고 탐욕스러운 욕망의 현주소가 아닌가. 소위 그들 '완장들'의 한심한 작태에 실소를 금할 수 없다. 신뢰를 잃어버린 사회적 관계망은 모래알을 씹는 듯 무미건조하다. 아전인수 격인 자기중심으로 타인이나 상황을 보려하지 말고 타인의 눈으로 자신이나 상황을 보아야 하는 데도 말이다.

그런데 이합집산, 합종연횡, 사회구성원의 집단주의 성향, 이기주의의 주인공은 바로 그들인 것이다. 특히 이러한 정치권력에 따른 대중적 영향력과 파급효과 또한 만만치 않다. 권력과 부를 좇는 기회주의자들이 서로 결탁하여 이해집단화를 이루고 있어 도덕적 해이와 부패가 그 경계를 넘어서고 있다. 카르텔(Kartell)이 떡하니 자리잡아가더니 사회곳곳에는 편 가르기와 흑백논리로 진영 간의 날선 공방과 충돌, 그리고 막말놀음은 입이 열 개라도 역부족인 현상이 되고 말았다. 그로인한 불신감이 가중되면서 그들은 바로 우리사회의 허무주의를 확산시키는 장본인이기도 하다. 말에서 말이 많은 말장난의 극치와 거짓말의 난장판 같은 세상이 되어가는 듯해 안타깝다. 무엇보다 먼저 그 기만의 삶을 내려놓고 삶의 광대놀음을 지양하라고 주문하고 싶다. 그리하여 우리 사회에 만연한 뿌리 깊은 흑백논리가 완화되고, 다양성과 이질성에 대한 이해와 수용이 보다 진척되어야 할 것이다. 이 시편은 점점 혼탁해가는 사회와 이를 조장해가는 인사들의 위선적인 삶에 대해 다소 냉소와 풍자로써 묘사한 것이다. 덧붙여서 그들이 횡행하고 있는 '또 다른 세상'에 대한 우려감을 표(表)하며 나아가 그들의 인간다운 삶을 촉구하는 작품이다.

세상을 읽으며 · 3

세상의 한 편에서는 멀쩡한 것도
갈아엎고 허물며 생색을 내려다가
오히려 긁어 부스럼을 만드는 얼간이들이
입 싹 닦고 놀아나서 의리를 다짐하며
판을 치는 곳도 더러는 있기 마련

어지러운 놀음에 아싸 가오리
아자 아자 파이팅을 외치다
얼씨구절씨구 뭉쳐서는 눈덩이처럼 굴리고
서로의 울타리로 한솥밥을 먹으며
단단하게 얽히고설켜 돌고 돌던 곳

그곳 그들의 놀이터에서 불어오던
역겹고 횡한 위선의 강풍이 지나간 후
언젠가는 도래할 따뜻하고 맑을 때를
차분한 마음가짐과 희망으로 기다리며
한 시대의 끝자락에서 서성이고 있다

세상에 대한 희망과 긍정을 담아

우리가 살고 있는 오늘의 시대가 환멸과 절망이 지배하는 시대라 해도 과언이 아닐 만큼 과장과 과시, 허세의 껍데기들이 판을 치고 있다. 소위 '금수저, 은수저, 흑수저'로 구분하며 신분의 낙인을 찍어버리기도 한다. 흑수저의 신분 상승이자 계층 이동의 사다리가 되어주던, 자율경쟁마저 막아버린 지도 이미 오래되었다. 우리 사회의 불의와 비리, 여기에다 허명에 눈이 멀고, 권모술수에 능한 자들이 일으키는 부패와 타락은 좀처럼 잠잠해지지 않고 있다. 위선자들과 그들의 삶. 그리고 실행이 따르지 않는 말보다 더 비리고 같잖은 것도 없을 것이다. 그들은 바로 우리사회의 냉소주의를 심화시키는 원인제공자들이며 시대정신의 천박함을 양산(量産)하는데 크게 기여하는 자들이다. 공리적인 이성은 멀고, 원초적인 욕망만이 비등하고 있는 것 같아서 심히 염려된다. 따라서 우리가 짊어지고 가야할 문제들이 점점 더 쌓여가고 있는 실정이다.

노벨문학상 수상작가인 귄터 그라스(명작 『양파 껍질을 벗기며』 등의 작품들이 있다)는 '다양하기 짝이 없는 인간 실존의 허약함을 목격한데다 위조의 시대가 도래했다.'고 말한 바 있다. 위조는 무엇을 본 떠 만든 모조품 같은, 결국은 남을 속이는 거짓된 겉모습에 불과하다. 말하자면 우리는 위조의 시대에 살고 있는 것이다. 여기에다 부패와 도덕적 해이가 심해지고 갈수록 진화되고 있는 실정이다. 따라서 시대정신의 천박성을 재확인하게 된다. 연작시 「세상을 읽으며·1~3」(『잃어버린 사람을 찾아서』)은 이런 현상을 반영해 본 것이 된다. 그 중 「세상을 읽으며·3」의 다음 시행들에서는 그런데도 불구하고 진창에 매몰될 수는 없다는 의지가 실리고 있다. "그곳 그들의 놀이터에서 불어오던 / 역겹고 횅한 위선의 강풍이 지나간 후 / 언젠가는 도래할 따뜻하고 맑을 때를 / 차분한 마음가짐과 희망으로 기다리며 / 한 시대의 끝자락에서 서성이고 있다"(위의 시 3연 1~5행). 이 작품의 말미에서 보인 것처럼 그나마 삶에의 '희망'과 세상에 대한 '긍정'의 마음을 소환해보고자 했다. 세상사가 아무리 힘들더라도 자존감의 회복으로 생각의 방향을 희망과 즐거움, 또한 행복 쪽으로 향해야한다는 의도가 내포되어 있다

그리고 무엇보다도 기대와 예감으로 가득한 삶으로의 회기가 중요하다. 인생의 수업료를 지불하고 얻은 "삶의 모든 체험은 바로 이해하기만 하면 기쁨과 만족으로 귀결될 수 있는 것"이라고 영국의 계관시인 윌리엄 워즈워스가 자신의 체험을 곁들여 말한 바 있다. 삶의 보람을 위해 체험의 이해와 그 활용도를 높이라는 의미로 읽힌다. 우리의 세상살이는 바로 이러한 과정에 놓여있지 않겠는가. 이 시편은 굴곡진 세상과의 불화를 넘어서서 화해에 이르러야 한다는 메시지를 담고 있다. 세상이 헤살을 놓고, 각종 위조꾼들이 우리를 실망시켜도 그럴수록 자기 자신을 다독이고 챙기면서 단단히 지켜야 한다는 것을 강조하고 싶다. 그리하여 자신의 도우미가 되고 어제보다 더 나아지도록 스스로를 격려하며, 자기 존재의 근거와 의미를 찾아야 하리라는 메시지가 담겨있다.

휠체어의 여학생

휠체어 밖의 깜깜한 밤중도
휠체어 안에서는 환한 대낮이었다
속이 텅 비어있는 한쪽 다리는
겨울 보리밭 같은 청신함으로 가득 차 있었고
휠체어 안 여학생의 얼굴에는
해맑고도 옹골찬 햇살이
여름날의 일조시간만큼이나 오래 머물러 있었다
어려서 겪은 교통사고로
그녀는 이미 용서의 힘을 알았다

자신을 거듭 짓밟고 간 사람들을 향해
세월보다 더 빨리 자라나던 원망이
자신을 이겨서는 안 된다고 느꼈을 때
파릇하게 움트는 삶의 희망은 바로 용서였다
활짝 웃을 때의 가지런한 치아는
잘 익은 석류 알처럼 반짝였다
실핏줄을 타고 줄기차게 약동하는 생동감으로
그녀는 날마다 휠체어의 바퀴를
힘차게 굴려갈 것이다

용서의 힘

이 글의 대상은 내가 대학에서 강의할 때에 만났던 여학생이었다. 무거운 휠체어에 의존하는 신체 장애인이었지만 매사에 긍정적이었고 성실했다. 강의실에서나 강의실 밖에서도 늘 웃음 띤 얼굴에다 인사성도 밝았다. 그래서인지 유난히 관심이 갔고 스스럼없는 대화도 종종 나누게 되었다. 자기 생의 상흔이었던, 한 쪽 다리를 잃게 된 이야기를 들려줄 때도 얼굴에는 밝은 미소를 띠고 있었다. 여학생이 했던 말을 다음과 같이 간추려 본다. 가해자는 사고를 은폐하고 완전 범죄를 꾀하기 위해 상처 부위에다 거듭 짓이기며 뺑소니쳤다. 즉 어린 생명을 살해하여 증거를 아주 없애기 위함이었다. 그날부터 모든 것이 뒤틀리는, 참담한 삶이 줄지어오는 상황을 맞이하면서 귀에 못이 박히도록 듣던 말은 가해자에 대한 온갖 저주였다. 따라서 다리의 상실보다 더 무서운 것은 가해자에 대한 미움과 원망이었던 것이다. 그로인한 끔찍한 악몽도 꾸게 되고, 저주가 밤낮으로 쌓이고 쌓여 도저히 감당하지 못할 막다른 골목에까지 왔을 때 번쩍하며 생각의 전환이 일어났다.

그런데 궁하면 통한다고 했듯이 그 때 뇌리 속에서 번개가 스치듯 섬광 한 줄기가 지나갔는데 그것은 바로 '용서'였다. 용서를 생각하는 순간 짓누르던 마음이 가벼워지고 머릿속이 환해졌다. 원망과 미움이 해답이 아니다. 다른 사람들이 겪는 더 큰 고통과 비교해보면서 한 쪽 다리가 있으니 그나마 다행이라는 생각과 함께 감사의 마음까지 들었다. 그렇게 용서를 실행한 이후로는 웃음과 희망을 되찾았고, 삶의 긍정으로 이어지는 생활을 하게 되었다는 따뜻한 내용이었다. 나는 용서의 과정에 이르는 말을 들으면서 마음으로부터 일어나는 신선한 감동에 젖어들고 있었다. 자신의 분노와 미움을 이겨내고 용서로서 웃음과 희망을 되찾은 제자가 '진정한 승리자'라는 생각에 잠기기도 했다. 따라서 그녀를 볼 때마다 기분이 상승했고 상쾌함을 느꼈다. 「휠체어의 여학생」(『잃어버린 사람을 찾아서』)은 용서의 힘과 그 감동을 담아본 시편이다.

제자의 체험담은 용서의 힘이 얼마나 큰 것인가에 대해 우리의 환기를 촉발시켜 준다. 용서의 힘과 그 가치는 아무리 강조해도 지나치지 않을 것이다. 분노 속에서 살아가는 것은 자신을 영원한 피해자로 만드는 일이다. 우리가 살아갈 수 있는 힘을 되찾는 것도 용서인 것이다. 삶을 제대로 살기 위해서는 용서가 필요함은 기정사실이다. 그런데 말하기는 쉽지만 실천하기 어려운 것이 바로 용서가 아니겠는가. 우리는 성자가 아니어서 자신을 해친 사람을 용서하기는 참으로 힘든 일이다. 물론 우리 자신의 건강과 행복을 위해 상처를 잊고 용서해야 한다는 사실을 몰라서가 아니다. 용서하지 않으면 면역체계에 악영향을 미친다는 연구결과도 있다고 한다.

모든 것이 생각하기 나름이겠지만 한 쪽 다리가 있으니 그나마 다행이고, 오히려 감사했다는 그녀의 말을 종종 곱씹기도 해 보았다. 이러한 발상의 전환이 위기상황을 반전(反轉)시킬 수 있었던 것이다. 이토록 신선한 감동과 함께 나에게 전해온 것은 삶의 긍정이었다. 용서는 고통과 절망을 넘어서서 행복의 촉진제 역할을 한다는 것도 다시금 되새기게 되었다. 그 여학생은 자신의 장애를 있는 그대로 받아들이고 인정함으로서 세상의 편견이나 곱지 않은 차가운 시선에서도 자유로울 수 있었다고 덧붙였다. 자기 긍정감에서 오는 건전한 자기애가 삶에 대해 적극적인 자세로 나아가게 한 동력이었음을 확인할 수 있다.

그리고 달라이 라마*는 다음과 같이 '용서'에 대한 불멸의 명언을 남겼는데 마음속 깊이 아로새길 만하다. "용서는 단지 우리에게 상처를 준 사람들을 받아들이는 것만을 의미하지는 않는다. 그것은 그들을 향한 미움과 원망의 마음에서 스스로를 놓아주는 일이다. 그러므로 용서는 자기 자신에게 베푸는 가장 큰 자비이자 사랑이다"라는 대목이다. 내가 시의 대상으로 삼은 여학생은 바로 이 명언의 주인공이며 모범적인 실천가이기도 하다. 이 시편은 용서를 통해 마음의 평온과 희망을 되찾게 된 감동적인 이야기를 담아 본 것이다. 한편 역설적이게도 그녀에게 가해자는 용서를 베풀 기회 제공자로 자리매김하고 있다.

차제(此際)에 장애인에 대한 사회적 태도에 긍정적인 변화가 일어나야 한다는 것을 강조하고 싶다. 그동안 장애인을 보는 사람들의 시선이 두려움이나 혐오감 등 부정적인 고정관념으로 차별과 억압을 해왔던 것도 부정할 수 없다. 다음은 장애를 딛고 성공한 삶을 살았던 고(故) 장 영희 교수***가 한 때 체험한 내용의 에세이(「세상의 슬픔은 눈물로 정복될 수 없다」, 『그러나 내겐 당신이 있습니다』) 부분을 발췌한 것이다. "상급학교에 갈 때마다 장애를 이유로 입학시험 보는 것조차 허락되지 않던 학교들…. 나 잘할 수 있다고, 제발 한 자리 끼워 달라고 애원해도 자꾸 벼랑 끝으로 밀어내는 세상"이라는 대목에서는 그녀가 한 살 때 소아마비로 인해 목발과 쇠로된 보조다리에 의존했던 장애인으로서 입학시험 때 겪어야 했던 쓰디 쓴 내용이 담겨있다. 차별과 억압의 한 사례가 되겠지만 어쩌면 빙산의 일각에 해당하는 지도 모른다.

그런데 점진적으로 장애인들에 대한 긍정적인 변화가 일어나고 있어 그나마 다행스럽다. 따라서 이런 변화에 힘입어 그들에 대한 관점과 태도를 탈바꿈하는 역할도 기대해 본다. 장애인이라는 낙인찍기와 일반인들의 곱지 않은 시선들은 다소 완화되어가고 있어 고무적이다. 특히 그들이 사회 속에서 소외감을 느끼지 않도록 위로와 격려를 보내고 배려하는 마음을 가져야 할 것이다. 장애인이었지만 사회에 크게 기여를 한 사람들은 일일이 예를 들지 않더라도 이미 많이 알려져 왔다. 우리들 중 어느 누구도 외딴 섬이 아니며, 모든 존재가 서로 연결되어 있고 상호의존적이라 한다. 선천성 장애인이든 후천성 장애인이든 여하간 그들이 어려움을 극복하고 쓸모 있는 삶을 살아갈 수 있도록 배려하고, '함께 가기'를 실행해야 하는 것이 무엇보다 중요하다고 본다.

※ 달라이 라마 : 21세기의 최고의 지성이자 전 세계인에게 가장 존경받는 종교인, 저술가.
※※ 장영희 : 영문학 박사, 서강대 교수, 번역가, 칼럼니스트, 중고교 영어교과서 집필자며 많은 저서를 남겼음.

잃어버린 사람을 찾아서

품행이 반듯하고 말 또한 두고두고
어록이 될 만한 그 모든 표상이었던
그가 어느 날 가뭇없이 실종되어
어느 곳에서도 더는 볼 수가 없었다
그를 찾는 전단지가 방문처럼 나붙어도
아무런 징후도 없이 소식조차 감감한
그를 찾아서 급기야는 모두가 나섰다

특히나 심신이 메마르고 고달플 때면
말과 행동 그 모두 촉촉한 단비였던
그를 찾아서 사방팔방으로 헤매 봐도
갈수록 실낱같은 희망마저 달아났다
그렇게 한 때를 풍미하며
우리의 희망과 꿈으로 존재하던
잃어버린 그를 찾아서 모두가 허덕였다

그러던 날 사람들의 놀라움과 웅성거림 속에
추레하고 무언가에 쫓기듯 그가 나타났다
허언과 위선의 가면이 벗겨지고
그의 진면목이 속속 드러나면서
허위의 장본인이었던 그 자신도

그의 모래기둥에 기대려던 우리 모두도
가득한 혼돈 속으로 빠져들고 말았다

가짜들이 판을 치는 우리 사회의 현주소

작가 움베르토 에코는 일찍이 유동사회라는 말로 이 사회를 진단했다. 유동사회란 중심을 잃고 표류하는 사회이다. 즉 정체성 위기와 가치의 혼란에 빠져 방향타가 되어줄 기준점을 상실한 사회로 버팀목이 없는 사회라는 것이다. 이런 사회에서는 가치전도 현상이 일어나고 사회 곳곳에서 허위가 판을 치게 마련이다. 우리의 버팀목이 되어 주었던 공동체의 삶이 무너지면서 의지할 곳을 잃었다. 공동체는 균열되고 각자의 이익 챙기기에 급급한 모습이다. 우리가 나아가야할 방향 점을 상실한 채 가치전도 현상이 일어나고 있다. 따라서 상식적으로는 이해하기 어려운 일들이 주변에서 끊임없이 발생할 뿐만 아니라 확대 재생산하고 있는 실정이다. 나아가 상호불신과 허무주의를 확산시키는데 일조하지 않을까 하는 우려감마저 들게 한다. 신뢰를 잃어버린 사회적 관계망은 모래알을 씹는 듯 무미건조해질 뿐이다. 날마다 사방에서 날아오는 이상야릇한 소식들로 머릿속이 복잡하고 우리의 일상이 위협당하는 느낌을 많이 받는다.

특히 지성으로 무장한 채 허위와 위선으로 도배하며 살아가는 일부 '위선적 지식인의 모습'은 우리를 더더욱 헷갈리게 한다. 한때는 그들이 쏟아내는 언어적 수사에 환상을 부풀리며 신기루를 좇던 때도 있었지만 그것은 장식적인 수단에 불과했던 것이다. 궤변과 역설을 일삼으며 자신이 한 말의 일부도 되지 못하는 사람들임을 알게 되면서 충격과 혼란에 빠지기도 했다. 말의 가치를 뒷받침하는 것은 실천이 따를 때인 것이다. 황금 같이 값지던 그들의 말들은 시간이 지날수록 한갓 모조품이 되었고, 정작 스스로도 발뺌하려 들다가 되레 그 수렁 속으로 푹푹 빠져들고 말았던 것이다. 그런데 그 불일치의 원인은 도대체 무엇인가라는 의문이 든다. 우선 자기 자신을 냉정하게 바라보는 힘을 잃어버린 데 있다면 냉정함을 상실한 이유가 분명 있을 것이다. 그 이유는 자신의 이익에만 집착한 나머지 사리판단이 흐려졌던 때문으로 보인다. 아전인수 격으로 살아왔던 습관은 덫이 되어 자신을 옭아매는 역할을 하고 만 것이다. 그런데도 자가당착에 빠져 변명으로 일관하는 모습을 볼 때면 일말의 비애감마저 든다. 정작 그들 자신도 스스로를 슬픈 존재라고 느낄지 의문이다.

"가면을 쓴 인생은 비극적인 인생이다. 자신의 참 모습을 드러낼 수 없는 사람은 우울한 삶을 살 수 밖에 없다."는 시인 라이너 마리아 릴케의 말을 되새겨 보게 한다. 어찌하다 저렇게까지 되었을까하는 생각과 함께. 허명에 목숨 건 듯한 사람들의 타락하고 위선적인 모습에서 우리 사회의 불편한 사실을 접하게 된다. 부패와 사기가 구조화된 나라에 살고 있는 듯해서 염려스럽기도 하다. 변조와 위조, 베낀 것도 마치 제 것 인양 아낌없이 써먹고 신분상승을 도모하는 군상들도 횡행하고 있는 실정이다. 결국 남을 속이는, 거짓된 겉모습에 불과한데다 위선적인 사람들의 위장술은 점입가경이다. 역시 겪어보아야 알게 되는 것이다. 우리를 에워싸고 있는 각종 모조품들이 활개치고 있는데도 안 걸리면 그만이라는 무리가 작당이라도 하는 지 좀처럼 수그러들지 않고 있다. 그들은 서로의 방패막이 역할을 하며 비호세력으로 활동한다. 우리 사회의 방향타 역할을 하는 컨트롤 타워의 부재와 이익집단의 창궐도 이에 한 몫을 하고 있는 듯하다. 허위와 가식이 판을 치는 어두운 현실에서 여러 번 가공한 듯한 가짜의 인물들이 진짜의 인물들을 지배하고 있는 판국으로 보인다.

그런데 왜 무리를 짓고 파벌을 만들까? 그것은 이기적인 욕구에서라는 이론이 설득력을 얻고 있다.

"이기적인 욕구, 함께 활동하는 누군가로부터 이익을 기대하고 '무리'를 만든다. 즉 이기적인 욕구에 의한 '파벌' 만들기로 볼 수 있다. '무리', '파벌'은 약자가 이기적으로 행동한 결과라는 것을 새들이 무리지어 날아다니는 것을 비유"한 내용을 담고 있다. 이것은 영국의 윌리엄 해밀턴(William Hamilton)박사가 1971년에 발표한 이론으로 이후 많은 공감대를 획득한 대목이다. '모든 길은 로마로 통한다'는 고사성어가 있듯이 그들에게는 '모든 욕구는 이기적인 욕구로 통한다'고 해도 좋을 것 같다.

이 시편 「잃어버린 사람을 찾아서」(『잃어버린 사람을 찾아서』)는 우리 사회의 어둡고 뒤틀린 현주소를 체감해본 것이 계기가 된 것이다. 더욱이 이런 무리들의 윗자리에 있으면서 허위와 위선으로 점철된 인물이자 이중적 삶을 살아가던 '그'를 풍자적이고 비판적으로 그려보았다. 그리고 마시면 마실수록 갈증 나는 소금물처럼 생각을 거듭할수록 의문만 가중되는 '위선자'와 그의 거짓투성이 삶을 다소 시니컬하게 형상화해본 작품이라 하겠다.

제 4 부

목 백일홍

계절의 끝과 시작이 꽃나무의
조붓한 가지들 위에 함께 있더니
오는 계절을 위해
스스로를 비워내고 있던 늦봄
자신의 육신을 뿌리에게 거두게 하며
훌훌 떠나며 남긴 그 자리에
여름은 짙푸른 녹음 앞세우고
연방 화염(火焰)을 쏘아대면서 왔다

아련한 세월을 한참이나 건너와
대낮의 백열 등촉(燈燭) 아래서
몸의 허물 한 겹씩 벗어내어
속까지 정결한 목 백일홍
수그린 아미(蛾眉)같은 그 가지들
모두를 열고 나와서
아른아른한 해말간 살갗 위에다
솟고 솟아 샘솟던 피 망울들을
하르르 하르르 쏟아내던 꽃
석 달 열흘 짠하게 선혈(鮮血)만 토하더라

나의 기다림 목 백일홍

계절을 따라와서 피고 지는 꽃들을 바라보면서도 마음속으로는 못내 기다리던 꽃이 있었다. 쨍쨍한 한여름이면 무성하게 차오르는 짙푸른 대숲을 배경으로 선연한 다홍색 꽃잎을 활활 터뜨리던 목 백일홍이 바로 그 꽃이다. 그 내밀하게 자라던 정열이 끝내는 가지마다 열치고 나온 눈부신 개화로 석 달 열흘을 황홀하게 해주었다. 어원에 의하면 목 백일홍은 붉은 꽃이 한여름부터 초가을까지(7~9월) 100일 동안 핀다고 해서 붙여진 이름이라고 한다. 그런데 한 송이의 꽃이 백일동안 피는 것으로 보이지만 꽃송이는 봉오리를 연후 열흘 정도 피었다가 진다는 것, 그리고 한 가지에 매달린 수백 개의 꽃이 번갈아가면서 하나씩 피고 지고를 반복한다는 것이 정설이다. 국화과에 속하는 백일홍(백일초)과는 전혀 다른 식물이다.

내가 기다리는 꽃은 바로 여름의 발걸음과 함께 오는 목 백일홍으로 나에게는 가장 어여쁜 꽃 중의 꽃이다. 그 꽃을 기다리면서 그토록 화사하고 오래가는 기쁨을 앞당겨서 미리 느껴보기도 했다. 결과 이중의 기쁨을 톡톡히도 누리게 되는 셈이다. 내가 목 백일홍을 보고 반하게 된 곳은 외가에서였다. 의식적인 첫 만남이었다고 하는 것이 옳을 것이다. 그곳에서 어떤 꽃에서도 느낄 수 없었던 독특한 미감(美感)의 특별한 아름다움을 보았기 때문이었다. 매끈하고 깨끗한 수피로 인해 만개한 붉은 꽃들의 자태는 모든 아름다움 그 너머에 존재했다.

유년시절부터 방학이 오면 연중행사처럼 외가에 갔다. 이후 참으로 까마득한 세월이 흐른 후 찾아갔을 때도 늘 그 자리에서 재령이씨의 종택(宗宅)을 지키며, 한결같이 빛나던 목 백일홍의 모습에 마음까지 훈훈했다. 시편 「그 여름의 기억 ─ 그리움 ─」(『나는 말하지 않으리』)에서 다음의 시행, "자미정 뒤쪽의 호호한 세월을 / 믿고 서 있던 목 백일홍* 꽃길을 지나"의 시의 구절에서는 나의 애틋한 심경이 부분적으로 묘사되어 있다.

우리는 살아가면서 어느 시절이나 어떤 장소에 각별한 애착을 느끼기도 한다. 나는 유·소년기를 외가에서 많이 보냈는데 오랜 세월이 흘러도 그 때의 그 장소가 그림자처럼 따라다니며 나를 격려하고 응원하는 느낌을 받곤 한다. 인생의 어느 한 시기를 보내던 그곳은 인정어린 말소리와 넉넉한 웃음이 끊이지 않았던 광채 나던 곳이었다. 그래서인지 나 자신이 얼마나 소중한 존재인지를 깨달아갔고, 살아가는 일이 즐겁다는 생각도 하게 되었다. 삶의 따뜻한 감촉이 있고 나의 존재감이 영글던 곳으로 삶에서 한결 중요한 역할을 했다. 따라서 가라앉아 숨죽이고 사그라지던 열정도 되살아나는 것을 느낄 수도 있었다. 백열(白熱)의 여름, 그 한창 때 꽃잎들이 연방 피어나서 오래 머물러있던 목 백일홍(이후는 백일홍으로 표기)으로 남모를 즐거움이 고조되었고 발긋발긋한 흥취도 솟아났다. 까마득한 세월이 흐른 뒤에도 외가 자미정 뒤편에 자리한, 백일홍의 품격을 아로새기며 더러는 내 삶의 지향점을 점검해 보곤 했다. 재령이씨의 오랜 종택(宗宅), 울창한 대숲, 그 당시 수령이 620년이던 백일홍을 떠올리면 부질없이 번잡하고, 산만한 삶에 대한 경종을 울리는 듯해 헝클어진 자세를 올바로 추스르게 된다.

그런데 늦봄 즈음이었다. 매혹적으로 피어나던 꽃들이 비바람에 덧없이 떨어져서는 이내 시들고 칙칙하게 변색되어가다가 깡그리 자취를 감춰버렸을 때였다. 그 빈자리가 얼마나 컸던지 한동안 공허감이 가시지 않고 맴돌다가 생명의 무상감에 푹 젖어들었다. 특히 꽃의 주기가 짧은 관계로 이러한 현상을 자주 접하면서 더 잘 느끼게 된 것이다. 너무나 아름답게 피어 있다가 얼마 후 흔적도 없이 지고 마는 꽃들과의 짧은 만남을 늘 아쉬워하며 마음을 앓아오다 백일홍과의 100일이라는 짧지 않은 만남에서 큰 위로를 받고, 기쁨을 누릴 수 있게 되었다. 붉은 꽃잎들의 넘치는 생명력을 보며 무기력해서는 안 된다고 스스로를 채근하며 재충전시키는 계기를 마련했던 것이다.

손이 닿기만 해도 꽃을 활활 쏟아내는 듯 다정하고 풍요로운 여름 꽃. 그러면서도 인내심 많은 연인처럼 오래 견디며 스스로를 담금질하던 꽃 중의 꽃이 백일홍이고, 꽃이 질 때도 색깔 그대로 지기에 독특한 미감을 부여했다. 그리하여 지속에 대한 나의 열망을 한껏 채워주는 귀한 꽃으로 자리매김한 것이다. 이 시편 「목 백일홍」은 여름날의 풍요로운 햇살을 받아 한껏 부풀어 오르던 백일홍의 붉은 꽃잎들에게 바치는 감동과 경탄의 헌시(獻詩)이기도 하다. 헤르만 헤세도 그의 에세이에서 "한여름과 초가을 빛깔의 정수는 백일홍이다! 다행스럽게도 백일홍은 상당히 오래간다. 그것은 빛의 폭음을 터뜨리고, 색깔의 환호성을 울린다."하며 극찬을 아끼지 않았다(「늦여름 꽃들」, 『최초의 모험』).

여름이 되면 딱히 그때의 그곳이 아니어도 가로수나 공원 등지에서 백일홍을 자주 접하기도 한다. 울창한 짙푸른 숲을 배경으로 무리지어 피고 있던 다홍색의 화사한 꽃물결과 황홀한 군무(群舞)! 그 자태를 생각하면 벌써부터 다시없는 정취에 흠뻑 빠져든다. 만개한 백일홍을 볼 때의 경탄과 신명은 일일이 헤아리기조차 힘들 정도다. 괴테는 경탄이란 인간이 가진 최고의 감정이라 했다. 안온한 바람결에 하늘거리며 서로 마주보고 웃고 있는 듯한 모습을 보면 잃어버리고 사그라지던 마음속의 노랫소리가 저절로 흘러나온다. 나아가 어떤 막연하던 것이 구체적인 형태를 띠며 행동을 촉발시킨다. 나를 살게 하는 힘이자 삶을 찬미하게 하는 힘 중의 백일홍은 오랜 세월동안 여전히 그 효력을 발휘하고 있어 참으로 미덥고 고마운 존재로 자리하고 있다.

※ 외가 자미정 뒤쪽의 목 백일홍의 수령은 약 620년이라 하며 충혼의 상징으로도 회자되고 있다.

하얀 목련꽃 · 2
― 가을 하늘 가득한 뭉게구름을 보며 ―

아리도록 지순(至純)한 사랑 하나로
푸르디푸른 하늘에다 그대
눈 시린 순백의 몸 한껏 풀고 있었네
오랜 세월 건너온 아득한 세상에서
어쩌다가 피우지 못한 꽃망울들을
어디에 고스란히 숨겨두고 있었던가

날개 단 광음의 그 어드메
처서를 막 지나고 노란 볕살의
거미줄이 자욱자욱 내리던 오후
하늘 가없는 품에서 다시 생명을 틔운
백목련의 애애(皚皚)한 송이 송이가
연이어 활활 피어나더니 저 가멸찬
구공(九空)의 뜨락에서 연방 넘실거렸네

호호(浩浩)한 장천(長天)의
구만리를 두루 지난 곳에서도
그 옛적 미처 거두지 못한 것까지도
알알 샅샅이도 품고 있다가
뭉게뭉게 사무치게 꽃피우고 있었네
쪽빛 선연한 하늘은 그예
목련의 하얀 꽃물이 아주 들어버렸네

어느 화창한 가을날에

티 하나 없는 청정무구한 가을 하늘은 온통 흐드러지게 피어있는 백목련의 가없는 꽃밭이었다. 활짝 핀 백목련 송이 송이가 구만리 하늘을 가득 채웠다. 처서를 지나고 더 높고 더 넓어진, 하늘을 온통 뒤덮은 구름떼의 모양이 백목련과 흡사했다. 나뭇잎들이 사운거리고 대기의 향기도 유다르던 가을날 오후였다. 밝은 파란색의 하늘과 황금빛의 눈부신 햇살, 여기에다 부드럽고 섬세한 구름의 백목련으로 나는 참으로 대단한 것을 본 것이다. 비길 데 없이 맑고도 환한 오후에 내가 본 그 광경은 장관(壯觀) 중의 장관으로 무딘 감각들마저 깜짝깜짝 놀라며 깨어날 정도였다. 이런 분위기에 힘입어 어지러운 마음이 고요해지고 잡스런 마음도 한결 정화되어 갔다. 아~!하는 감탄사가 절로 나왔고 아름다움의 극치로 인해 넋을 잃을 지경이었다. 청명한 가을날의 오후에 하늘을 바라보다가 만났던 귀한 자연현상들이기도 했다. 오가던 사람들도 발걸음을 멈추고 하늘을 쳐다보게 하는 절경 중의 절경이었고, 우리가 미처 모르고 지날 뻔한 아름다운 날의 풍경이기도 했다. 부질없이 바쁜 일상에서 잠시 물러나 모처럼 어떤 충족감과 함께 행복을 느낀 선물 같은 시간이었다. 그날따라 우중충하던 건물들은 햇빛에 반사되어 한결 산뜻했고 창문들은 유리알처럼 반짝거렸다.

시편 「하얀 목련꽃·2 — 가을 하늘 가득한 뭉게구름을 보며 —」는 이렇게도 오묘한 자연의 조화에 대한 그날의 특별한 느낌들을 형상화한 것이다. 세상의 온갖 잡음도 정지한 듯한 안온하고 포근한 오후가 기적

같이 펼쳐지면서였다. 통상적으로는 언감생심, 감동은 고사하고 환멸을 더 많이 겪게 되는 것이 일상다반사가 아닌가. 부질없이 바쁘고 뭔가에 쫓기듯 허둥대며 생활하다가 그날은 모처럼 맞이한 한가롭고 느긋한 시간에 아주 색다른 체험을 했던 특별한 날이었다. 이에 따라 움츠렸던 희망이 날갯짓하고 퇴색된 꿈이 생기를 찾은 날의 벅찬 감동을 형상화해 보았다. 이 시에서 인용한 다음의 네 시행은 모성의 힘과 생명의 신비감을 묘사한 것이다. "하늘 가없는 품에서 다시 생명을 틔운 / 백목련의 애애(皚皚)한 송이 송이가 / 연이어 활활 피어나더니 저 가멸찬 / 구공(九空)의 뜨락에서 연방 넘실거렸네"(2연 4~7행)에서 생명을 품어서 키워내는 어머니의 품속 같은 하늘과 그 가없는 사랑으로 개화의 황홀경을 터뜨리는 생명체들을 구현해 보았다.

한편 아래에 소개하는 헤세의 명시, 「한 점 구름」에서는 파란 하늘의 하얀 구름이 푸른 꿈을 환기시키고 있다.

"파란 하늘에, 가늘고 하얀 / 보드랍고 가벼운 / 구름이 흐른다 / 눈을 드리우고 느껴 보아라 / 하얗게 서늘한 저 구름이 / 너의 푸른 꿈속을 지나는 것을"(『헤르만 헤세 시집』). 또한 헤세는 나무, 하늘, 햇살, 자연과 생물들의 변화무쌍한 아름다움을 이해하는 눈을 갖기 위해서는 작은 기쁨도 크게 생각하라고 조언했다. 그리고 낮에 하늘을 쳐다보고 활력 넘치는 좋은 생각들을 떠올려보라고 덧붙이기도 했다.

그런데 지구의 온난화로 인해 꽃들도 계절을 깜빡했던지 시도 때도 없이 꽃피우는 현상을 쉽게 접하기도 한다. 12월에 붉은 장미가 무리 져서 피어있는 모습에서나 아스팔트의 도로 한 곳에서 꽃피던 늦여름의 민들레, 또한 가을에 만발한 개나리꽃을 보면서 여러 생각들이 스쳐 지나갔다. 이런 추세라면 봄맞이 꽃인 목련도 가을에 피게 될 지도 모른다는 엉뚱한 발상까지도 해보게 된다.

　여기서 미와 품위의 상징인 백목련에 대해서 개략적으로 정리해 보겠다. 우선 그 명칭들을 보아도 사람들의 사랑과 관심을 얼마나 많이 받아왔던 가를 짐작케 한다. 이른 봄에 꽃을 피우는 하얀 목련꽃은 마치 나무에서 피는 연꽃으로 보인다고 하여 목련(木蓮)이라 했다고 전해온다. 또한 꽃봉오리가 붓처럼 생겼다고 해서 '목필화(木筆花)'라 불렸으며, 꽃봉오리의 부리가 항상 북쪽을 향하고 있어 '북향화(北向花)'라고도 불렸다. 그 외에도 봄맞이 꽃이라는 영춘화(迎春花), 백설이 분분하는 이른 봄에 핀다고 해서 근설 영춘(近雪迎春)이란 이름이 있을 정도다.

　그리고 백목련은 보는 사람의 마음에 따라 인상의 차이가 있겠지만 단연 압권은 고매한 기품에다 추운 겨울과 같은 온갖 시련을 겪은 성숙한 여인과도 같다는 관점이다. 전 국민의 사랑을 받던 가곡 <목련화> 노랫말의 부분은 이를 뒷받침하고 있다. "희고 순결한 그대 모습 / 봄에 온 가인과 같고 / 추운 겨울을 헤치고 온 /봄 길잡이 목련화"에서도 목련은 기품 있는 아름다움과 한파의 인고를 넘어선 봄의 전령사로서 앞의 관점과 그 맥을 같이 한다. 따라서 목련은 우아하고 품위를 갖춘 인격체로 의인화해 왔던 꽃이기도 하다. 하지만 아름답게 꽃을 피워 찬탄을 자아내지만 그것은 며칠 동안에 불과하고, 낙화하면 바닥에서 이내 칙칙하고 추하게 변색해버려 안타까움을 더하고 있다. 미인박명이라고나 할까. 개화를 갈급(渴急)하다가 꽃이 벙글 때는 그 신비로움에 흠뻑 빠져들지만 생명이 너무나 짧은 것이 흠이다. 이렇게 개화의 신비감과 낙화의 허망감을 동시에 맛보게 하는 독특한 꽃으로 그 찰나적인 생애가 못내 아쉽기만 하다. 낙화해도 땅에 떨어진 꽃잎들이 한동안 생생하게 유지되는 동백꽃이나 목 백일홍에 비하면 백목련은 개화와 낙화가 한갓 꿈처럼 속절없이 지나가고 만다. 그토록 고운 자태의 황홀감과 그토록 짧은 생애의 쓸쓸함이 교차하면서 묘한 비감(悲感)에 젖게도 한다.

우리네 인생도 꽃과 유사해서 더욱더 그런 감상에 빠져드는 것 같다. 생로병사의 순환구조에서 그 누구도, 그 어느 것도 자유로울 수 없는 것이다. 흐드러진 백목련의 가없는 꽃밭이었던, 흰 구름들과 그 송이 송이를 한껏 품고 있던 가을하늘을 다시금 소환해 보며 갖가지의 감회에 흠뻑 젖어보았다. 가을에 만난 하얀 목련꽃에 대한 그날의 선연한 인상은 이 시의 모티브가 되기에 충분했다. 나아가 삶의 기쁨과 생활의 활력을 회복하게 해준 귀중한 체험이기도 했다.

삼백 서른네 살의 나무[※]

영겁의 아스라한 세계에도 두루 닿아
시공을 초월하여 존재하시는 당신의 주변에는
언제부터인가 뿌리 뽑히고 소외된 자들의
삶에 대한 불안이 난민(難民)처럼 떠돌고
그들의 가년스러운 모습들도 흐느적거립니다

푸르디푸른 수행과 공덕을
하늘 탑만큼이나 쌓아올리신 당신께
아득한 옛적부터 가지 끝을 걷듯 힘겹게 살아가던
사람들의 애소와 기복이 끊임없이 흘러들었던
그 곳에 얼마 전엔 먹물 옷 입은 여인이
머리 조아리며 비손하고 있더이다
언제부턴가 로터리 부근의 둥글게 두른 철제 구조물 안에서
허구한 세월을 묻고 은거하시는 당신의 면전에서
중년 남녀가 병나발 불어가며 연방
소주를 마시다가 야살 떨던 소리와
인접한 숯불구이 집에서 풍겨오던
불판 위의 고깃살 지글거리는 냄새가
격렬하게 엉겨 붙어 뒹굴고 있습니다

※ · 수령이 334년(1980년 12월 8일 '관리림'으로 지정된 당시의 수령은 300년,
   · 이 작품을 쓴 2014년의 수령은 334년이며 수종은 폭 나무.
   · 부산시 북구 만덕 2동 319번지에 소재하며 고유번호는 2-5-8-1이었다.

나무여 나무여

이 나무는 내가 이곳을 오가다가 팻말에 수령과 수종, 고유번호가 기재되어 있어 유심히 보게 되면서 신성한 느낌마저 들었다. 하지만 내가 맨 처음 이 나무를 볼 때도 관리가 제대로 되지 못해 귀중한 문화재 하나가 그대로 사라질 것이 아닌가하고 염려할 정도였다. '상처뿐인 영광'의 이미지로 겨우 자리보존하고 있었다고나 할까. 나무가 서 있던 주변에는 상가들이 즐비하고, 시내버스 정류장이 있어 사람들의 왕래가 잦았으며 각종 소음에다 퍽이나 산란한 분위기였다. 더구나 메마른 건물더미 가운데 홀로 고립되어 있고, 주변 환경도 척박하여 홀대받고 있다는 생각마저 들게 했다. 경건과 방종이 함께 흐르고 있던 곳이라는 생각과 함께 이래저래 북받치던 마음이 이 시를 쓰게 한 동력으로 작용했던 것이다.

그런데 어찌하다 큰 손상을 입은 탓인지 볼 때마다 점점 더 비틀리고 더러는 베어지며 뽑히기도 하더니 최근에는 가지들이 거의 잘려나가고 몸통만이 겨우 박혀있던 모습이었다. 날이 갈수록 이에 비례하여 참으로 초라하게 연명하고 있는, 참을 수 없이 남루한 모습에 그저 안타까움이 더해갈 뿐이었다. 무수한 세월을 내장하고서 그 세월과 함께 탄실한 거목으로 존재했던 나무가 아니던가. 그동안 경험했던 일들, 그와 함께했던 식솔들이며 인연들, 그리고 주변의 풍경들도 안쓰럽게 모두 떠나갔지만 나무는 그 어느 것 하나 보내지 않고 오롯이 간직하면서 더욱 다독이고 있었을 것이다.

참고로 장 지오노의 작품 『나무를 심은 사람』의 이야기를 곁들여 보겠다. 작가가 어느 날 프랑스의 오트 프로방스 지방을 여행하다가 특별한 사람을 만났다. 그는 끊임없이 나무를 심고 가꾸는 양치기였다. 혼자 살면서 여러 해에 걸쳐 나무를 심고 가꾸며 황폐한 땅에 생명을 불어넣고 있던 사람의 실제이야기를 소설작품으로 만들어 세상에 내 놓은 것이다. 아무런 보상도 바라지 않고 대지가 풍요롭게 변해가는 것을 보는 것만으로도 행복했던 사람을 만난 것이 작품 창작의 배경이 된다. 이 작품은 세계적인 반향을 일으켰고 작가로서의 성공을 거두게 했다. 무절제한 도시문명의 비판과 자연과의 조화로운 삶이 이 작가의 지향점이 된다.

　다음은 그 작품의 【편집자의 말】에서 인용한 것을 부분 발췌한 것이다. 그가 인용한 대목은 시사(示唆)하는 바가 크고, 나아가 우리의 환기를 촉발시켜 준다. 영국 글래스고 대학의 맬컴 윌킨스 교수는 "식물은 인간이 생각하는 것보다 훨씬 예민하고 감정을 지닌 생명체이다. 식물 역시 잘릴 때는 동물의 피에 해당하는 투명한 액체를 흘리고 수분이 모자라 '목마를' 때는 사람의 귀에는 들리지 않는 미명을 지른다."는 것이다. 또한 "식물도 음악을 좋아한다."는 보도도 담고 있다. 1950년 인도의 싱 교수라는 사람이 인도의 전통음악인 '라가'를 들려주면 수확이 늘어나는 효과를 확인했다는 것이다. 최근에는 미국의 미네소타 주의 식물 육종학자인 댄 칼슨이 '소닉 블룸'이라는 식물음악을 만들어 내어 특허를 얻은 뒤 세계 30여 나라에서 과수·채소·화훼·재배 등에 다양하게 이용하고 있다고 한다.

　그런데 참담하게도 내 작품의 소재가 되었던 나무는 사람들의 무관심 속에 방치되다가 결국은 통째로 잘려나가고 말았다. 내가 자문위원이었던 단체에서 함께 활동하던 모 의원에게 '그 나무'에 대해 구체적인 상황을 설명하면서 각별한 관리를 부탁해 보았지만 이후 어떤 노력도, 아무런 결과물도 없었다. 이런 저런 이유로 그저 들어주는 것, 그냥 그 정도로 끝냈던 모양새였다. 위태위태하고 가련한 형색으로 자리보전하던 나무는 결국 그렇게 잘려나가고 그 존재마저 깡그리 지워지고 말았다. 그것도 모자라선지 그 자리엔 이내 시멘트로 포장되고 백색 차선이 그어져 승용차들이 떡하니 주차하고 있었다.* 마음 한편에는 자기 삶의 모든 역사를 기록하고 있던 나무가 톱에 통째로 잘리던 날, 그 나무가 하고 싶었던 말은 무엇이었을까 라는 궁금증이 일어나기도 했다.

우리가 살고 있는 오늘의 시대가 물질문명의 노예가 되어 실용성을 최고의 가치로 여긴다 해도 이러한 조치는 허무맹랑하여 당혹스럽다. 문화재를 가꾸고 보존하는 데 필요한 역량은 제로 수준으로 보인다. 그동안 제대로 된 의견을 모아보기라도 했던가하는 의문마저 든다. 조금치의 성의만 있었어도 얼마든지 '상응한 해결책을 마련할 수 있었을 텐데'라는 아쉬움이 시종 떠나지 않았다. "모든 물질문화는 나무가 없다면 존재할 수 없었을 것이다. 나무가 없는 것보다는 황금이 없는 것이 더 나을 것이다."라고 한 영국의 작가 존 에블린(17세기 영국의 저술가이며 정원사)의 말을 되새겨보기도 했다. 나무를 가꾸고 아끼지 않는다면 우리의 삶이 결국 사막처럼 황량할 수밖에 없음을 시사(示唆)한 내용이다. 숲이 좋은 곳은 사람도 넉넉하다는 말이 전해져 오기도 한다.

'관리림'이었던 그 나무의 표지판에 새겨진 수령과 고유번호를 바라보면서 감동했던 때가 엊그제 같다. 우리의 잃어버린 세월과 믿음을 촉진하는 대상으로서의 나무가 아니던가. 그리고 영원의 길목에 서서 위로와 격려를 해 주던 존재이기도 했다. 이 시편은 300년의 연륜을 보전하고 있던 나무를 시적 대상으로 삼아 상상력을 동원하여 형상화한 것이다 (2014년에 발간한 시집, 『나는 말하지 않으리』에 수록됨). 그 나무의 예사롭지 않은 심원한 언어를 듣고, 화답하고 싶었던 꿈이 속절없이 무너져버렸다. 내 시의 대상이 되어 사람들의 관심과 사랑을 받기도 했는데 그로부터 8년이 지난 후 이렇게 자취도 없이 아주 떠나고 말았다. 나는 그 상실감이 크게 다가와 못내 허전했다.

※ 이 에세이를 쓴 2022년 7월 하순에 그 곳을 지나다가 보게 된 일이다. 마음 한 곳에 큰 공동(空洞)이 뚫린 느낌마저 들었다.

여름 곁에 머무는 나목(裸木)

물과 불을 들고 설치는
성하(盛夏)의 한옆에 머물고 있던
긴긴 세월의 나목 한 그루
훤칠하고도 곧은 나무 가지들을 사이하여
피처럼 어리어 있던 적요(寂寥)의 심연

삼신할머니도 연일 공들이던
왕성한 생명의 축일들을 맞아
홀린 듯 맺어지며 짙푸르게 차오르던 숲
그 속에서 연이어 몸을 푸는 산모들의
파릇파릇한 신생아들로 가득한 생명의 요람

눈 시리게 차고도 맑은 겨울만이
깨트리게 할 당신의 침묵 아래서
갓 깨어난 생명들이 쉼 없이 옹알이하고
미색을 서로 뽐내며 열락을 누리는 나무들 곁에서도
생살 타는 외로움마저 거뜬히 다스리시던 당신

잎을 깡그리 지워버린 맨살 위를
한여름 염천의 불화살이 무두질해도
옹이 박힌 몸으로 오직 스스로를
잡도리하고 계신 당신 앞에서는
숲의 정령(精靈)들도 한결 삼가리니

호호(皓皓)한 겨울의 여인으로 남아서
그토록 처연한 연가 살뜰히도 바치다가
때가 되면 부름을 받게 해달라고
간구하시던 오랜 사모(思慕)의 염원이
삼복의 백열(白熱)보다 더 높으시던 당신

나무의 찬가

이 시편은 내가 출강하던 대학의 연구도서관 정원에 있던 나목을 형상
화한 것이다. 관상용 낙엽수로 몇 해의 봄을 지낸 후 여름이 한창이어도
여전히 나목으로 서 있었다. 그 나무를 두고 "살아 있다, 죽었다"의 의견
들이 분분했다. 그 무엇보다도 여름날의 무성한 수풀 사이에서 홀로 서
있던 나목에서 받은 독특한 느낌들이 이 시의 모티브가 되었다.

거목이었던 나무가 송두리째 맨 몸을 드러낸 채 폭우와 염천, 그리고
폭설과 혹한을 두루두루 모두 다 겪으면서도 초연하게 서 있던 모습을
볼 때면 감히 범접할 수 없는 위용(威容)과 품위가 느껴졌다. 내가 그 나
목에 관심을 기울이며 유심히 보게 된 것은 연일 불화살이 내리 꽂히던,
한여름의 땡볕 더위가 한창 기승을 부리면서였다. 나뭇잎들조차 모조리
떨어져 나간 지 이미 오래, 오로지 옹이 박힌 몸으로 꼿꼿이 서서 악천후
를 견디고 있던 나목의 모습이 한눈에 들어왔다. 한창 때를 지나고 모든
것을 내려놓은 나목이 마지막까지도 헌신하는 듯 서있던 자세에 큰 감
동을 받게 되었다. 그런데 또 다른 곳에서 바라본 등이 굽은 가로수였다.

홈이 굵게 파이고 쓰러질 듯 서 있던 가로수가 봄이 되면서 여기저기 잎들이 돋아나서는 생기를 되찾아가는 모습을 오가는 길에서 바라보며 그 끈질긴 생명력과 포용력에 감탄하기도 했다. 점점 무성하게 자라난 잎들이 새들을 보살피고, 풍성한 덮개로 행인에게 그늘을 만들어주었다. 차를 타고 갈 때나 거리를 걸으면서 나무를 바라보는 것만으로도 일상에 지친 우리의 심신이 큰 활력을 얻기도 한다.

동서고금을 막론하고 나무에 대한 경배와 통찰, 찬미를 아끼지 않는데는 다 그만한 이유가 있는 것이다. 나무에 대한 수사적인 묘사가 아니라 나무를 인격체, 즉 인격이 있는 주체로 본다는 공통점이 있었다. 먼저 헤르만 헤세의 경우 나무는 탁월한 인격체의 경지에 이르고 있다. 아래의 발췌 대목에서 드러나는 바와 같이 나무를 지자(智者), 신성한 존재, 최고의 설교자로서 경배하고 있을 정도이다.

"나무의 우듬지에는 세계가 속삭이고 뿌리는 무한성에 들어가 있다. 있는 힘을 다해 오로지 한 가지만을 추구한다. 자기 안에 깃든 본연의 법칙을 실천하는 일, 즉 자신의 형태를 만들어내는 것, 자신을 표현하는 일에만 힘쓴다. 나무는 우리보다 오랜 삶을 지녔기에 긴 호흡으로 평온하게 긴 생각을 한다. 우리가 그들의 말에 귀를 기울이지 않는 동안에도 나무는 우리보다 더 지혜롭다. 나무는 신성한 존재이다. 나무와 대화할 줄 알고, 나무의 소리에 귀를 기울일 줄 아는 자는 진실을 듣는다. 나무는 방법이나 교훈을 설교하지 않는다. 나무는 개별의 것에 신경 쓰지 않고, 생명의 근원에 관련된 대원칙을 설교한다. 톱에 잘린 나무가 죽음의 상처를 입은 맨살을 햇빛 아래 드러낼 때, 절단된 몸통이 보여 주는 환한 내부는 마치 묘비명처럼 나무의 모든 역사를 고스란히 기록하고 있다. ~중략~ 우리가 슬플 때, 삶이 견디기 힘들어질 때, 그 때 한 그루의 나무는 우리에게 이렇게 말한다. 슬퍼하지 마라! 애통하지 마라! 나를 보아라!(「나무」, 에세이집 『헤세가 사랑한 순간들』)" 그는 또한 믿음이 힘이었던 나무의 메시지는 '자신 안에 있는 믿음의 힘'으로 살아가라는 것이라고 덧붙였다.

그 외에도 나무의 덕목을 칭송하는 글들은 일일이 예거할 수 없을 정도로 많다. 이양하는 그의 명 수필인 「나무」에서 그 덕목을 예찬했는데 간추리면 다음과 같다.

"나무는 하늘을 우러러 항상 감사하고 찬송하고 묵도(默禱)하는 것으로 일삼는다. 그러기에 나무는 하늘을 향하여 손을 쳐들고 있다. 그리고 천명을 다한 뒤에 하늘 뜻대로 다시 흙과 물로 돌아가는 것을 원한다. 나무는 훌륭한 견인주의자요, 고독의 철인이요, 안분지족의 현인"이라고 했다. 그리고 시인 조이스 킬머, 로버트 프로스트의 시편에서도 나무에 대한 그들의 통찰과 사랑이 얼마나 깊은 가를 살펴볼 수 있고 그 울림 또한 크다. "나무처럼 사랑스런 시를 / 예전에는 보지 못했네 / (중략) 여름에는 제 머리칼에 / 지바귀 새 둥지를 틀게 하고 / 눈이 내리면 안아주며 / 여름비하고도 친하게 지내는 나무 / 시는 나 같은 바보가 쓰지만 / 나무를 기르는 건 오직 하느님 뿐이시네"(조이스 킬머의 시, 「나무」 일부). 킬머의 이 시는 헤세의 애송시로서 자필로 옮겨 적어 그의 책에 담겨져 있을 정도였다. "내 창가의 나무, 창가 나무여 / 밤이 오면 나는 창틀을 내린다 / 그러나 너와 나 사이에는 / 커튼을 치지 않으리라 / (중략) 땅에서 치솟은 꿈꾸는 애매한 머리 / 구름 다음으로 산란한 물건이여 / 아무리 떠들썩하게 재잘거려도 / 너는 심각하지는 않다" (로버트 프로스트의 시, 「창가의 나무」 일부).

특히 나무의 유형, 무형의 가치에 대해 헤세의 '나무는 모두 성소(聖所)'라는 말에 집약되어 있을 정도였다. 그는 또한 숲과는 또 다른 방식으로 홀로 서 있는 나무들을 경배했다. 베토벤이나 니체처럼 스스로를 고립시킨 위대한 인간들의 면모에 견주기도 했다. 나무예찬자들이었던 그들이 에세이나 시를 통해 나무에 대해 이렇게 좋은 글을 쓸 수 있었던 데는 나무와 얼마나 깊은 소통을 했던가를 짐작케 한다. 내가 한여름에 바라다보았던, 그 나목도 그들이 찬미했던 나무에 접목되어 함께 흐르고 있다는 것을 느낀다.

기계화되고 물질문명의 노예가 되어버린 도시적 삶에 시적 서정성을 부여하고, 삶의 의미에 새롭게 눈뜨도록 하는 것도 나무의 힘인 것이다. 나무가 우리에게 주는 심미적 가치는 차치하고라도 실용적 가치 또한 막대하다. 우리의 심신이 심히 고갈되고 부대낄 때 나무를 바라보는 것만으로도 평화롭고 위로와 격려를 받아왔던 것도 사실이다. 따라서 우리의 영혼을 정화시켜 주고 행복을 촉진시키는 대상물로 존재하고 있는 것이다. 나무와의 교감을 통해 그들의 언어를 듣고, 화답하는 생활을 실천할 때 내심으로부터 우러나는 참다운 행복을 맛볼 수 있다는 것은 이미 증명된 사실이다. 나아가 숲의 물 저장고 역할을 해서 환경에 크게 기여하며, 산소공장이기도 한 나무에 대한 인식을 새로이 해야 한다는 데에 공감을 확산하고 있다. 따라서 나무의 남벌을 막고 열심히 심고 가꾸는 일에 한층 더 힘써야 할 것이다. 오늘날 점점 더 획일화되고 전형화를 지향하는 인공적인 삶에 대한 우려의 목소리가 높아지고 있다. 따라서 참신한 생명력을 수혈하는 나무를 향한 찬가와 그에 대한 공명이 그 어느 때보다 깊고도 넓다.

대낮에 엿보기

지루한 장마도 싸악 지나간

햇빛 밝은 어느 날 오후

그을음이나 곰팡내 나는 탁한 일상도

말끔히 씻겨간 맑고 환한 날

옥상의 빨랫줄에 나란히 널린 빨래들이

그동안의 찌들고 음습한 곳을 벗어나

산뜻한 심신으로 해바라기를 한다

목청 좋고 달짝지근한 바람이 불어오면

쟁이고 쌓였던 억하심정도 내려놓고

한바탕의 분방한 춤판을 벌이고 있다

바람 따라 휘날리고

화르르화르르 달아오르는

가붓가붓 하늘하늘 한도 없는 춤사위

바람 바람 명지바람 저기 저 춤바람

소중한 일상의 발견

원고를 쓰면서 머리도 식힐 겸 그것을 잠시 뒤로하고 반나마 열린 창
문 밖으로 시선을 옮겼다. 질척거리던 장마도 그치고 그날따라 선물 같

은 쾌청한 오후가 활짝 열리고 있었다. 심신의 묵은 찌꺼기나 스트레스까지 싹싹 쓸어갈 정도였다. 반짝이는 오후의 빛을 따라온 바람도 때마침 사방이 확 트인 건물 옥상에서 신나게 불어오고 있었다. 그에 화답하려는 듯 춤판을 벌이고 있던, 빨랫줄에 나란히 늘린 빨래들이 한 눈에 들어왔다. 장마가 끝난 뒤라 그 모든 것이 빗물에 씻겨 향기롭고도 청신했다. 여름날 오후 한때 빨래들의 가없는 군무(群舞)를 바라보며 모처럼 황홀한 심경에 잠겨 보기도 한 날이었다.

이 시편은 불어오는 바람결에 거침없이 휘날리는 빨래가 소재가 되었다. 그 대상물에 시선을 모으면서 자유롭고 흥거운 춤으로 묘사해 보았다. 일상의 흔한 대상들을 바라보면서 새롭게 솟아나던 감동을 형상화한 것이다. 예사로운 일상이 이렇게 시가 되었다. 그래서인지 이 시를 읽을 때면 그날의 밝고도 맑은 신명에 다시금 흠뻑 젖어들기도 한다.

혹자(或者)들은 「대낮에 엿보기」란 제목에서 우선 '대낮'과 '엿보기'라는 언어의 조합이 부여하는 나름의 상상력을 발휘하여 어떤 관음적(觀淫的)이고 엽기적인 상황을 기대했다고도 했다. 하지만 나는 이런 상상과는 아주 별개로 열린 창문을 통하여 바라본, 바람과 빨래들이 척척 호응하던 모습에서 신선하고도 황홀한 느낌을 받았다. 그날은 오래 끌던 장마로 인해 감질만 내던, 그토록 꿈을 꾸던 그들의 만남이 마침내 성사된 날이었다. 때마침 그들이 누리고 있던 즐거움의 절정을 바라보면서 들키고 싶지 않은 마음에서 엿본다고 표현해 본 것이다. 덧붙이자면 무정물(無情物)을 유정물(有情物)로 의인화하면서 그들의 신나는 놀이를 방해하지 않도록 조심하는 심정의 반영이기도 하다. 나는 그날 바람과 빨래들의 신나는 노래와 춤에 점점 감응되면서 그들의 흥거움에 한껏 공명해보았다. 그리하여 뜻하지도 않게 신명과 호사를 누렸다는 생각을 하게 되었다. 2연으로 구성된 이 시편은 찌들고 음습한 곳에서 밝고 맑은 곳으로, 정적(靜的)에서 동적(動的)으로, 닫힌 공간에서 열린 공간으로 상황이 반전되고 있다. "그동안의 찌들고 음습한 곳을 벗어나 / 산뜻한 심신으로 해바라기를 한다"(위의 시, 1연 6~7행)에서나 "목청 좋고 달짝지근한 바람이 불어오면 / 쟁이고 쌓였던 억하심정도 내려놓고 / 한바탕의 분방한 춤판을 벌이고 있다"(위의 시, 2연 1~3행)는 그 보기가 되겠다. 또한 다음의 인용 시행들에서는 점점 고조되는 신명을 살리기 위해 음수율에 따른 음악성을 가미해 보았다. "가붓가붓 하늘하늘 한도 없는 춤사위 / 바람 바람 명지바람 저기 저 춤바람"(위의 시, 2연 6~7행)이 바로 일례에 해당한다.

그리고 시의 배경이 된 그 집은 3층 집으로 옛집을 증축하여 1층과 2층을 세놓고 3층은 자신들의 살림집으로 하면서 생활하고 있었다. 규모 있는 생활에다 맵짠 안주인의 야무진 살림솜씨가 내비치기도 했던 빨래들이었다. 빨랫줄에 정연(整然)하게 늘려있던 이불홑창이나 옷가지들은 바지런한 손길을 많이 받아 흰 색은 더욱 희고 색깔 옷은 더욱 선명한 빛을 발했고, 다림질이 필요 없을 만큼 구김살도 잘 펴져 있었다. 여기에다 바람결을 따라서 화답하던 빨래가 일상의 안락함을 담뿍 부여해 주었다. 그래서인지 부질없이 헤매고 동요하던 마음도 내려놓고, 예사롭지만 결코 예사롭지 않은 아늑한 삶을 바라보면서 잔잔한 감동이 일어났다. 이렇게 하여 덤으로 누리게 된, 이토록 아기자기한 행복감과 무엇보다 소중한 일상을 발견하게 되었다. 그것은 결코 저 멀리 거창한 곳에 있는 것이 아니라 우리 가까이의 단순하고 소박한 곳에 있다는 사실을 다시금 일깨워주기도 했다.

늦가을의 블루스

겨울로 가는 길목을 지키고 있던
가을의 한 언저리에서
밤을 한 아름 안은 여인이
검은 옷자락에다 붉은 스카프를
한껏 기다랗게 늘어뜨리고서
흐느적흐느적 발걸음을 떼고 있었다

그녀의 등 뒤로는 형형색색의
인공 불빛들이 우르르 쏟아지며 넘실거렸고
화장이 짙은 그 여인이 술에 잔뜩 취해
쓰러질 듯 비틀거리며 스쳐 지나갈 때
그녀를 휘감고 돌아가는
독주보다 진한 공허감이 확 풍겨왔다

늦가을의 깡마른 잔해들이
이리저리 뒤척이며 흩날리는
스산한 밤길에서 아슬아슬 간신히
한 발짝씩 한 발짝씩 힘겹게 옮겨가며
헝클어진 육신의 초라한 그림자를 딛고
제풀에 홀로 돌고 도는 춤

아직도 솟고 솟는 미욱한 정염(情炎) 탓에

점점 더 나락으로 빠져들며 인생살이와

사랑의 굴레, 피같이 붉고 긴 스카프를

칭칭 감고서 엇박자를 밟으며 돌고 도는 춤

그 춤의 못내 애틋한 여운이

조락하는 갈잎만큼이나 쌓여가고 있었다

늦가을의 스산한 밤과 만취한 여인

이 시편 「늦가을의 블루스」(『방문객』)는 밤의 부박(浮薄)한 별의별(別의別) 인공조명 아래 더듬거리며, 한 발짝씩 힘겹게 옮기고 있던 술에 만취한 여인을 시적 대상으로 한 것이다. 그녀의 인상이 가시질 않고 때때로 되살아나면서 나의 상상력을 자극했고 이를 형상화했다. 시리고 허전한 늦가을의 밤길이었다. 이리 비틀 저리 비틀하며 쓰러질듯 걸어가던 걸음걸이를 역설적이지만 엇박자의 홀로 도는 블루스로 묘사해 보았다. 허전한 밤의 스산한 분위기 속에서 잃어버린 세월이며 사랑에 대한 미련과 함께 활동사진마냥 돌아가던 갖가지의 상념들이 어우러진 듯한 그녀의 춤을 넌지시 바라보았던 것이 계기가 된 것이다. 특히 인상착의 그 자체만으로도 시선을 끌기에 충분했는데 우선 다음과 같이 이를 묘사해 보았다.

"검은 옷자락에다 붉은 스카프를 / 한껏 기다랗게 늘어뜨리고서 / 흐느적흐느적 발걸음을 떼고 있었다"(위의 시, 1연 4~6행). 또한 짙은 화장으로도 가릴 수 없는 얼굴의 주름과 만취상태가 되어 쓰러질 듯한 걸음

걸이에는 그간의 신산했던 삶의 흔적들이 아로새겨져 있었다. "화장이 짙은 그 여인이 술에 잔뜩 취해 / 쓰러질 듯 비틀거리며 스쳐 지나갈 때 / 그녀를 휘감고 돌아가는 / 독주보다 진한 공허감이 확 풍겨왔다"(위의 시, 2연 3~6행). 인용한 시의 구절들은 이를 반영한 것이다. 노천(露天) 무대의 늙은 무희(舞姬)같은 인상에다 알 수 없는 비애의 '독주보다 진한 공허감'마저 서려있기도 했다.

천지사방에 늘려있는 휘황찬란한 불빛의 세례와 주변의 노래방들에서 흘러나오는 시끌벅적한 유행가 가락들이 뒤섞이던 밤에 유령처럼 헤매며 홀로 스텝을 밟고 있다는 생각이 문득 들었다. 신산한 삶을 사노라고 낡고 닳은 육신을 데리고 자기 내면의 심연을 향해 어렵사리 한 발짝씩 내딛고 있었다고나 할까. 나는 같은 방향의 길을 가다가 우연히 마주치게 된, 주체할 길 없는 공허감으로 가득 찬 그녀를 눈여겨 바라보았다. 잔뜩 술에 절어서 헝클어진 제 그림자와 함께 힘겹게 걷고 있던 그녀의 모습이 일말의 연민을 불러 일으켰고 이 시편은 바로 그 연민으로 출발한 것이다.

자신을 부르는 밤의 장막 안에서 점점 더 몽롱해져가는 정신에 휩싸이며 온몸도 휘청거리고 있었다. 아마도 스스로를 갉아먹던 우울한 기억들이 늦가을 밤에 진한 상흔을 남기고 있었는지도 모른다. 좌절된 꿈 조각 같은 낙엽들이 발길 아래 이리저리 흩날리며 굴러다니던, 을씨년스런 밤길에서 그녀는 몸을 제대로 가누지도 못한 채 방향감각마저 상실한 듯 이리저리 헤매기도 하고 제대로 걸어가지도 못했다. 술에 이길 장사(壯士) 없다고 했던가. 정신이 나간 몸도 몹시 휘둘리며, 짓누르는 실의(失意)와 더불어 제멋대로의 춤을 추는 듯 갈지(之)자 행보로 줄곧 걸어가고 있었다. 어수선한 밤 그림자 같았던 그녀의 춤을 보며 이런저런 상념에 잠겨보기도 했다. 이미 시들어가는 자기 인생에 대한 온갖 미련이며 아직도 남아있는 정염마저도 늦가을의 술에 취한 발걸음마냥 점점 그 빛을 잃어가고 있다는 생각이 깊어지고 있었던가 보다.

인생의 스산한 가을 길에서 날갯짓하며 아른거리는 추억, 그나마 따스했던 옛 시절이 못내 사무쳤을지도 모른다. 때로는 살가운 마음도 파닥거리지만 칼바람보다 더 매서운 회한과 세상살이의 신산한 체험에다 감겨드는 공허를 감당할 길 없어 마셔댄 술이 나중엔 술이 술을 먹는 상태에 이르고 말았던 것인가. 인생의 가을이 부여하는 갖가지 생각으로 자신의 삶에 대한 서글픔을 견디지 못해 곤드레만드레가 되도록 술을 들이켰던 것일까란 의문이 내내 가시지를 않았다.

어쩌면 우리 일반의 내적, 외적 자화상일지도 모르는 그 여인의 모습이 흐르는 세월 속에서도 때때로 떠오르곤 했다. 예측하지 못한 삶과 그 곡절에 대한 다양한 반응들 중에 꼭 술에 취하지 않더라도 다른 무엇에 쏠려 곤죽 상태가 되어 심신이 뒤틀리고 갈팡질팡했던 경우도 더러 있는 일이기도 하다. 그녀는 따뜻한 위로의 말이나 손길조차도 없는 차갑고 적막한 밤을 그렇게 홀로 도는 춤 박자의 걸음으로 지난 세월을 향해 돌아가려는 듯 했다. 이래저래 흔들리는 스산한 늦가을의 밤길이었다. 재충전을 위해 그리운 그 시절로 회기 하는 과정이라고 보고 싶었다. 따라서 밝아오는 이튿날 아침에 눈을 떴을 때 어젯밤의 모습을 반추하며 자신을 너무 비난하거나 후회하지 말고 웃어넘기는 아량도 필요할 것이다. 후회 없는 인생이 어디 있겠는가. '2보 전진을 위한 1보 후퇴'라고 생각하며 스스로를 다독이고 격려하는 여유를 가진다면 한층 더 좋겠다. 아무튼 그날의 풀어헤친 행적을 거친 후 그 체험으로 자신의 삶이 본연의 자리를 되찾고, 새롭게 피어날 수 있는 계기마련이 되길 바라며 나는 귀가를 서둘렀다.

오래된 고부 이야기

합각머리 지붕 아래에 담이 빙 둘러싸 있던
고즈넉한 집에는 겉보기완 생판 다르게
청상의 시어머니가 젊으나 젊은
며느리를 향해 쌍심지를 켜고 덤비던
서슬 퍼런 질투가 밤낮으로 자라났다네

지아비의 발걸음이 향하던 곳의
지어미 방으로 가는 마루 위에는
밀가루를 구석구석까지 뿌려놓고
온밤을 감시하며 새하얗게 지새우던
그 세월이 구만리 장천에도 닿았으리니

어쩌다 동침하다 들키는 날이면
며느리 머리채를 잡아서 질질 끌며
손찌검을 하다가 갖은 육두문자를
동이동이 쏟아 붓던 시어머니의 심술자리는
며느리 밑씻개 풀의 전설 속 시어머니 윗자리

그렇게 서방님을 생짜로 앗긴 채로
생 과부댁이 되어버린 그녀의 몸은
골수에 사무치는 한과 함께하다가
그 어떤 생명체도 잉태할 수 없는
불모의 몸으로 시들어가고 말았다네

입양한 딸이 장성하기도 전에
이 세상과 작별한 며느리보다
곱절로 살고 있던 노친네의 모습이
반쯤 열린 대문으로 언뜻번뜻 스칠 때면
골수까지 엄습하는 냉기에 진저리쳤다네

어느 아픈 인생의 기억

징하고 징한 숭하고 숭한 모진 가난으로
피죽도 못 끓이는 친정 생각에
밥할 때 조금씩 퍼 담아두었던 쌀을
행상 아낙을 통해 보내려던 며느리
몸을 감추고 문틈에 눈을 붙여 이를 흘겨보던 독사
그 독살스런 사람에게 도리 없이 발각되던 날
지레 겁을 먹고 도망가던 그녀가
배를 기다리며 강가에 서 있을 때였네

그녀 뒤를 밟아와서 덮치던 이들에게
끌려간 그날부터 음식을 굶긴 채로
인신이 묶여 자루에 꽁꽁 갇혀서
그렇게 시렁에다 짐짝처럼 올려졌다네
굶주린 배를 도저히 더는 못 견뎌서
울부짖었지만 겨우 모기 소리일 뿐
몸부림치다가 결국에는 그들의 바람인지
땅바닥에 떨어져 즉사하고 말았다 하네

앙상한 뼈에 가죽만 남은 그 주검은
쥐도 새도 모르게 쉬쉬하며
완전 비밀이 되어 매장되었지만
이를 하늘이 내려다보고 있었던가
금이 간 항아리에서 새는 물처럼
봉합된 비밀도 야금야금 새어나갔다네
이후로 그 집은 인과응보의 덫에 걸려들었던지
대가 끊기고 우환이 겹쳐 쑥대밭이 되었다 하네

전근대적 고부갈등과 그 비극성

　여기에 실린 두 편의 시는 전통사회에서 고부간에 일어난 일을 시적
대상으로 한 것으로 실화가 그 바탕이 되어있다. 그냥 지나치거나 놓쳐

서는 안 될 여성 풍속사(風俗史)에 대한 후일담의 성격을 띠기도 한다. 가족 학자들의 학설에 의하면 가부장적인 속성이 강한 사회일수록 전형적인 고부간의 갈등이 발생한다는 것이다. 가족 내에 상존하는 위계질서 속에 혹독한 시집살이의 대물림이 끊임없이 반복되면서 점점 강도 높게 며느리를 괴롭히고 학대하는 시어머니가 자주 구설수에 오르내리며 화제의 중심에 서기도 했다. 남아선호사상과 맞물리면서 어머니의 삶에서 아들은 큰 비중을 차지했으며, 자신의 위상을 높이고 말발이 서게 하는 존재였다. 한 가문의 구성원으로서 인정을 받고 삶이 향상되는 만큼 아들은 여성의 삶에 있어서 그 모든 것이라 해도 과언이 아니었다. 이런 아들을 며느리라는 새로운 사람이 모자 사이에 끼어들면서 미처 몰랐던 심리적 갈등을 겪게 마련이다. 금지옥엽에다 애지중지 키워온 내 아들을 가로채가는 며느리가 눈에 가시가 되어 크고 작은 불화가 빈번했고, 입에 담기조차 힘든 불상사가 사람들의 입에서 입으로 전해져오고 있다.

특히 청상(靑孀)일 경우는 아들을 빼앗겼다는 상실감과 그 허전함에 기인한 복합심리는 헤아리기조차 힘들 정도였을 것이다. 며느리를 못살게 굴고 학대하는 시어머니의 심리에는 바로 청춘을 바쳐 키워온 아들을 며느리가 가로채간데 대한 화풀이와 질투심에서 촉발되었다고 보는 것이 정론이다. '어머니의 아들'인가 '며느리의 남편'인가를 두고 벌이는 고부간의 갈등은 우리 사회의 뿌리 깊은 고질병이기도 하다. 며느리가 단지 아들과 동침했다는 그 이유만으로 시어머니에게 폭언과 폭행을 당하던 일도 빈번했다. 아들의 기를 빼먹는 구미호(九尾狐) 정도로, 며느리라기보다는 음탕하고 교활한 연적에 가까웠던 여자로 바라보던 심리를 짐작케 한다. '마룻바닥과 밀가루'(감시용)는 그동안 많이 들어온 이야기이고, 남편과 동침하던 밤엔 날이 새기가 무섭게 머리채를 끌려가면서 용서해달라며 싹싹 빌던 며느리들의 처연한 이야기도 심심찮게 들어온 바다. 정당한 부부행위조차도 마치 부정(不正)을 저지르다 들킨 듯이 용서를 바라야만 할 일인가? 이러려고 아들을 결혼시켰던가를 생각하면 실소를 금할 수 없다.

그런데도 당한 편에서는 이런 일을 발설했다가는 통상적으로 그 화가 몇 배로 돌아오고, 내 얼굴에 침 뱉는 격이 되고 만다. 여기에다 우리의 전통사회에서는 무조건 참는 것이 미덕으로 간주되어 왔다. 이런 저런 연유로 나 먼저보다는 상대방 먼저가 되고 자신의 욕구는 아예 무시하는데 길들여졌다. 여기에다 착한 사람의 굴레에 갇혀 자신의 모든 욕구를 지우고 무시하는 것을 당연시했다. 일찍부터 희로애락의 원초적인 감정은 거세된 채로 숨 숙이며 살아가던 것이 전통사회 여인들이자 며느리들의 삶이었다. 여자다움, 요족숙녀가 전통사회에서 여성의 덕목이자 족쇄였던 것이다. 시집살이를 잘 하려면 장님 3년, 귀머거리 3년, 벙어리 3년으로 지내라고들 했다. 보고도 못 본 척, 듣고도 못 들은 척, 알아도 모르는 척해야 시집살이를 무난하게 할 수 있다고 조언하던 실정이었다. '안방에서 듣는 시어머니 말 다르고 부엌에서 듣는 며느리 말 다르다'고 전래되는 말이 있다. 이 말에서도 고부관계가 얼마나 미묘했던가를 짐작케 한다. 하나의 사실을 두고도 이를 보는 관점이 얼마나 상이한가를 알게 하는 대목이다.

꼬투리를 잡으려는 사람 눈에는 그 어떤 것도 좋아 보일 리가 없을 것이다. '며느리가 미우면 발뒤꿈치도 밉다'고 하지 않던가. 이런 심리를 반영이라도 하듯 심술궂은 시어머니와 가여운 며느리의 이미지를 나타낸 풀과 꽃이 있는데 바로 '며느리 밑씻개 풀'(가시덩굴 여뀌로도 불림)과 '며느리밥풀 꽃'(187쪽 주 참고)이다. 주로 담장이나 넝쿨을 타고 자라는 넝쿨

식물인 며느리 밑씻개 풀의 줄기에는 가는 가시들이 촘촘히 박혀 있어서 우리나라 시어머니들의 심성을 우회적으로 빗댄 것 같아서 못내 씁쓸하다. 시어머니가 며느리에게 가시가 돋아있는 풀로 뒤를 닦게 했다는 전설이 전해진다. 며느리이름이 붙은 이 두 식물은 못된 시어머니 밑에서 고된 시집살이를 하던 며느리에 대한 구전설화이다. 전통사회에서 힘들게 살아왔던 며느리들의 이야기를 접할 때마다 여성들의 삶을 되돌아보게 했고, 아직도 가시지 않고 아프게 남아있는 그 아린 사연들을 형상화해 보고 싶었다. 세상을 살다보면 상식을 벗어난 비상식적인 일들과 많이 마주치게 된다. 오히려 비상식이 상식이 되어가는 경우도 빈번하다. 고부 사이에는 두 말할 여지가 없고, 어떠한 도덕률도 그 사이만은 비껴가기도 했다.

이 두 시편을 통해 시어머니의 횡포로 인해 결국은 며느리의 삶이 참담하고도 가혹하게 귀결되고 말았던 이야기들을 관찰자의 시선에서 사실적으로 묘사해 보았다. 시적배경은 한 지붕 아래에서 생활하던, 고부 간의 크고 작은 갖가지 분란들이 끊임없이 일어나던 전근대적인 시절이다. 폭언과 폭행도 불사하며 기세등등하던 시어머니의 위상에 숨죽이고 살아가던 며느리들의 애달픈 삶과 그 흔적들을 개략적으로나마 조망(眺望)해 볼 수 있을 것이다.

먼저 「오래된 고부 이야기」(『잃어버린 사람을 찾아서』)는 분가해서 독립적으로 살아가는 현대사회에서는 상상조차하기 힘든 내용이다. 시어머니의 서슬 퍼런 질투가 결국에는 며느리이자 한 여성의 삶을 절단 내고 말았다. 이 시를 완성하고 나서도 밀려오는 깊은 슬픔으로 몹시 심난해하던 것이 어제 같다. 부정하고 싶지만 "여성의 적은 여성"이라는 말에 어떻게 대응해야할지 한동안 생각나지 않았다. '늘 주눅이 든 인상을 풍기던' 그 집 며느리와 "골수까지 엄습하는 냉기에 진저리쳤"던 그 집 시어머니가 묘한 대조를 이루며 수시로 갈마들기도 했다.

그 다음의 시 「어느 아픈 인생의 기억」(『위의 시집』) 역시 인척(姻戚)에게 상당히 구체적으로 들은 이야기를 바탕으로 형상화한 것이다. 며느리밥풀 꽃의 설화*에 꼭 부합하지는 않지만 '쌀'과 관련되어 발생했던 처절하고도 '아픈 인생'을 시를 통해 구현해 보았다. 전 시대 며느리들의 애처롭고도 고달팠던 삶, 그 가여운 삶을 가늠해 볼 수 있을 것이다. 친정이 찢어지게 가난했던 며느리에 대해 은근히 멸시하고, 감시했던 시어머니가 일을 꾸미면서 일어난 참상이었다. 그 시절에는 흉년이 자주 들고 보릿고개가 심해 입에 풀칠하기도 어려웠던 집이 많았다. 인편으로 굶기를 밥 먹듯 한다는 친정사정을 듣고, 궁여지책으로 밥을 지을 때 쌀을 조금씩 떠내 감춰두었다가 행상 아낙을 통해 친정에 보내려고 한 것이 시어머니에게 발각되면서 사건이 벌어졌다. 그러지 않아도 눈에 가시였던 며느리가 딱 걸려들고 말았다. 아무리 바른 사람이라도 궁지에 몰리게 되면 체면에 어긋나는 일도 하게 마련이라 결국 '쌀 사건'이 터지고 만 것이다. 어느 누구도 딱한 처지에 놓인 며느리의 힘이 되지 못했고, 도둑으로 몰린 채 도망가려다 강가에서 붙잡혔다. 그날부로 몸이 자루에 묶여 시렁에 올려 져서 굶주리다 결국 방바닥에 떨어져 즉사하면서 생을 마감했던 것이다. 이렇게 알알하고도 시린 2편의 시는 세월의 강을 건너서 서사구조의 장시(長詩)로써 세상에 나오게 되었다.

이 시편들을 통해 전근대적인 여속사(女俗史)를 접해보면서 세상이 참 많이 달라졌고, 앞으로도 더 많은 변화와 발전이 따르리란 낙관적인 전망을 해본다. 변화와 발전은 고정된 것이 아니라 진행형의 성격을 지닌 것으로 시대와 사회에 따라 세상도 달라지게 마련이다. 특히 지난 시대의 폐단은 걸러내야 하며, 무엇보다 나 자신을 소중하게 생각하면서 자신을 챙기는 일에 우선순위를 두어야 할 것이다. 피해의식이나 억울한 감정을 갖지 않기 위해서도 자신을 챙기는 일에 소홀히 해서는 안 된다. 이것은 이기심과는 다르다. 나를 소중하게 생각하지 않는 것은 자기가 치감이 낮은 사람들에게서 나타나는 일종의 열등감이라 한다.

그런데 '음지가 양지되고 양지가 음지 된다', '되로 주고 말로 받는다'는 속담이 떠오른다. 이를 증명이나 하듯 오늘날에는 고부간의 역전현상이 일어나기도 한다. 개인주의와 개인의 자아의식이 강한 현대인들의 경우 홀시어머니만 떼어놓고 해외로 이민 가는 사람들도 종종 거론되고 있으며, '노인 학대' 문제도 사회적인 이슈가 되고 있다. 노후설계가 미흡한 경우는 속수무책으로 무방비 상태에 놓이게 된다. 가부장제적 유물인 남존여비 사상이 한참 퇴색한 이 시대에는 아들도 이젠 가문의 기둥이나 버팀목이 되기엔 역부족이고, 자기 앞가림도 못하는 경우가 없지 않다. 순종과 착함이라는 미명하에 무조건 참아야한다는 옛 며느리들의 삶과 경제력과 사회적 능력이 있고 무조건 참지는 말아야한다는 요즘 며느리들의 삶은 선명한 대조를 이루면서 많은 경종을 울려주고 있다. 이 또한 시속(時俗)에 대한 격세지감을 느끼게 하는 사안들이기도 하다. 변화하는 세상을 살아가면서 겪는 일들이 과거에서 현재를, 현재에서 미래를 가늠하는 나침판 역할을 한다. 따라서 우리의 삶도 이렇게 변화하고 있는 것이다.

※ 며느리밥풀 꽃 설화 : 고된 시집살이에 시달리던 며느리가 죽은 후 꽃이 되었다는 내용의 설화. 못된 시어머니 밑에서 시집살이하던 며느리가 배가 고파 밥풀을 몰래 훔쳐 먹었다가 시어머니에게 맞아 죽은 후 그 며느리의 혼이 꽃으로 다시 태어나게 되었다는 내용의 구전설화이다.

50년 만에 편지[※]

1.

모두가 하나같이 포기하던
20세 청년의 병든 몸이었건만
어느 날 기적 같은 한 줄기
은혜의 빛살이 제 몸에 닿아
그 후 50년을 더 살았어도
남모를 자기 부끄러움과도
부부인 양 함께 살았습니다

당시에 있는 것이라곤 오직
죽어가는 몸뚱이뿐이었지요
싸라기같이 붙어 있던 목숨마저도
나를 아주 떠나려던 날
죽음을 재촉하던 징후들에 옥죄이며
한 병원^{※※} 앞에서 살려달라고
울며불며 안달복달 했습니다

수술비가 없던 탓에 수많은 병원마다 의사마다
하나같이 거절하던 이 죽어가는 몸 보시고
"예산도 병실도 없지만 젊은이 살리는 길
내가 책임지겠다"고 하시던
여의사님의 그 말씀 어제인 듯 쟁쟁합니다

2.

모든 것이 물거품 되어 아득히 사라져도
사라지지 않을 구원의 그 음성이여
죽어가는 젊은이의 생명 붙들려 하시던
손 마디마디에서 전해오던 것은
따스한 사랑과 푸르른 희망이었습니다

당신께 다시 받은 목숨이었어도
진료비가 없어 병원의 뒷문으로
그만 야반도주하고 말았지요
배은의 주홍 글씨***를 아로새긴 몸으로
도주범이 되어 쫓기다 곤두박질치던
꿈속의 밤들은 장강(長江)보다 길었습니다

덤으로 살아왔던 이 목숨
어언 칠순으로 저물고 있지만
제 마음속에서 봄풀처럼
파릇파릇하게 돋아나던
그 말씀 그 손길……
어머님 사무치게 그리운 어머님
당신께 50년 만에 감히
눈물로 얼룩진 사연과 함께
병원비를 동봉한 늦은 편지 올리오니
받아 주소서 부디부디 받아 주소서

※ 이 편지 내용의 시점은 1953년이다. 칠순 노인이 된 L씨의 사연이 실린 〈일간 메트로 신문〉의 내용을 작품화했다.

※※ 서울 서대문구 소재의 서울적십자병원임.

※※※ 여기서의 주홍글씨는 배은망덕의 비유적 표현.

피 같은 손 편지

　요즘에는 전자 메일이 생활화하고 있어서인지 손 편지를 주고받는 일은 거의 없거나 썩 드문 일이 되고 말았다. 그렇지만 지난 시절에 명성을 누리던 문학 작품이나 대중의 인기를 모으던 노래 중에는 '편지'를 소재나 제목으로 한 경우도 더러 있었다. 또한 서간체 문학은 편지체로 쓴 작품들을 일컫는데 라이너 마리아 릴케의 편지들을 모은 『젊은 시인에게 보내는 편지』는 단연 그 문학의 백미를 기록하고 있다. 우리나라에서는 연가풍인 김 남조의 시 「밤 편지」, 황동규의 시 「즐거운 편지」와 대중가요 '하얀 손수건'(노래가사 중, 그녀의 편지 속에 / 곱게 접어 함께 부친 / 하얀 손수건), '편지' 등은 독자나 일반 대중들의 많은 사랑을 받아왔다. 마음을 담은 편지가 우리의 일상생활에 부여하는 의미와 울림이 그만큼 컸던 것이다. 부모와 자식, 연인들, 문인들, 종교인들 간에 오간 편지들은 삶의 본질적이고 소중한 의미를 부여하는 귀중한 자료들이기도 하다. 법정 스님의 '에세이집'에 수록된 「출가 수행자에게 보내는 편지」(『새들이 떠나간 숲은 적막하다』)나 「묵은 편지 속에서」와 「산승의 편지」(『버리고 떠나기』)는 수행자뿐만 아니라 우리 모두에게 삶의 귀중한 지혜와 신뢰를 부여하고 있다.

그런데 매체들을 통한 다양한 내용을 담은 편지들을 쉽게 접할 수 있지만 나는 아직도 이런 손 편지에 이끌리는 편이다. 지나친 장식의 외양보다는 꾸밈없는 민얼굴을 대하는 듯 순연한 느낌을 받기 때문이다. 약간은 덜 세련되어도 소박한 옛 지인을 만난 듯 정겹고, 시적 상상력을 제공해 주기도 한다. 추억 속에서 반짝이는 서신들을 대하면 자신의 존재감을 더한층 높이며 힘을 북돋우지만 때로는 한없는 회한에 젖어들며 제 부끄러움 속으로 빠져들게 된다. 그런 한편 어지러운 마음을 다잡게 하는 명약과도 같은 충고가 있던 사연들은 삶의 이정표 역할을 하며 똑바른 길로 인도해 주었다. 세로로 써 내려간, 한참 고인이 된 부모님의 편지를 접할 땐 '이렇게 살아도 되나?'하는 심한 자책감에 뒤척이기도 했다. 그러다가 흐트러진 정신을 바짝 차리게 하고, 낭비 없는 삶의 중요성을 깨우치게 하는 계기마련이 되었다. 그 편지 속에서 빠지지 않았던 '염려와 당부'의 말씀을 당시에는 '또 그 소리나 잔소리' 정도로 흘려버리기도 했는데 세월이 갈수록 더욱 빛을 발하며 나를 견인하고 있다.

그러던 어느 날 신문을 보다가 뜻밖에도 '편지'에 관련된 감동적인 기사를 만나게 된 것이다. '50년 전에 빚진 생명의 은인에게 칠순 노인이 된 L씨의 보은'을 담고 있는 내용이었다. 그 사연을 다음과 같이 요약해 보겠다. 급성맹장염을 앓고 있던 그는 수술비가 없다는 이유로 찾아간 병원마다 거절당했다. 주위의 소개로 형과 함께 찾아간 병원 앞에서 살려달라고 울며 사정했더니 한 내과 여의사가 "예산도 없고, 병실도 없지만 젊은 사람을 살려야지 내가 책임질 테니 수술하겠다."고 해서 마침내 수술 받을 수 있었다고 회고했다. 그런데 꺼져가는 자신의 생명을 구해주었지만 돈을 마련하지 못해 병원 뒷문으로 야반도주했고, 그날이

후 어언간 50년이란 반세기의 세월이 흘러가버렸다. 그렇지만 세월이 흐를수록 목에 가시처럼 박혀있던, 못 갚은 병원 수술비와 배은망덕의 명에가 덧났다고 했다. 생을 마감하기 전에 병원비를 갚겠다면서 그 때 신세진 병원비 500만원과 감사편지를 동봉했다는 애절한 사연이다. "원장(편지를 보낼 때의 김 한선 원장)께서 저를 용서하신다면 편안한 생을 마감할 수 있을 것 같아 이렇게 편지를 쓴다."라며 한참 늦었지만 그동안의 은혜와 자신의 잘못을 속죄하는 심경이 고스란히 담겨있었다.

이렇게도 절절한 사연을 접한 순간 "여성적이고 모성적인 것이 우리를 구원한다."는 괴테의 명언이 떠올랐고 그 말을 곱씹어보면서 고양되기도 했다. L씨는 제2의 어머니이기도 한 '여의사'에 의해 이후의 삶을 덤으로 살게 된 셈이었다. 따뜻하게 품어주는 모성적인 사랑의 힘이 꺼져가는 생명을 구한 것이다. 그런데도 당시의 절박했던 경제사장으로 도망칠 수밖에 없었던 그의 딱한 처지는 일말의 연민마저 느끼게 한다. 허구한 세월이 급류처럼 흘러가 기억마저 가물거리고 양심도 흐릴 수 있겠지만 배신자와 도망자라는 꼬리표는 갈수록 더욱 더 선명해졌다. 그러다가 자신의 굴레였던 빚을 갚고, 남은 생을 마감하려던 뼈 절인 소망을 실행에 옮겼던 것이다. 이렇게 하여 자신의 멍에를 벗고 생을 마치게 된 셈이었다. 피와 눈물로 쓴 편지나 다름없는 이 편지의 사연이 줄곧 마음 안에서 출렁이다가 「50년 만에 편지」(『나는 말하지 않으리』)로 서사적인 장시(長詩)가 되어 세상에 나오게 되었다. L씨의 '그 편지'는 우리에게 삶에 대한 긍정과 따사로운 감동을 일깨워주고 있다.

그런데 나의 경우는 일상에서 겪었던 소소한 일들조차 시가 되기도 한다. 어느 봄날이었다. 재활용 꾸러미 옆에 있던 200자 원고지 안의 소회

(所懷), 그리고 길을 가다가 밟히고 있던 쪽지의 내용들과 마주치게 된 날이었다. 얼른 주워서 읽어본 순간 그들의 아픈 사연들에 마음이 젖어들고 있었다. 만물이 약동하는 봄날에 그 '소회'와 '쪽지'가 상승작용을 하여 이렇게 시가 된 것이다. 시집 『방문객』의 「미완의 편지」와 『나는 말하지 않으리』의 「봄날은 간다·2」는 이를 형상화한 시편들로 독자들에게 나름의 메시지를 전하리라 본다.

"지현아, 사랑한다. / 너 보고픔에 세월은 지고 / 부질없이 헤매다 보니 또 봄이다. / 나의 눈물로 떨어지는 꽃잎들 / 이 편지는 부치지 않기로 했다. / 오랜 날을 후회할지라도 / 안녕……"(「미완의 편지」 부분). 또한 "오빠를 많이 기다리다 가지만 / 원망은 안 해, 근데 / 오빠, 넘 넘 보고 싶어. / ㅠ ㅠ ㅠ"(「봄날은 간다·2」 부분). 먼저의 시 말미의 '길고도 강한 슬픔의 여진이 / 황사 이는 봄의 바람 끝에서 날렸다.'에서나 그 다음 시 말미의 '바리데기처럼~~ / 버려진 채 밟히고 있던 메모지 위로 / 스산하게 불어대는 노란 바람소리 / 그렇게 텅 빈 사랑의 봄날은 간다'라는 시행에서는 시적 화자의 입장에서 읊어본 것이다. 곧 「미완의 편지」에서는 눈물비가 되어 떨어지는 꽃잎에다 시적 화자의 감정을 이입한 것으로 별리의 정한에 온 봄이 흠뻑 젖고 있었고, 「봄날은 간다·2」에서는 오빠의 부재로 인한 '노란 바람소리'의 '그렇게 텅 빈 사랑의 봄날'이 되고 말았다. 오고 감, 만남과 이별을 통한 삶의 희비를 깨우쳐가는 모습들이 작품 속에 투영(投影)되어 있다.

시대적인 추세이기도 하지만 전자매체를 통해 무제한으로 살포되는 수많은 편지들은 때로는 겉보기만 화려한 조화와 닮았다는 느낌을 받곤 한다. 질기고도 진정성 있는 관계의 신뢰감이 다소 증발해버린, 환상 속의 부유물같이 해롱대는 것 같다는 생각에서다. 이런 저런 생각에 잠길 때면 그리운 시절로 돌아가 그 때에 주고받았던 손 편지가 다시금 되살아나며 억눌려진 힘과 용기를 회복키도 한다. 편지는 보내는 목적에 따라 다양하며 나름의 의미가 있을 것이다. 요즘은 각종 전자매체의 발달로 인터넷 전자메일, 휴대전화의 문자메시지 등이 편지의 역할을 대신하고 있는 편이다. 따라서 우리의 생활은 점점 손쉽고 편리한 그 매체들의 영향력에 좌우되면서 아날로그식의 손 편지를 주고받는 경우는 가뭄에 콩 나듯 하여 격세지감마저 든다. 그렇지만 아름답고 생생한 삶의 숨결인 손 편지가 깡그리 그 자취를 감추는 일은 없을 것이라고 믿는다.

제 5 부

멀고 깊은 길

무수하게 내리며 나에게로 오던
길들 위에서 길을 잃어버렸다.
겨우 숲속으로 나 있던 하얀 길에
발을 디뎠을 때 나무들이 윙윙
대각선의 기둥으로 돌고 있었다.

수천수만의 실타래에 친친 감겨 있던
정신이 몸에서 슬몃슬몃 빠져나갈 즈음
크고 작은 방울들이 벌떼처럼 달려와선
귓전에 거푸거푸 쏘아대고 있었다.

상실의 소요가 한참이나 지나고서야
무거운 눈시울을 여는 새벽빛 속에서
나를 깡그리 아주 떠나가
몇 아름의 세월에 묻혀서는
흔적조차 없던 길이 조금씩 보이더니
나를 향해 이제사 돌아오고 있었다

나에게로 가는 길

　우리는 늘 인생이라는 길고도 먼 길 위에 있다. 살아가다 보면 더러는 잘 못 들어선 길에 놓이기도 한다. 본질을 망각하거나 팽개치고, 환상만을 좇던 일이 그 길로 들어서게 한 것이다. 중요한 것은 살아온 길, 지나온 길을 거울삼아 살아갈 길, 나아갈 길을 가늠하는 일이다. 삶의 곳곳에서 마주치는 여러 갈래의 수많은 길들은 우리의 인생대학이라 하지 않는가. "인생의 아름다움은 각자가 자신의 본업에 알맞게 행동하는 바로 그것이다."라던 프라이 루이스 데 레온(20세기 스페인의 대표적 시인)의 말을 곱씹어본다. 지나온 세월동안 우리가 본업에 벗어나 쓸데없는 일에 소모하고 낭비한 시간들은 헤아리기 힘들 정도다. 어쩌다가 천 길 낭떠러지 위에 서 있는 것처럼 위태로웠던 순간을 생각하며 가슴을 쓸어내리기도 한다.

　다음에 인용한 시행들에서는 삶의 길에서 자신이 체험하고 각성한 내용이 그려져 있다. 말미에서의 희망적인 메시지에 시상(詩想)이 집중되어 있다. "상실의 소요가 한참이나 지나고서야 / 무거운 눈시울을 여는 새벽빛 속에서 / 나를 깡그리 아주 떠나가 / 몇 아름의 세월에 묻혀서는 / 흔적조차 없던 길이 조금씩 보이더니 / 나를 향해 이제사 돌아오고 있었다"(시, 「멀고 깊은 길」, 3연 1~6행, 『방문객』). 그런데 삶의 애환이 갈마드는 인생과 세상살이의 긴 여로에서 아직도 갈 길은 멀기만 하다. 무엇보다 선택과 판단이 요구되는 것이 삶의 길이기도 하다. 우리의 인생은 선택과 판단에 이해 만들어진 그 자체라 할 것이다. 그것을 소중히 여기고 존중하는 것은 스스로에 대한 신뢰로서 자신의 정체감을 높여준다.

　로버트 프로스트는 그의 대표적인 다음의 시편에서 이렇게 읊고 있다. "오랜 세월이 지난 후 어디에선가 / 나는 한숨지으며 이야기할 것입니다 / 숲속에 두 갈림길이 있었고, / 나는 사람들이 적게 간 길을 택했다고 / 그리고 그것이 내 모든 것을 바꾸어 놓았다고."(「가지 않은 길」 일부). 이 시에서는 단순히 어떤 길을 걸었다는 내용이 아니라 인생의 길에서 선택의 중요성을 강조하고 있다. 자신의 삶은 본인이 내린 선택의 결과라는 까닭에서다. 따라서 자신의 선택에 책임을 져야한다는 의미가 내포되어 있다. 그런데 그 선택의 기회는 일회성일 때가 많으므로 다른 기회를 포기했을 때의 회한을 다루고 있으며, 큰 울림이 있는 명시(名詩)로 평가받고 있다. 인생은 일회성이며 선택은 가능성의 탐색으로 보았다. 따라서 가능성을 실현하기 위해서는 선택을 잘 해야 한다는 것이 인생의 불가피한 조건이라 하겠다. 또한 그는 삶에 대한 애착으로 긍정과 사랑의 마음을 담금질했던 시인이었다(시 「자작나무」 참고). 그리하여 그의 삶과 그의 시는 따로따로 놀지 않았음도 마음속 깊이 와 닿는다.

　삶의 시간은 멈추지 않으며 차별하지 않고, 그 누구에게나 공평하게 흘러가게 마련이다. 문제는 그 시간을 어떻게 사용하느냐가 관건이라 하겠다. 올바른 선택을 위해서는 무엇보다 상황에 따른 균형 있는 판단이 선행되어야 할 것이다. 판단의 정확성이 요구되는 대목이다. 다음은 이런 저런 생각이 많아지는 늦가을에 연방 떨어져서 쌓이던 낙엽을 힘겹게 그러안고 있던 만추(晩秋)의 길을 걸으면서 생각한 것을 쓴 시편의 구절이다. "가을의 파편들이 패잔병처럼 널브러져 / 탄식하며 신음하던 길 참 오래된 길 / 포화에 타들어가는 꿈의 잔해들이 / 나뒹굴며 바스락

거리던 침향색 길 / 저마다의 버거운 삶을 머리에 이고 / 끊일 듯 이어지며 지나가고 있던 / 사람들의 무거운 발걸음 소리" 와 "드높은 하늬바람의 타작소리에 / 쿵쿵 뛰어내려 지천으로 깔려서 / 이내 오그라지던 가을의 분신들 / 그 텅 빈 꿈의 껍질들로 채우던 길"(「늦가을 길 위에서」부분, 『잃어버린 사람을 찾아서』)이다. 그리고 거리의 미화원들이 한참동안 커다란 포대기에다 지천으로 떨어진 낙엽을 쓸어 담고 있는 모습이나, 늦가을의 길 위로 쫓기듯이 황황히 지나가는 행인들의 얼굴을 바라보면서 우리의 일상을 되돌아 본 것이 작시(作詩)의 계기가 된다. 살아가면서 마주치는 무수한 일들이 때로는 상처로 때로는 꽃으로도 되겠지만 그 모든 것은 우리가 만들어내는 도구가 아니겠는가.

길을 소재로 해서 쓴 일련의 시들은 이런 인식에서 점화된 인생의 벅찬 여로에 맞닿아있는 셈이다. 삶의 길은 가시밭길이 길고 꽃길이 짧다고들 한다. 멀고 긴 인생의 여로에서 올바른 방향선택과 그 실행에 진정한 의미와 가치를 부여해야 한다는 메시지를 담고 싶었다. "때로는 무언가에 씌었던 탓에선지 / 없는 길을 애쓰며 찾으려고 / 미망 속을 헤매다 헛발질하고 / 빤하게 있는 길도 미처 못 보던 / 백주 대낮속의 캄캄한 청맹과니였다"(「세월의 저편」부분, 『잃어버린 사람을 찾아서』)에서는 잘못된 방향선택으로 허방을 쳤던 뼈아픈 반성을 새긴 시편이다. 무엇보다 생각의 전환으로 새로운 삶으로의 모색을 추구해야 한다는 각성(覺醒)이 자리한다. 인생은 선택의 연속이라 하지 않은가. T.S 엘리엇은 "모든 사람은 이것이든 저것이든 하나를 선택한다. 그리고 그들은 그것에 대하여 책임을 져야한다."고 말했다. 선택의 책임은 결국 자신의 몫이 되기에 더욱 신중해야 하는 것임을 시사(示唆)하고 있다.

다음의 시편들에서는 새로운 삶을 향한, 그 모색의 과정을 살펴볼 수 있다. "가없는 혼돈의 파노라마 속에서 / 언뜻 언뜻 비추이는 빛을 따라 / 진입로를 겨우 찾았다." (「용정으로 가는 길」부분, 『아름다운 공포』) "발끝까지 환해지는 길로 들어선다 / 농익은 허망(虛妄)들을 하나하나 거두며 / 고요의 숨결 흐르는 그곳으로"(「하얀 길」부분, 『나는 말하지 않으리』). "부대끼던 그 많은 소요를 지나온 후 / 한결 깊고도 맑은 고요를 청하면서 / 자신을 살려내고 스스로를 지키려 하네"(「먼 길」부분, 『잃어버린 사람을 찾아서』). 길 잃기와 길 찾기의 험난한 과정 속에서 세월에 상응하는 바른 판단의 요구에 무게감이 실리고 있는 대목이다. 혼돈 속에서 헤매다가 진입로를 겨우 찾고, 고요의 숨결 흐르는 하얀 길로 들어서며, 자신을 살려내면서 스스로를 지키려는 힘겨운 경로가 형상화되어 있다. 어떤 선택을 해도 백 퍼센트 만족은 없이 후회하기 마련이지만 이러한 후회들을 극복하고 자신이 한 선택에 최선을 다하라는 메시지를 담아보았다. 또한 세상살이의 지향점은 용서와 화해의 여로이며, 먼저 자신의 잘잘못을 용서하고 화해해야 하는 것이 우선순위다. 이런 출발점 없이 어찌 타인에 대한 그런 마음을 갖게 되겠는가. 아쉬움이 가득한 인생의 여정에서 바른 판단과 선택이 얼마나 중요한 것인가를 더한 층 인식하게 한다. 위에서 언급한 시편들은 인생길에서 삶의 의미와 그 가치를 부여하는 '나에게로 가는 길', 즉 본원을 향한 오랜 편력들을 표출한 것이기도 하다.

동행

— 저녁 강 —

또 하루가 잦아들 때면
시간을 따라오던 저녁노을이
석양을 받아 붉은 물비늘로 반짝이는
노을빛하며 산골짜기를 거쳐 내려온
산 그림자도 만감(萬感)을 품고 있는
강 위에다 사지를 뻗고 편안히 드러눕는다

저 빛과 저 그림자를 한껏
아우르고 있던 따사로운 저녁 강
그들은 모든 소리를 지운 깊은 묵언으로
사위어가는 날의 끝자락을 향해
서로가 혈육처럼 나란히 누워
아늑히 함께 흘러가고 있다

생명체 상호간의 조화로운 관계 맺기

이 시편 「동행 ― 저녁 강 ―」은 석양 무렵의 강과 강물에 비친 진홍빛
노을, 그리고 고요 경에 빠진 산 그림자의 모습을 바라보면서 내 나름의

감흥을 형상화한 것이다. 또 하루가 지나간다는 허무와 가슴속의 불을 아낌없이 쏟아 붓는 진홍빛 노을의 황홀이 교차하고 있는 시각이었다. 강기슭에 되비치는 산 그림자도 아우르면서 이들을 한껏 품어주는 강물은 바로 모성의 표상(表象)인 듯했다. 강물의 흐름 따라 함께 아늑히 흘러가던 애틋한 정경이 시의 창작 배경이 된다. 그때 마음에 떠오르는 이미지들을 메모했고, 그것을 작품을 통해 그려보았다.

"모든 소리를 지운 깊은 묵언으로 / 사위어가는 날의 끝자락을 향해 / 서로가 혈육처럼 나란히 누워 / 아늑히 함께 흘러가고 있다"(위의 시, 2연 3~6행, 『잃어버린 사람을 찾아서』). 특히 인용 시행(詩行) 중 '모든 소리를 지운 깊은 묵언'은 이토록 경건한 자연의 섭리 앞에 그 어떤 언어도 이를 대신할 수 없으며 한갓 군소리에 지나지 않으리란 의미를 내포한다.

저녁 강과 노을, 산 그림자는 외따로 있지 않았다. 서로를 아우르며 함께 가는 동행의 관계였다. 자연현상의 오묘한 조화를 보면서 관계의 중요성에 대해 더한층 인식하게 되었다. 다시 말하면 동물이건 식물이건 간에 모든 종은 서로 이어져있으며 제각기 다른 종으로부터 영향을 받도록 되어 있는 것이다. 따라서 우리는 외딴섬으로 살아갈 수 없다. 공존 공생에 따른 관계의 중요성에 대한 성찰 없이는 결국 공멸하는 참담한 결과를 초래할 뿐이다. 파편화되거나 격리되어서는 생명체 개개(個個)의 생존마저도 불가능하며, 지금의 우리를 만든 것은 우리 주변의 모든 사람과 사물이라고 한다. 이렇게 우리는 주변 대상들과 유기적으로 연결되어 살아간다. 그러면 아래의 시편들을 통해서도 관계망에 의해 형성되는 공동체적 의미를 살펴보겠다. 사람과 사람, 자연과 자연, 사람과 자연

상호간의 관계 맺기에 소홀해서는 안 된다는 메시지를 담고 있다.

「유월의 한나절」에서는 유월 어느 날의 한나절, 뜰에서 개미들이 움직이는 모습을 그려본 것이다. "생명의 소리가 쉼 없던 곳에 / 어김없이 연두색 바람이 들르고 / 개미들도 나지막이 울타리를 두르는 / 아름다운 날의 오후였네"(위의 시, 4연 1~4행.『나는 말하지 않으리』). 또한 다음의 시편들 역시 그 흐름은 엇비슷하다. "저물녘 납빛 하늘이 드리울 때면 / 정원의 고만고만한 식술들은 그저 / 빙 둘러 앉았기도 엎드렸기도 하고 / 어린 것을 업거나 안고 토닥이던 곳에서 / 아롱아롱 새어나오는 속삭임은 저녁나절 / 따뜻하고 단맛 도는 그들의 화음(和音)이었다"((시, 「정원의 속삭임」, 4연 1~6행.『위의 시집』). 이 작품은 정원에 뿌리를 내리고 살아가는 나무가족들의 정답고 행복한 시간을 묘사해 본 것이다. "둥그렇게 맺어져 살아가는 생명체들이 / 예민한 촉수를 뻗어가며 서로를 부르고 / 여러 곳에서 상응하는 화답소리가 드맑다"(시, 「상응(相應)」, 2연 3~5행.『잃어버린 사람을 찾아서』)에서는 생명체들의 관계 맺기와 상응의 가치에 시상(詩想)이 고조되어 있다.

이렇게 시적대상이 된 개미들, 나무들, 둥그렇게 맺어져 살아가는 생명체들을 인격이 있는 주체로 의인화하여 자연이 주는 기쁨과 생명체에 대한 애틋한 사랑을 작품을 통해 그려보았다. 모든 생명체는 별개의 따로따로가 아니라 서로서로가 연결되어 있고 영향을 주고받는다. 상생의 관계로서 때로는 상호간에 빚을 지기도 하고 도움을 주고받으며 살아가고 있다. 그 어떤 생명도 이러한 사실에는 예외가 없을 것이다. 조화와 균형 없이는 공멸의 운명을 피할 수 없으므로 일련의 시편들로써 상생의 가치를 드높이려 했다. 자연과 생명에 대한 경외심과 사랑이 작품들의 중심내용이 된다.

그러므로 우리에게 자연의 가치는 아무리 강조해도 지나치지 않으리라 본다. 시성(詩聖) 괴테는 일찍이 "내게 자연은 가장 중요한 존재가 되었다"고 했을 정도였다. 자연에 대한 이러한 인식은 어디 괴테뿐이겠는가. 차제에 주체와 객체간의 관계망을 공고화하여 보다 성숙된 자연관을 확립해야 할 것이다. 따라서 '관계의 거울'을 통해 생명체 상호간의 운명공동체적인 본질을 찾을 수 있다는 사실을 재삼 강조하고 싶다.

영결의 말 ※

삶과 죽음이 하나의 통로에서
나란히 자리하여 있고
가는 자와 남은 자 사이로
숙연한 경계의 장막이 드리워지는 순간
가족과 제자들에게 남긴
이승에서의 마지막 말은

"잘 살다 가오, 이게 영결인가 보오,
나는 행복한 심경으로 죽어가오."였다네
부군의 임종 순간 곁에 앉아
상기된 얼굴로 손 흔들며 했던
"자균 씨, 안녕히 가세요."는
연애시절 헤어질 때와 꼭 같은 말이었다 하네
그 때처럼 이내 또다시 만날 사람처럼

이다지도 담백한 영결인사가
신선한 파문을 일으키면서도 마음은 왜
물에 젖은 솜처럼 점점 무거워 지는지
생이 다하는 순간
어떤 모습이 되어 어떤 말을
남길 수 있는가를 생각하기 때문인가

※ k대학교 문리대 교수님의 임종 때의 이야기가 이 시의 모티브이다.

  시편 「영결의 말」은 시집 『나는 말하지 않으리』에 수록된 작품임.

죽음은 삶과 불가분의 관계

이 시를 쓰면서 생각해본 죽음의 문제가 계기가 되어 삶과 죽음을 다시금 바라보게 되었다. 좋은 삶과 좋은 죽음은 과연 어떤 것인가란 생각이 줄곧 맴돌았다. 그런데 담담하게 죽음을 맞이할 수 있다는 것은 말처럼 쉬운 일은 아니다. 하지만 이 시편의 시적대상이 된 인물처럼 그것을 실천하는 사람들이 존재하기에 죽음에 대한 새로운 인식을 하게 되는 것이다. 그리하여 웰 빙, 웰 다잉, 존엄사 등의 문제에 접근하면서 이를 다음과 같이 정리해 보았다.

우리의 삶에서 그 어떤 변수도 작용하지 않는 불변의 진리가 바로 죽음인 것이다. 좋은 죽음과 결부시키는 것이 결국은 좋은 삶에 속하는 내용이기 때문에 삶과 죽음은 불가분의 관계가 된다. 메멘토 모리 (Memento mori, 죽음을 기억하라)를 생각하며 사는 삶이 우리에게 필요하다고 한다. 따라서 죽음은 삶의 한 부분이며 죽음에서 길을 묻는 것이 삶이기도 하다는 것이다. 실존주의 철학자 하이데거는 "인간은 죽음을 향한 존재"라 사유했고, 작가 프란츠 카프카는 "삶이 소중한 이유는 언젠가는 끝나기 때문이다."라는 실존주의적 성찰을 곁들였다. 그리고 화가이자 조각가, 건축가인 레오나르도 다빈치는 "잘 보낸 하루가 행복한 잠을 청할 수 있듯이 잘 산 일생은 편안한 죽음을 맞을 수 있다."는 명언을 남겼다. 즉 죽음은 현재의 삶 속에 내포되어 있으며, 삶의 깊은 이해에 없어서는 안 된다는 의미를 지니고 있다. 죽음은 인간의 삶을 형성하는 구성요소로 이해하려는 노력이 필요하다는 것을 강조하는 대목이다.

그런데 사람들이 다양한 만큼이나 죽음의 형태도 갖가지며 죽음을 맞이하는 모습도 천차만별이다. 완화치료와 호스피스 간호 경험자의 말에 의하면 대체로 사람들은 살아온 대로 죽는다는 사실을 끊임없이 겪게 된다고 한다. 그렇다면 여기서 죽음을 앞둔 사람에게 가장 중요한 것은 무엇인가란 의문이 제기된다. 그들은 사랑하는 가족들에 둘러싸여 죽는 것, 즉 좋은 관계라고 했다. 하지만 현실은 어떤가? 인간의 평균수명을 끌어올린 현대 의료기술의 혁혁한 성과는 인정하지만 그에 대한 부작용도 만만치 않다는 당면문제가 끊임없이 지적되고 있다. 치료라는 명목 하에 행해지는 과도한 의료행위와 그로 인한 죽음문화의 부재를 초래하고 있는 사실을 간과해서는 안 된다는 것이 논란의 중심에 있다. 뇌사 판정이 나더라도 기계장치에 의해 심장과 폐 기능을 오랜 기간 동안 유지하고, 환자가 회생할 수 없는 상황인데도 생명연장의 기술만을 과잉공급하기에 급급한 것을 두고 '의료의 인플레이션'이라고 일침을 가하고 있다.

말기환자들이 첨단 의료기계에 둘러싸여 여러 가지 튜브를 꽂은 채 죽음을 맞이하는 것은 무의미한 고통의 연장일 뿐이다. 한 병원 관계자는 "환자에게 죽음에 대해 말하는 것을 꺼리는 문화이기 때문에 '가족 결정'은 거의 모든 병원에서 이루어지는 어쩔 수 없는 현실입니다."라고 말하고 있다. 이런 현실은 우리나라 죽음의 질이 OECD 국가 가운데서 거의 최하위권, 즉 40개국 중32위에 머문다는 사실과 무관하지 않아 보인다. 의료기술이 최 상위권에 속하는 나라에서 죽음의 질이 최 하위권에 있다는 사실은 참으로 아이러니한 현상이라 할 것이다. 내일, 모레쯤이면 이 세상을 떠날 것이 분명한 환자들에게 과잉 진료, 즉 온갖 의료기기를 부착시켜 중환자실에 모셔놓는 행태는 환자의 입장으로서는 그보다 더 고통스러운 것은 없다고 한다. 환자들이 겪고 있는 고통을 줄여주고, 두렵기 이를 데 없는 임종현실을 개선하기 위해서는 근본적인 인식전환이 요구된다. 만에 하나라도 병원이 영리목적으로 죽음의 의미를 물화(物化)시키는 경우는 없었는지 되짚어 봐야 할 것이다.

우리나라에서 존엄사 논쟁을 유발한 '세브란스 병원 김 할머니 사건'을 떠올려보자. 그것은 2009년 5월에 일어난 우리나라 최초의 존엄사 판결이자 존엄사 인정사례로 평가받고 있다. 대법원은 무의미한 연명치료를 강요하는 것은 환자에게 오히려 인간의 존엄과 가치를 해한다며 그것을 중단할 수 있다는 판결을 내렸다. 1년 넘게 식물인간 상태로 목숨을 유지해온 김 할머니는 이 판결이 나고 한 달 뒤인 6월에 인공 호흡기를 뗐다. 그 뒤 이듬해 1월 초까지 200일 넘게 스스로 호흡하며 삶을 이어가다 숨을 거두었다. 이 사례를 계기로 인간의 존엄한 죽음에서부터 무의미한 연명치료의 중단까지 많은 사회적인 논쟁이 일어났다. 생명에 대한 가치와 현대의학 기술의 효용 및 환경, 나아가 의료 윤리의 문제로 비화되기도 했다. 이때의 연명치료란 생명유지를 위해 기계적이고 인위적으로 시행하는 의료행위를 말하며 심폐소생술, 인공 호흡, 영양제 및 수액공급, 신장투석, 항생제 사용 등이 포함된다.

그러면 여기서 존엄사에 대해 정리해보자. 최선의 의학적 치료를 다했음에도 회복 불가능한 사망단계에 이르렀을 때 질병의 호전을 목적으로 하는 것이 아니라 오직 현 상태를 유지하기 위하여 이루어지는 무의미한 연명치료를 중단하는 것을 이른다. 즉 질병에 의한 자연적 죽음을 받아들임으로써 인간으로서 지녀야 할 최소한의 품위를 지키면서 자연적으로 죽음을 맞이하도록 하는 것인데 특히 자기 결정권이 강하다. 통증에 시달리는 환자는 인간성을 박탈당한 동물이나 다름없고, 그나마 실낱같이 붙어있던 인격과 존엄성마저 내던져진 말기환자들은 꽁꽁 묶이기도 하면서 고통스럽게 죽어간다. 사람답게 세상을 떠나는 모습과는 상당한 거리가 있다. 죽음을 맞이하는 환자에게 줄 수 있는 가장 큰 선물은 그가 준비되어 있을 때 언제라도 죽을 수 있도록 도와주는 것이다. 환자 입장에서 생각하고, 듣고 싶은 이야기를 꺼내는 의료진과 가족의 따뜻한 말이 중요한 치료제임은 이미 입증된 사실이다. 웰 다잉은 웰 빙의 또 다른 이름이다. 임종 가까이에서 치료를 중단하는 것은 삶을 포기하는 것이 아니라 남은 생명을 보다 가치 있고 의미 있게 보내기 위한 것이다. 남은 삶을 그렇게 보내도록 돕는 일이 가족들이 해야 할 일이다.

생명윤리에 대해 보수적 관점을 보이는 로마교황청도 지난 1980년, 치료 불가능한 임종환자의 무의미한 연명치료 중단을 인정한 바 있다. 우리나라에서도 일명 웰 다잉법, 존엄사법, 연명의료결정법으로 알려진 〈호스피스·완화의료 및 임종과정에 있는 환자의 연명의료 결정에 관한 법률〉이 2018년 2월부터 시행되면서 이 명칭은 다시 〈사전연명의료의 향서〉로 바뀌었다. 이제는 따뜻하고 평화로운 죽음을 맞이할 수 있도록 죽음에 대한 사유와 성찰이 필요하다. 품위 있는 죽음, 존엄사의 조건은 대체로 다음의 네 가지로 정리된다. 첫째로 다른 사람에게 부담을 주지 않는 것, 둘째로 가족이나 의미 있는 사람과 함께 있는 것, 셋째로 주변 정리, 넷째로 통증으로부터의 해방이다. 말기 환자의 존엄하고 아름다운 마무리는 오직 죽음을 미리 준비하는 것뿐이다. 그것은 자신의 인간적 존엄을 잃지 않고, 남겨진 가족의 혼란을 막아줄 수 있는 최상의 방법이다. 이젠 우리나라도 품위 있는 죽음인 존엄사가 정착되어야 한다. 나아가 우리도 죽음을 직시하고 사유할 수 있어야 하며, 또 죽음에 대해 허심탄회하게 많은 이야기를 나눌 수 있어야 할 것이다. 따라서 죽음교육의 필요성이 제기되고 있고, 일부 대학에서는 이미 강좌를 개설하여 강의하고 있어 고무적이다.

그런데 병원에서 자주 발생하는 일로 환자 본인은 연명치료의 중단을 요구하는데도 가족이 나타나 반대하는 경우도 있다한다. 이런 일을 막기 위해서도 '사전연명의료의향서'는 2000년대 중반부터 일부 병원에서 도입했는데 환자가 자신을 담당할 의사에게 미리 써두는 직접적인 지시서이다. 임종단계에서 자신이 희망하는 조치와 거부하는 조치를 기술해 두는 것이다. 특히 치료조치 거부는 절대적인 효력을 발생한다. 또한 '유언장'은 가족에게 남기고 싶은 이야기, 임종방식, 유산처리방식, 금융정보 등등 필요한 정보를 빠짐없이 기록한다. 민법 제 1066조에 따라 유언자가 직접 쓴 필수조건 다섯 가지 즉 내용, 날짜, 주소, 성명, 날인이 모두 포함돼 있어야 그 효력을 인정받는다. 또한 의료대리인도 중요한데 그의 존재는 환자에게 법적 안정권을 주게 된다. 이렇게 임종을 스스로 결정하는 것은 우리 모두가 해야 할 일이기도 하다. "나는 죽을 권리가 있다"는 것은 마지막 시기의 자기결정권으로 웰 다잉법(헌법 제1조)이다.

또 한편으로는 아름다운 빛으로 우리의 정신을 깨우치게 했던 존엄사를 떠올려보자. 먼저 나눔의 정신을 실천한 고 김수환 추기경의 경우이다. 그는 2008년 강남 성모병원에 입원하면서 무의미한 연명치료를 중단하라는 생전유언을 남겼고, 그러다가 마지막 순간을 호스피스에서 평온하고도 자연스럽게 존엄사를 맞이했다. 떠나는 순간 각막을 기증하여세상에 빛을 보태기도 했다. 그리고 2010년 78세의 나이로 서울 성북구길상사에서 입적한 법정 스님 역시 존엄사의 표본이다. 20년간을 강원도 팽창의 작은 오두막에서 기거하며 평생을 무소유의 삶을 살아온 스님의 이야기는 널리 알려진 사실이다. 이 두 분외에도 하용조 목사, 건축가 정기용, 소설가 이문구, 화가 김점선, 영문학자 장영희 씨 등은 각자에게 알맞은 삶과 죽음에서 보여준 모습들로 우리의 롤 모델이 되고 있다

빈자리

시간 속에도 공간 속에도
더러는 정수리에서 발끝까지
오로지 너로 가득하더니
어느 먼 불빛을 따라 흔들리듯
너 떠나간 아주 빈자리

한데도 꽃은 어이하여
아무것도 모르는 듯 그다지
못 견디게 피고 또 피어서 지던
가득한 낙화 더미더미들의
적요(寂寥)한 심연이 덧없이 화려했다

백리 꽃길을 두루 거쳐서 저무는 날들
마음속에서 불어오던 바람결에도
파문 일던 세월의 층층 너머로
또 한 해가 속절없이 지나가구나
채울 길 없는 공동(空洞)을 남겨두고서

르네상스를 대표하는 시성(詩聖)이자
인류 역사상 유일무이한 사랑의 시인
단테 알리기에르와의 가상 대담

•인터뷰이 : 단테
•인터뷰어 : 조동숙

♣ 조 : 선생님, 층층 세월과 겹겹의 시간을 가로질러 이렇게 선생님을 뵈옵고, 대담을 할 수 있어 저로서는 너무나 큰 축복이라 생각합니다. '예사롭지 않는 사랑' 하면 선생님을 떠올릴 만큼 그 사랑은 세기를 넘어 온 누리를 가득 덮고도 남습니다. 먼저 선생님께 있어서 사랑이란 무엇인가요?

♣ 단테 : 저의 삶에서 사랑은 그 모든 것이었습니다. 저의 모든 욕망, 그리움, 고뇌, 죽음에 맞닥뜨린 극한 상황에 이르기까지 사랑은 삶의 한 가운데에 자리하고 있었지요. 분명한 것은 사랑의 가치를 발견함으로서 정신과 의식의 심오한 차원에 이르게 된 것입니다. 사랑은 회복이고 구원입니다. 저가 속한 파벌의 정치적 패배로 피렌체에서 추방당하고 유랑 생활을 하면서도 사랑은 내면세계로의 탐험을 가능하게 했고, 소중한 지적 영역을 확장시켜 주기도 했습니다. 나아가 사랑은 그 모든 것을 포괄하며 태양과 별들도 움직이게 하는 힘이라는 저의 믿음은 변함이 없습니다.

♣ 조 : 선생님하면 반사적으로 떠오르는 여성이 있습니다. 바로 선생님의 예술적 뮤즈이자 구원이었던 여성이기도 했지요. 어떻게 그녀를 만나 그녀의 영향에 빠져들게 되었으며, 선생님께 어떤 영향을 미쳤는지 말씀해 주십시오.

♣ 단테 : 그 여성은 바로 베아트리체입니다. 저가 그녀를 처음 본 것은 9살이었는데 부유한 이웃집 파티에서였어요. 그녀도 갓 9살이 된 것 같았고요. 피렌체에서 5월의 첫날은 이웃들이 한 자리에 모여 토스카나 지역에 꽃이 만발하기 시작하는 봄을 축하하는 날이었습니다. 1274년 5월 1일에 베아트리체의 아버지는 사람들에게 파티를 열어주었어요. 저의 아버지도 초대를 받았으며, 당시 아홉 살이었던 저 역시 코르소에 있는 그 가문의 대저택으로 갔지요.

저의 집에서 아주 가까운 곳에 그녀의 아버지가 세운 단단한 집들이 있었죠. 저는 그곳에서 다른 아이들 틈에 끼여 그녀를 보자 첫눈에 반해버렸고, 그 감정은 평생토록 지속되었습니다. 이후 저는 그녀에게서 고귀하고 경탄해마지않을 만한 기품을 발견했습니다. 즉 저에게 베아트리체는 모든 고귀한 행위와 모든 예술적 영감의 근원으로 존재하기에 이르게 된 것입니다. 저는 '새로운 인생'을 맞이했고 그녀를 보는 순간 "그때부터 사랑이 나의 영혼을 지배했다."라고 말할 정도로 그녀는 저의 운명이었습니다. 불같은 성격의 저에게 그녀는 꺼지지 않는 사랑의 불꽃을 지속적으로 타오르게 했던 장본인이었어요.

♣ 조 : 말씀하시는 동안 선생님의 눈에는 눈물이 몇 번이나 고이다가

눈물방울이 옷깃에 떨어지기도 했습니다. 그만큼 그 여인은 선생님의 삶에 들어와 어린 시절의 그 불꽃이 지속적으로 불타오르게한 여인이었네요. 그런데 선생님, 아홉 살 때 그렇게 본 이후 9년 만에 아르도 강의 베키오다리에서 또래의 두 여성과 함께 걷고 있던 그녀와 조우하면서 '그녀의 인사'에 축복의 정점을 본 것 같다 하셨고, 마치 취한 사람처럼 이 여인을 생각하며 9시간에 걸쳐 꿈을 꾸었다고 하셨습니다. 그 인사와 그 꿈의 내용을 듣고 싶습니다.

♣ 단테 : 저가 그녀를 처음 만난 후 9년의 세월이 지난 1283년 5월 1일, 그녀는 모든 한계를 초월한 아름다움으로 나타났습니다. 감당하기 어려운 떨림과 가슴의 쿵쿵거림으로 표현될 만큼 사랑의 폭풍이 예고되는 만남이었지요. 피렌체를 가로지르는 아르도 강가에서 그녀와 조우했는데 시간은 오후 3시였어요. 때마침 제 앞을 지나가던 그녀는 마음 졸이며 서 있던 저에게 눈길을 돌렸는데 저는 길을 가다가 그 자리에 얼어붙은 듯 서서 그녀를 바라보았습니다. 그 때 그녀는 말로는 표현할 수 없을 정도로 예의를 갖추며 너무나 정숙한 자태로 인사를 보내왔기 때문에 그 때 그 자리에서 진정한 축복의 정점을 본 것 같았습니다. 그녀와의 재회 이후 아주 황홀한 기분이 되어 마치 취한 사람처럼 제 방의 한적한 공간으로 돌아와 이 지극히 공손한 여자를 생각했고 9시간에 걸쳐서 꿈을 꾸었는데, 거기서 사랑의 신의 팔에 안겨 있고, 심홍색 천으로 몸을 두른 것 말고는 벌거벗은 그녀가 저의 심장을 먹는 것을 목격했습니다. 저는

이 꿈에서 영감을 받아 무수한 시를 쓰면서 지인들에게 꿈을 해석해달라는 부탁도 했고 이로 인해 그 꿈에 대한 갖가지 해석과 함께 많은 응답도 받았습니다. 그 응답의 편지 가운데 저가 당시 최고의 친구라 부르던 카발칸티는 "내가 보기에 당신은 모든 진정한 가치를 다 본 것이오."라며 극찬 을 보내오기도 했지요. 그 때를 생각하면, 아~ 지금도 세차게 뛰는 제 심장의 박동소리가 들려오 고 있습니다.

♣ 조　: 선생님, 진정하십시오. 그런데 그녀와는 18년 동안 이웃으로 살았고, 채 50보도 되지 않는 지근 거리에 있었습니다. 두 집 사이에는 작은 교회가 있어 예배할 때 마다 서로 마주칠 수도 있었겠는 데도 재회에 이르기까지 무려 9년 동안 한 번도 보지 못했다는 것은 수긍하기가 힘듭니다.

♣ 단테 : 물론 그러시겠지요. 하지만 '보는 것'만으로 다 보는 것이 아니지요. 의미 있는 번쩍임, 통찰의 순간이어야 합니다. 저가 그녀를 처음 보았던 9살, 아직 어린 티를 채 벗기도 전 그 때 그녀는 이미 제 마음을 꿰뚫어 버렸어요. 그리고 그로부터 9년이 지난 재회 때의 '인사', '미소', '눈빛'이 마주치는, 그런 것을 '보는 것' 이라 하겠습니다. 이런 의미에서 두 번 보았다는 것은 엉터리는 아니라는 생각이 듭니다. 그 당시 여성들에겐 많은 제약이 따랐던 여건을 고려해 볼 때 이웃이었다는 것은 차치하고라도 어느 정도 마음의 표시라고 생각하며 압도될 수 밖에 없었습니다.

♣ 조　: 선생님의 말씀에 충분히 공감이 갑니다. 그러시다면 선생님은

일생동안 오직 한 여인, 베아트리체만을 향한 이상화된 사랑에 집착하며 그 여인 외의 다른 여성들에겐 눈길조차도 주지 않으셨던가요?

♣ 단테 : 허 허 허, 아닙니다.(손사래를 치셨다) 저도 청소년기 뿐 아니라 성인이 된 이후에도 정욕이 제법 큰 자리를 차지하고 있었지요. 소위 저의 '목록'에는 60명의 아름다운 여인들에 관해 농담을 섞은 장난스러운 시편들이 있습니다. 정열에 불타던 저는 세속적인 사랑을 하는 남자로서 사랑의 잡다한 경험들을 거부하지 않았습니다. 오히려 갈구한 면도 있었음을 부인하지 않겠습니다.

♣ 조 : 솔직하고 시원시원하신 말씀 감사합니다. 나아가 선생님도 방탕하셨다는 사실이 전해져 오고 있습니다. 그 부분에 대해서 선생님의 말씀을 부탁드려도 될까요?

♣ 단테 : 네, 정곡을 찌르는 질문이라 당황스럽기도 합니다만 구차하게 에두르거나 회피하고 싶지는 않습니다. 사실대로 털어 놓겠습니다. 저는 매우 진지한 시인으로 알려져 있지만 저 역시 음담패설을 즐긴 데다 몇 차례 외도도 했습니다. 그 중 몇몇의 경우는 부도덕했는데 어떤 것에 대해서는 글을 쓰기도 했었어요. 저와 죽이 잘 맞는 젊은 동료 시인들과는 상스러운 농담을 주 고 받을 정도로 방탕한 젊은 시절을 보내기도 했답니다. 그 시대는 내면화와 외면화의 상호작용을 활발한 토론의 주제로 삼았지요. 한 쪽에는 사랑 속에서 자신에 이르는 방법이, 다른 쪽에선 쾌락이라는 공개적인 성욕이 자리했었어요. 베아트리

체와의 재회 후 벌거벗은 그녀가 저의 심장을 먹는 꿈에 대해 말하고 다닐 때였어요. 어떤 시인은 나에게 고환을 씻으면 그런 선정적인 상상이 가라앉는다고 말했을 때도 별로 놀라지 않았을 정도였습니다. 그 정도의 농담은 일상이었다고나 할까요? 또한 그녀의 관심을 환기시키기 위해 연막용 여인에게 공개적으로, 그것도 집요하게 구애를 하다가 사람들은 이런 나를 호되게 나무라기 시작했고, 그런 얘기를 들은 그녀는 어느 날 거리에서 나를 만났지만 인사도 하지 않고 그냥 지나쳐 버렸지요. 그 때 저의 절망감은 말로 표현할 수조차도 없을 지경이었습니다. '그 여인의 인사가 사실은 내사랑의 목적'이었는데 다 저의 불찰이 빚어낸 결과인 셈이지요. 후우~ 후~ 절로 한숨이 나옵니다.

♣ 조 : '선생님의 여인'이라면 베아트리체가 워낙 강하게 자리 잡고 있어서인지 결혼한 사람이란 사실조차도 모르고 있는 사람이 많습니다. 선생님의 결혼과 가족에 관련된 말씀을 듣고 싶습니다.

♣ 단테 : 저는 1285년에 젬마 도나티와 결혼하여 3남 1녀의 자녀들 두었습니다. 당시 관습에 따라 중매로 결혼을 하게 되었지요. 더 구체적으로 말하면 저의 어린 시절이기도 한 1277년 2월 9일, 아직 12세가 채 안되었고, 저의 아내가 된 소녀 젬마는 열 살쯤이었는데 양가 아버지들의 뜻에 따라 약혼을 했지요. 젬마는 명문가로 이름을 떨쳤던 도나티 가문의 딸이었습니다. 그로부 터 8년이 지난 뒤 성스러운 종교의식에 따라 결혼하여

그때부터 부부로서 함께 생활하게 되었 고 3남 1녀의 자녀를 두었습니다.

♣ 조 : 자녀들은 어떻게 되었는지 말씀해 주십시오. 추방생활과 망명 생활이란 힘든 조건 속에서도 자녀들은 잘 자라 모범적 삶을 살았다고 알려져 있습니다. 선생님께는 큰 버팀목이 되셨으리라 봅니다.

♣ 단테 : 네, 아이들이 잘 자라줘서 너무나 감사하단 말씀을 드리고 싶습니다. 세 아들의 이름은 태어 난 순서대로 조반니, 피에트로, 이아코프이고 딸은 안토니아입니다. 첫째는 평범하게 살아갔고, 피아트로는 지인들의 재정지원으로 법률을 공부하여 후일 존경받는 법조인이 되었지요. 특히 둘째는 강한 도덕적 품성을 지녔음이 공인되어 교회의 교부금을 받을 수 있는 자격을 얻기도 했습니다. 이아코프는 성당 참사회원이 되었고, 딸 안토니아는 베로니에 있는 산토 스테파노 수도원에서 수녀가 되어 살아갔습니다. 저의 처는 딸이 있는 베로니에서 여생을 보냈지요. 피는 물보다 진하다더니 자녀 이야기를 하자니 그들에게 못다 한 사랑이 회한으로 남아 나의 눈물로 피렌체의 아르노 강물이 넘치는 것 같습니다.

♣ 조 : 선생님의 자녀들에 대한 표현은 모든 사람들의 가슴에 강한 진동으로 울려줄 겁니다. 감동 없이는 들을 수 없는 대목이라 사료됩니다. 그런데 상당히 조심스런 질문을 드림에 대해 먼저 양해를 구합니다. 선생님은 부인을 사랑하지 않았다고 알려지고 있습니다. 그리고 높은 관직에 있었던 선생님은 가정적

으로 만족을 못한 나머지 정치세계로 뛰어 들었다는 설도 알고 계시는가요?

♣ 단테 : 저는 결혼 생활이나 제 처에 불만이 있었던 것은 아닙니다. 남자의 가슴을 뛰게 할 정도의 미모는 아니었지만 그런대로 괜찮은 용모였습니다. 그리고 부부로서의 정도 있었고요. 분명한 것은 정치세계로 뛰어든 것과 처에 대한 애정 문제와는 전혀 관련이 없습니다. 사실 저는 정치가, 문인, 가장으로서 저의 마음을 공개적으로 다른 여인에게 바친 사람입니다. 굳이 변명하자면 그것은 비단 저만의 문제가 아니라 그 시대의 풍습이기도 했고요. 아내가 있는 다른 시인들도 마음을 바친 여성이 있었습니다.

♣ 조 : 부인 젬마가 선생님의 영원한 연인 베아트리체에 대해 언짢아하거나 부부싸움을 일으킬 정도로 질투하지는 않았습니까?

♣ 단테 : 저는 현실과 이상을 엄격히 구분하는 성격이었어요. 아내는 제가 그리움 속에서 저의 뮤즈이자 이상적인 여인인 베아트리체를 바라보는 것을 제외하고는 그 여인을 직접 대면하는 일이 없도록 만들었습니다. 그런데도 어느 날 아내는 그녀에 대해 이야기를 슬쩍 꺼내며 저의 의중을 떠본 일이 있었어요. 이미 정답은 정해져 있지 않은가요? 믿거나 말거나 허어~허 그래서 저는 우연히 그런 이름의 여자를 만났을 뿐이고, 베아트리체란 '신의 축복을 받는다는 것이 원래의 의미이고, 아름다움과 미덕의 화신이란 뜻을 내포하고 있다'고 했지요. 특히 내게 있어 그 여인은 모든 고귀한 행위와 모든 예술적 영감의 근원이

된다고 했던 기억이 납니다. 착실하고 정숙한 아내로서 그 속내는 모르지만 겉으로는 언짢아하기보다는 무척 담담하게 받아들이는 느낌을 받았습니다. 아마 명문가의 딸이라는 자부심이 하찮을 수 있는 질투심도 눌렀다는 생각이 듭니다.

♣ 조 : 베아트리체의 결혼에 대해서, 그리고 그녀의 결혼이 선생님께 미친 영향을 말씀해 주십시오. 그런데 그녀가 결혼한 뒤에 어떻게 인생을 참고 살 수 있었는가요?

♣ 단테 : 그녀는 제가 결혼하기 조금 전 피렌체에서 손꼽히는 재산가인 바르디 가문의 일원이자 나이 많은 은행가였던 시모네와 결혼했어요. 물론 그 당시의 풍습에 따라 어릴 때 부모님에 의해 약혼했던 사람이었습니다. 그녀가 결혼한 뒤에 저는 그 여인의 인사가 내 사랑의 마지막이고, 그 인사 속에 내 천상의 기쁨이 존재한다고 생각하며 살아갈 수 있었지요. 그러다가 새로운 행복을 찾았는데 그 행복은 바로 내 여인을 찬미하는 언어 속에, 내 여인을 찬미하는 시를 쓰는데 있었습니다.

♣ 조 : 선생님, 그런데 자타가 공인하는 '구제불능의 사랑'에 대한 체험과 그 위기가 선생님의 삶과 작품에 일대 전환점을 마련한 것에 대한 말씀을 듣고 싶습니다. 혹자들은 '산중가'에서 선생님을 매혹시킨 여인이 실제 인물이 아닌 허구의 인물이라고들 했습니다.

♣ 단테 : 바로 즉답을 드리면 허구의 인물이 아니라 실제 인물입니다. 저는 망명 생활 중 한동안 토스카나 지방 동부에서 생활했는데 아르노 강 골짜기 위쪽의 산속이었어요. 토스카나에서 가

장 인상적인 곳이고, 그리운 피렌체까지 볼 수 있다고 느꼈습니다. 저의 나이 40대 초반, 인상적인 산중 풍경은 사랑을 활활 타오르게 할 분위기가 조성되었다고나 할까요? '그 여인'은 사랑의 강풍을 타고 꿈같이 왔습니다. 이 아름답고 매혹적인 여인은 천둥 뒤의 번개가 번쩍이듯 아주 위압적인 사랑으로 저를 압도하고 말았습니다. 그녀는 저의 안에 웅크린 모든 저항을 죽이거나 없애버리거나 속박했어요. 그동안 쓰고 있었던 『향연』을 포기할 정도로 자리 잡던 명상들이 주저앉고 말았습니다. 그녀로 인해 쓰게 된 '산중가'에서 묘사한 사랑의 위기 때문이고, 보답 받지 못한 정신적 내상이었던 그 충격적인 체험은 이후 『신곡』을 쓸 준비기간으로 볼 수 있겠습니다. 즉 『신곡』의 전 단계 현상으로 보면 좋겠습니다. 저가 칸초네(노래)라 부른 '산중가'는 열정적인 서정시에서 환상적인 서사시로 전환되는 시점에서 쓰인 작품인 것입니다. '산중가'는 카산티노 계곡에서의 각별한 사랑을 경험한 작품입니다. 이 체험이 내게 아주 중요한 것은 고상하고 심원한 사랑의 환상을 깨게 하였고, 따라서 유일하고도 진정한 사랑은 현실을 향해 있어야 하며, 여기에는 육체적 사랑도 포함된다는 깨달음을 얻게 된 기회를 마련하게 한 것입니다.

♣ 조 : 『신곡』은 시(詩)로 표현된 선생님의 자서전이라는 것이 일반적인 견해입니다. 이 작품이 폭넓은 의미에서 공명(共鳴)케 하는 작품이고, 그러한 울림을 통해서 선생님은 위대한 성취를 이루어 내셨습니다. 무엇보다 베아트리체는 24살의 나이로 사

망했지만, 선생님의 걸작품이자 역사상 모든 시 중에서 최고의 시로 평가되는 『신곡』에서 되살아나며, 불멸의 여인이 되고 있습니다. 이 모든 것으로 선생님은 '자기 삶의 이야기를 들려주는 본보기'라 해도 되겠습니까?

♣ 단테 : 한 말로 콕 찍어 말한다면 사실 그렇습니다. 제 삶의 전환기를 맞이할 때마다 제 자신이 추구하고 발견하고, 규정지어 온 제 삶의 이야기를 작품을 통해 구현한 것입니다. '도덕적 자아탐구'의 과정으로써 드라마적 요소가 있는 것도 부정할 순 없습니다. 또한 『신곡』은 베아트리체에게 바치는 장편의 헌시(獻詩)이기도 합니다.

♣ 조 : 선생님의 걸작 품이자 문학 역사상 모든 시 중에서도 최고의 시로 평가되는 『신곡』의 제목이 영어로는 『Divine Comedy』로 표기되어 다양한 분석과 해설의 대상이 되어 왔습니다. 선생님은 이 작품을 『희극』으로 칭하셨는데 나중에는 『신의 희극』으로 개칭되었다가 후대에 『신곡』으로 제목이 바뀌었습니다. 웅대한 주제를 담고 있는 이 작품에 대한 독자들의 올바른 이해를 위해서 저자이신 선생님의 설명이 요청됩니다.

♣ 단테 : 우선 이 작품의 두 가지 속성에 대해 설명하자면 대체로 이렇게 정리할 수 있습니다. 하나는 학술논문적인 속성이고, 다른 하나는 표현적인 속성이지요. 전자는 세 개의 계층, 즉 소가극(canticles), 장편시의 한 부분(cantos), 짧은 시편(verses)으로 나타납니다. 후자는 보다 다양한 층위인 시적 방식, 허구적 방식, 묘사적 방식 등으로 나타나지요. 특히 저의 작품이 평정 속

에서 시작되어 공포로 끝나는 비극이 아니라, 역경으로 시작하지만 행복으로 끝나는 희극입니다. 잘 아시는 바와 같이 '지옥'에서 시작되어 '천국'에서 끝이 나지요. 또한 저의 작품은 한 가지 의미에만 국한된 것이 아니라 오히려 '다의성을 지닌 작품, 다시 말하면 여러 가지 의미를 지닌 작품으로 불러야 한다.'고 봅니다. 여기서 다의성이란 먼저 문자 그대로의 의미와 우의적 의미로 나눌 수 있겠는데 죽음 뒤에 인간의 영혼에 어떤 일이 일어나는지에 관한 사실적 설명과 그 설명이 도덕적 · 신학적 차원에서 의미하는 것이 그 내용입니다.

♣ 조 : 선생님은 『신곡』을 집필하기 위해 사전에 천문학, 물리학 관련 자료들을 수집하셨고, 물의 원리에 대한 강의를 듣기 위해 선생님을 초대한 곳도 있었습니다. 과학기술자로서의 명성을 이미 얻었다고 봅니다. 라벤나에서 비공식적으로 문학과 신학을 강의하셨고, 공식적인 강의도 하셨습니다. 공식적인 강의 내용은 물이 과연 그 물에서 솟아난 대지보다 어느 부분에서든 더 높은 위치에 있다고 할 수 있는지에 관한 것이었다고 합니다. 이 강의에 대한 말씀을 해 주십시오.

♣ 단테 : 1320년 1월 20일에 있었던 이 강의를 위해 저는 다시 베로나를 방문했습니다. 이 강의는 사실적인 내용을 다룬 것이어서 다소 무미건조하게 진행되었지만, 강의 내용이 교회의 교리에 어긋날지 모르겠다며 참석을 거부한 베로나의 성직자들을 비꼬아 딱딱한 분위기를 유머를 곁들이며 활기 있게 이끌어 결과적으로는 좋은 반응을 얻었습니다.

♣ 조   : '단테'라는 이름만 들어도 가슴이 벅차오른다는 어느 시인의 말이 떠오릅니다. 선생님과 함께 했던 눈부신 태양과 에메랄드빛 바다, 그리고 여기에 어우러진 사랑의 향기는 선생님으로 인해 더욱 새로워졌다 해도 과언이 아닙니다. 그런데도 선생님은 아무것도 이루지 못했다고 한탄하시고 눈물을 흘리셨습니다. 어떤 일로 그렇게 하셨는지 말씀해 주세요. 『신곡』의 '천국편'에서 베아트리체는 천국에서 선생님의 안내역으로 등장하는데, 그곳에서 어떤 일이 일어났습니까?

♣ 단테 : 작품 『신곡』의 '천국편'에서 천상의 모습을 드러낸 베아트리체는 저를 향해 자신의 감정을 쏟아 내었어요. 자신이 죽자 다른 사람에게 가버렸고, 탁월한 재능마저도 헛되이 썼다고 저를 질책했습니다. 그녀는 연이어서 도대체 다른 사람의 용모에서 어떤 유혹을 당했거나 어떤 이득을 보았기에 그토록 방황했느냐고 물었을 때였어요. 저는 당신의 얼굴이 세상에서 사라지자마자 거짓 쾌락을 지닌 세속의 것들이 내 발길을 돌리게 만들었다고 울면서 대답했지만 사실은 핑계이자 구실이었습니다. 저는 많이 모자란 인간이란 사실을 깨달았으며 압도당한 느낌으로 애인의 얼굴을 바라보며 눈물을 흘렸습니다. 저는 진실하지 않은 길에 발을 들여놓은 채 헛된 선(善)의 환상만을 좇았던 것이었지요. 천상에서 그녀와의 재회는 통렬한 자기인식과 자기반성으로 저를 이끌었습니다. 따라서 태양을 감동시키고 하늘의 모든 별들을 감동시키는 그런 사랑을 향해 저는 그녀에게 이끌려갔습니다.

♣ 조 : 천상에서 그녀와 재회를 하시면서 선생님을 이끌어주신 그녀를 향한 찬미의 시를 듣고 싶습니다. 가장 애착이 가는 시면 좋겠습니다.

♣ 단테 : 네, 그렇게 하지요. 아래의 3편은 『신곡』에서 선정한 것입니다.

이미 내 눈은 내 여인의 얼굴에
박히어 있었고 마음도 그와 같아
온갖 다른 뜻에서 걷혔더니라

<제 21곡>에서

황홀해하고 그리워하는 그이를 보던 나는
그 무엇을 그리워하고 찾고 희망하면서
스스로 흐뭇해하는 사람처럼 되었느니라

<제 23곡>에서

내 여인이 분명한 당신의 대답을 내게
들려주실 적에 나도 그러하였고 그리하여

하늘의 별인 양 진리가 보여지니라

그리고 그의 말씀이 끝나자마자
끓는 쇠가 불똥을 튀기듯 이에 못지않게
둘레들이 불빛을 발하더라

<제 28곡>에서

이 시편들은 베아트리체를 향한 순도(純度)높은 사랑에 대한 보답으로 구원에 이르는 여정이라 할 수 있습니다. 제가 낭송한 시들은 저의 삶에서 겪은 좌절과 방황이 걷히고 "하늘에 별 인양 진리가 보여지"는 축복의 경지에 이르게 되는 내용을 담은 것이지요.

♣ 조 : 선생님은 르네상스가 배출한 위대한 사랑의 시인이란 평가가 다시금 실감납니다. 외람되지만 저희들도 기회를 마련하여 '문학과 사랑'이란 주제로 선생님께 강의를 요청하고 싶습니다. 명연설가답게 근엄하신 얼굴에 비해 말씀을 잘하시고 재미있게 하셔서 대담이 너무 빨리 지나가 못내 아쉽습니다. 인류 역사 이래로 전무후무한 위대한 사랑의 시인으로 추앙 받으시고, 신에 버금가는 고귀한 존재로 평가되시는 선생님과의 대담은 그 어떤 말로도 표현할 수 없을 만큼 시종 크나큰 감동과 경이였습니다. 선생님이 보여주신 사랑은 천의 얼굴을 가진 사랑 위의 사랑으로 존재하면서, 그 구원의 향기가 온 누리에 난만(爛漫)합니다. 선생님, 이렇게 대담에 응해주셔서 너무나 감사합니다.

♣ 단테 : 저 역시 의미 있고 즐거웠습니다. 이 대담 내용이 독자들에게도 유익하길 바랍니다. 그리고 '문학과 사랑'으로 강의할 시기를 잘 맞춰 봅시다. 『신곡』의 미완성 부분에 대해 상세하고 구체적인 내용도 준비하겠습니다. 차제에 조시인과 독자들에게도 인생을 허투루 낭비하지 말고 하루하루 치열하게 살아가시라는 말을 곁들이고 싶습니다. 또한 매일 매일 꽃처럼 환히 피어나시길……

하얀 길 위에서

정적에 싸인 하얀 길 위에서
시인 라이너 마리아 릴케를 생각한다
그의 뮤즈이며 여성 너머의 여성이자
살아생전 영원한 신부로 형상화했던
연인 루 살로메를 향한 작품들과
세기에서 세기로 넘나들며
불후의 명작으로 세계인의 가슴에
벅찬 감동을 안겨주었던 릴케를 생각한다

한편 루 살로메가 릴케의 사후에 쓴
회상의 글도 되새기며 사랑이 점화하는
그 무한 깊이와 오묘한 경지를
우주까지 닿아있는 그 매혹을
사랑이 예술이 되는 신비한
그 힘을 다시금 떠올려 보며
고독에 싸인 하얀 길 위에서
그들의 사랑과 릴케를 생각한다

장미가시에 찔려 사망했다는 전설적인 시인 라이너 마리아 릴케와의 가상대담

• 인터뷰이 : 릴케

• 인터뷰어 : 조동숙

♣ 조 : 선생님 그동안 너무나 뵙고 싶었고 말씀도 나누고 싶었습니다. 그리고 최근에는 부쩍 불멸이나 신화, 그리고 초월이란 낱말을 떠올리며 그 심해 같은 의미를 재해석해보려는 제 나름의 노력을 하고 있습니다. 그 방법의 하나로 사전적 의미보다는 인물 중심으로 접근하게 되니 훨씬 명료하게 다가옵니다. 불멸의 신화, 초월적 존재로 선생님은 늘 우리 곁에서 심원한 시의 세계와 그 비경을 펼치시며, 삶의 길과 문학의 길을 이끌어주십니다. 먼저 감사의 말씀을 올립니다.

♣ 릴케: 그런 아낌없는 찬사의 말씀을 해주시니 나로서는 큰 영광이라는 표현 외는 더 할 말이 없습니다. "칭찬은 고래도 춤추게 한다."고 한다던데 저 역시 어깨춤이 나오는군요.

♣ 조 : 그런데 선생님. 거의 모든 사람들이 알고 싶어 하는 것이 있습니다. 선생님도 짐작하시리라 사료됩니다만 선생님께서 몽매에도 잊지 못하시는 여성, '나의 누이여, 나의 신부여'로 칭송되었던 여성 말입니다. "뮤즈"로서의 그녀에 대한 뜨겁고도 서늘했던 사랑의 기쁨과 아픔이 연료가 되어 주옥같은 작품들을 창작하시게 했던 그 여성에 대한 말씀이 듣고 싶습니다.

♣ 릴케 : 수많은 세월이 지나도 빛바래지 않는 보석이상의 가치를 지닌 나의 뮤즈, 루 안드레아스 살로메에 대한 이야기는 아무리 언급한다한들 턱 없이 부족합니다. 저에게 사랑과 시는 생활이자 현실이었습니다. 어느 문인 모임에서 그녀를 처음 만났을 때 저는 22세의 무명 시인이었고, 그녀는 36세의 유명 인사였습니다. 철학자 니체의 구혼을 거절했고, 정신분석학자로서 명망이 높았던 프로이드의 뛰어난 해석자였으며, 그녀의 주변을 내노라고 하는 세기의 천재들이 에워싸고 있었지요. 그녀에게 첫 눈에 반한 저를 보고 모두 어이 없어하며 난색을 표하며 극구 말렸습니다. 그녀는 소위 '팜므 파탈" 같은 사람으로 그녀를 사랑하면 자살하거나 미치거나 변고를 당하며 실제로 그런 일이 발생했었다는 것입니다. 이렇게 생명과 운명을 담보로 한 그녀를 향한 저의 사랑은 불길처럼 타올랐습니다. 이상적인 여인과의 만남과 그 운명적인 사랑으로 저의 내면에서 우물쭈물하던 언어들이 매혹의 생명체로 태어나면서 20세기 최고의 시인으로 추앙받게 되었고, 오늘 조시인과 이렇게 대담하는 기회도 마련된 셈이지요.

♣ 조 : 너무나 대단한 여성, 루 살로메에 대해 그 당시에 떠돌던 아주 특별한 이야기가 있었다고 합니다. 그 특별한 이야기와 그 부분에 대한 선생님의 의견도 곁들여 주세요.

♣ 릴케 : 아~ '그 이야기' 말인가요? 그 당시 그녀에 대한 공공연한 비밀은 "루는 비범한 남자들을 알아보고 그들이 그녀를 만나면 9개월 안에 대작을 쓰게 된다."는 것이었습니다. 저 역시 전적

으로 공감하며 그녀의 영향 하에서 신들린 듯이 글을 써내려 나갔지요.

♣ 조 : 루는 14살이나 연상이었고 유부녀였는데 두 번째 러시아 여행 때는 오직 두 사람만이떠난 여행인데다 선생님과의 애정으로 임신까지 했다는 사실은 참으로 쇼킹한 사건이라 생각합니다. 선생님의 시편에서나 루의 『회고록』에서도 그녀에게는 선생님이 육체적인 사랑을 알게 해준 최초의 남자라고 명시되어 있습니다. 그녀를 사랑하여 청혼했다가 거절당한 철학자 니체나 그녀의 남편 안드레아스도 다가가지 못한 그녀의 육체를 선생님이 최초로 차지할 수 있었다는 사실은 흥미롭고도 놀라운 일 아닌가요?

♣ 릴케 : 저도 그렇게 생각합니다. 여기서 그녀에게 누가 되지 않을 정도의 사실을 털어놓겠습니다. 니체는 여러 기회를 만들어 그녀를 품어보려 했지만 번번이 좌초당했고, 남편과는 성관계 없는 부부로 살았지요. 우리의 상식과는 너무나 동떨어져 있지만 그렇게 하는 것이 루가 내 건 결혼 조건이었다고 합니다. 사실 저도 좀 놀랐습니다. 그들은 루가 육체적 장애 내지 심리적 이유가 있을 것이라 생각했다지만 사실은 기우였습니다. 그녀와 단둘이서 한 러시라 여행에서 우리는 맨 발로 새벽이슬을 머금은 풀밭을 돌아다니곤 했지요. 7월의 하늘은 더없이 맑았고, 딸기와 장미는 풍성했습니다. 육로나 배를 이용해 넓은 지역을 여행하면서 우리의 사랑은 더욱 무르익어 갔습니다.

이런 사랑의 체험이 제 작품의 주요 모티브가 되기에 충분했

습니다. 3 개월간 함께 했던 이 여행에서 여태껏 누구와도 성
관계를 하지 않았던 루는 처음으로 나와 육체적 사랑을 한 것
이지요. 내가 루를 깊이 안아 본 첫 남자였습니다. 하지만 나의
아이를 가진 루는 자신의 자유와 예술적 삶을 위해 낙태시술
을 받고 모성도 지워버리고 말았지요.

♣ 조 : 사랑하는 여인, 루의 육체를 처음 알게 된 감격의 밤을 읊은 시
를 들려주세요. 루는 선생님께 남긴 글에서 "당신을 통해 육체
와 인간은 분리될 수 없는 하나가 되었다."고 기록하시지 않았
던가요?

♣ 릴케 ; 그렇게 요청하시니 나직한 목소리로 낭송해 보겠습니다. 그런
데 아직도 왜 이렇게 입술이 떨리고, 가슴이 두근거리는지 모
르겠습니다.

모든 아름다움 속에서 그대는 내게로 다가왔습니다.

나의 봄바람 그대여,

그대 여름비여,

수많은 길이 있던 유월의 밤이여,

그 길을 그 어떤 사람도

나보다 먼저 밟지는 못했으리.

나는 그대 속에 있노라.

♣ 조 : 선생님, 참으로 아름다운 합일의 시입니다. 두 말하면 췌사일
뿐이지요. 여기서 사랑이 어떻게 예술이 되는가를 주목해 볼

필요가 있습니다. 루에 대한 사랑의 체험이, 그리고 그녀의 적절한 충고와 날카로운 분석이 선생님을 불멸의 시인이 되는데 지대한 영향을 미쳤다고 봅니다. 여과되지 않은 언어들을 담아 그녀에게 보낸 연가들이 후일 『형상시집』,『기도시집』,『두이노의 비가』,『가신에게 바치는 제물』,『기수 크리스토퍼 릴케의 사랑과 죽음』이라는 대표작이자 명시집들이 탄생하는 과정으로서 중요한 의미가 있다고 봅니다.

♣ 릴케 : 너무나 정확한 지적이십니다. 사실 루와 단 둘이 했던 러시아 여행에서의 아름다운 체험에도 불구하고 여행 중에 나를 괴롭힌 공포와 불안감 때문에 우리의 불화가 가속화되기에 이르렀습니다. 내가 지나치게 그녀에게 의존하게 되자 홀로 서게 하기 위해 멀리하기 시작했습니다. 점점 냉담해지는 그녀에게 모욕을 주면서 화를 내기도 했지만 우려했던 이별은 현실이 되고 말았습니다. 우리는 4년간을 사귀다가 떠난 후 주로 편지만을 교류하게 되는데 저는 탄식과 고통으로 심리적으로 부대끼면서 루에게 도와달라 조력을 구했지요. 그녀는 "어떻게 느끼고 무엇이 괴롭히는 지를 써서 두려움을 없애고, 쓰는 행위 그 자체가 치유의 힘을 만들어 낸다."고 조언했습니다. 그녀는 저에게 바로 목마른 자에게 내리는 단물 같은 존재였습니다.

♣ 조 : 루에 대한 선생님의 감사는 아직도 빙산의 일각 정도로 드러내시는 듯합니다. 눈물까지 보이시는 선생님의 속 깊은 말씀을 압축하셔서 표현해 주십시오.

♣ 릴케 : 사실 나에게 있어 루는 연인, 어머니, 마돈나가 되어 준, 여성

너머의 여성으로 존재하고 있습니다. 그녀가 없는 저의 인생은 생각 그 자체만으로도 끔찍합니다. 덴마크 젊은이의 불안을 묘사하여 쓴 장편소설 『말테의 수기』도 그녀의 조언에 힘입어 집필했으며, 좌절하고 보답 받지 못하는 사랑을 풍요로운 힘으로 변화시킬 수도 있었지요.

♣ 조 : 선생님의 전기 작가나 연구가들에 의하면 연하 여성들과의 많은 사랑도 있었지만 연상녀에게 빠지고, 그 많은 사랑의 여정이 결국 루에게로 가는 과정에 지나지 않았다는 것입니다. 특히 심리적인 면에서 선생님의 성장과정에서 발생한 모성결핍증으로 인한 보상 심리에서 단서를 찾고 있습니다. 선생님의 일생을 두고 괴롭히던 두려움과 불안감의 출발점은 바로 부모님의 문제에 있다는 연구들이 주목을 받고 있습니다.

♣ 릴케 :후유~ 장탄식이 나옵니다. 저에 대한 전기 작가나 연구자들의 분석에 어느 정도 수긍합니다. 사실 저의 가장 아픈 부분이기도 하고요. 저의 정신적 방랑벽과 기질상의 병적부분은 사실 불행한 가족사에 그 원인이 있습니다. 1875년에 외아들로 태어난 르네 마리아 릴케는 어린 시절 프라하의 비좁은 임대아파트에서 살았습니다. 저가 태어날 무렵, 부모 사이에는 불화가 계속되어 저가 9살이 되던 해 그들은 결국 이혼해버립니다. 수수한 성품의 아버지와 사치스럽고 향락적인 어머니와는 애초부터 삐걱거리던 부부였다 합니다. 나의 아버지는 목에 관련된 질병 탓에 27세에 퇴역하고 철도회사 직원이 되셨는데 어머니의 신분 상승의 꿈은 자연히 꺾이고 만 셈이지요. 특히

어머니의 양육방식은 저의 정체성에 혼란을 일으켰습니다. 저가 태어나기 전 딸을 잃은 어머니는 저에게 딸을 대신하게 했습니다. 나는 다섯 살 때까지 머리를 길게 기르게 하고, 여자아이의 옷을 입혔는데 나를 괴롭히던 불안과 공포는 이런 양육 방식에서 기인합니다. 이혼 후 나의 어머니는 아들의 양육은 내팽개친 채 연인을 만나러 다녔는데 그로부터 상실된 모성을 회복하고자 하는 내적 욕구를 키워왔었지요. 보살핌을 받기를 갈구하던 저는 힘 있고 모성애를 지닌 여성이 바로 저가 추구하는 연인상이었고 이런 조건을 갖춘 연인이 바로 루입니다. 모든 길은 로마로 통한다더니 많은 여성들과의 만남과 사랑은 결국 루에게로 가는 도정에 있다는 것은 부정할 수 없는 실체적 진실입니다.

♣ 조 : 그런데 선생님은 이미지와는 상반되게 의문투성이며, 호색가에다 향락적인 기질이 지적 되고 있습니다. 그런 기질이 예술의 창작과는 어떤 상호작용을 하는지 말씀해 주십시오. 선생님은 "향락에 탐닉하는 것은 모두 예술을 위한 것"이라고 언급하신바 있습니다. 그리고 선생님의 이름이 '르네'에서 '라이너'로 개명된 배경에는 어떤 사람의 조언 이 있었습니까?

♣ 릴케 : 먼저 얼굴이 화끈거립니다. 깊이 감추고 싶은 저의 사악한 기질이기도 하지요. 저의 심층 심리에서 서식하고 있는 그 기질들에 대해서는 이해를 구할 부분도 있습니다. 저는 자주 악몽을 꾸고 있습니다. 묘지 아래 누워있는 저의 모습이 꿈으로 나타났고, 묘비에 새겨진 저의 이름을 보고 분노하기도 했습니다. 과

거의 어두운 기억과 정서적 불안이 악몽을 통해 다타났던 것이지요. 이런 공포와 분노를 해소하기 위해 많은 여성을 편력했고, 방탕과 향락에 빠지기도 했지요. 하지만 그럴수록 그 공포와 분노는 더 기세 등등하게 자리 잡아 갔습니다. 여기에다 허무감에 젖어 허우적거리던 저는 연애 방식에도 문제가 많았음도 자인합니다.

그리고 저의 개명에 대해 말하자면 루가 나에게 '르네'대신 보다 강렬한 독일식 이름인 '라이너로 바꾸라고 조언했는데 이를 따르게 되었지요. 나를 키운 건 이 이름 때문이라는 생각도 했습니다. 하아~ 하~

♣ 조 : 여기서는 문제가 많다고 자인하신 연애 방식에 대한 말씀을 듣고 싶습니다.

♣ 릴케: 저의 연애 방식으로 많은 여성들이 상처를 받기도 했고, 저의 양심을 가시가 찔러 대기도 한 일입니다. 열정에 취하다가도 몇 달이 지나면 급속히 그 관계가 냉각되지요. 따라서 두려움, 도망, 원래의 고독으로 도피하는 단계를 거쳤지만 이런 이상한 방식은 바뀌지 않았습니다. 많은 여성들의 원성도 샀지요. 저에 대한 변명을 하자면 고독과 고통 속에서 움츠리고 있던 어린 시절의 트라우마가 작용한 것으로 보고 싶습니다. 한편 저의 내면에는 무언가가 있고, 악마의 하수인으로 인식할 수밖에 없는 '우울한 자기인식'에 따른 호색과 향락은 저에게 있어선 창작의 자극이 되기도 했음을 부정하지 않겠습니다.

♣ 조 : 선생님은 루와의 갈등과 불화로 인해 이별한 후 여성조각가인

클라라 베스트호프를 만나 혼전 임신시키고, 서둘러 결혼하신 걸로 압니다. 클라라와의 만남과 사랑, 그리고 그 후일담에 대해 말씀해 주십시오. 시인으로서의 자신의 이름을 떨치기 위해 아내와 딸을 내팽겨 치고 도피했다는 비난에 대해서는 어떻게 생각하십니까?

♣ 릴케 : 루와 헤어진 후 친구의 초청으로 예술인 마을인 보르프스베데에서 여성 조각가 클라라를 만났지요. 새로운 낙원으로 명성이 자자했던 그 마을에서 말입니다. 그 마을의 황야와 하늘과 자연의 정적이 러시아를 연상케 했지요. 1900년 여름, 나의 빈 가슴 속을 채우고 있던 태양처럼 작열하는 사랑의 여인을 느꼈습니다. 아름답고 우수에 찬 얼굴, 흑발의 가벼운 고수머리를 한 그녀에게 매혹되었답니다. 그러다가 서로 자주 만나 사랑을 나누다보니 클라라는 임신했고, 우리는 서둘러 결혼했습니다. 저의 나이 25세 때의 일이었습니다. 그런데 우리의 결혼 생활은 서로가 행복하지 않았습니다. 나는 힘이 있고 모성적인 아내를 원했는데 클라라는 그렇지 못했으며, 얼마 후 딸 루트가 태어나고, 아내는 병을 얻어 요양원에 입원하게 되었습니다. 딸을 친정에 맡기고 조각가로서의 발판을 마련하고자 노력했지만 현실의 벽에 부딪치며 심신이 지쳐갔던 것이지요. 딸이 태어난 지 반년이 되면서 생활고에 허덕이는 상황에서 가장으로서의 의무는 뒤로한 채 파리로 도피해 버렸습니다. 두 사람이 경제력이 없는 것이 큰 이유이기도 했지만 저의 이런 무책임한 도피행각은 비난받아 마땅하며 변명의 여지가 없

습니다. 이렇게 처자식과 떨어져 지내다가 결국 아내는 무의 미한 결혼생활의 청산을 위해 이혼을 신청했고, 저도 이에 동의했지만 절차상의 문제로 이혼은 무산되었지만 이후 한 집에서 지내는 일은 없었습니다.

♣ 조 : 선생님은 놀라울 정도로 헌정시를 많이 남겼습니다. 전집 제 2권 『헌정시 모음』에는 모두 145편의 시들이 수록되어 있습니다. 내용으로 볼 때 정신적, 물질적으로 도움을 준 사람들에 대한 감사를 표시하는 즉흥시 수준인 것이 많았습니다. 체험을 곧 시로 형상화하신 선생님은 소유욕이 없으시고, 대가나 응답을 요구하지 않는 초연한 사람으로 알려져 있었습니다. 그런데 이런 헌정시들의 대부분은 세상의 이익에 연연하며, 아부하는 선생님의 치졸한 모습의 전형이라고 폄훼하고 있습니다. 허약한 스노비스트적 모습으로 이해되는 경우에 대해 선생님은 어떻게 생각하십니까?

♣ 릴케 : 흔히들 나를 두고 그런 평가를 많이 한다는 것을 듣고 있습니다. 귀부인들의 마음에 들어 신분 상승이나 경제적 어려움을 타개하려는 천박한 자라고 말입니다. 귀국의 속담에 목구멍이 포도청이라지 않습니까? 격심한 경제적 타격을 겪으며 도피하다시피 왔던 파리를 떠돌면서 저는 노숙자가 되어가고 있다는 생각에 괴로워했습니다. 그러자 지인들 중에 도움의 손길을 뻗어 오직 창작에만 매진할 수 있게 배려해 주셨지요. 저는 어머니를 닮아 향락적이고 씀씀이가 헤퍼 늘 돈에 쪼들렸습니다. 『말테의 수기』에서 파리의 노숙자들, 그 처참상에 대한 섬

뜩한 묘사는 집필 당시 제 정신의 풍경이었다고 해도 과언이 아닙니다. 저를 물심양면으로 도왔던 은인들에게 헌정시를 써서 그들의 존재감과 저의 감사함을 표현한 것에 대해 누가 뭐라 해도 상관하지 않겠습니다. 탁시스 후작 부인의 그토록 풍요로운 은혜는 뼈 속 깊이 사무칩니다.

♣ 조 : 선생님이 특별한 애착을 가지셨던 장미꽃에 대한 '오해와 진실'을 알고 싶습니다.

♣ 릴케 : 만년에는 저가 오래 머물렀던 뮈조성 주변을 틈만 나면 장미를 심어 장미원을 만들었습니다. 그 가없는 장미에 제 맘을 의탁하면서 삶의 의욕을 느끼기도 했고요. 저의 마음에서도 수없이 피고 지던 그 장미꽃을 말입니다. 장미꽃을 보면 꼭 루를 빼닮았다고 생각했지요. 그녀가 사무치게 그리울 땐 장미를 보며 시를 쓰기도 하면서 그리움과 사랑을 승화시켜 보았습니다. 루에 대한 저의 염원을 담은 시 구절이 떠오릅니다.

나의 심장은 마리아 상 앞의 영원한 불빛처럼
그렇게 당신의 은총 앞에서 불타고 있습니다.

그런데 저의 죽음의 원인을 둘러싼 오해에 대해서 말해야겠습니다. 장미가시에 찔려 사망했다는 내용은 사실이 아닙니다. 나를 방문한 사람에게 주기 위해 장미꽃을 꺾다가 가시에 찔렸었지요. 피가 멎지 않아 그런 소문이 나돌기도 했겠지만 저의 사인은 백혈병이었습니다.

"안녕히, 내 사랑"이란 마지막 편지를 루에게 남기고 그 2주후인 1926년 12월 29일 새벽에 영원한 안식의 나라로 떠났지요. 그리고 저는 자기다운 떠남을 준비하기 위해 미리 비문을 써 두었어요. 같이 읽어 봅시다.

> 장미여, 오 순수한 모순이여, 기쁨이여
> 그토록 많은 눈꺼풀 아래
> 누구의 것도 아닌 잠이 고픈 마음이여

♣ 조 : 위의 시는 많은 사람들에게 회자되는 시 중의 하나입니다. 그리고 시공을 초월하여 불멸의 신화로 존재하고 계신 선생님과 이렇게 대담을 할 수 있어 그 감동을 말과 글로는 표현할 길이 없습니다. 선생님이 남기신 모든 시들이 지금 장미꽃으로 활활 피어나 온세상 가득히 향기로운 꿈으로 넘실거립니다. 나아가 선생님이 체험하신 희로애락이 기념비적인 시편들로 구현되어 저희들의 정신 속에 도도히 흐르고 있습니다. 귀한 말씀 깊이 새기면서 가끔씩 뵈올 수 있기를 간청해도 되겠습니까? 생사를 넘나드시며 이렇게 인터뷰에 응해주셔서 정말 감사합니다.

♣ 릴케 : 저 역시 감사합니다. 시간과 공간을 가로지르며 온 수많은 추억들과 함께했고, 이런저런 이유로 마음속에만 담아 두었던 오랜 얘기들을 진솔하게 쏟아낼 수 있어 심신이 가뿐하고 맑아졌습니다. 조시인도 잘 계시고 많은 발전 있으시길 기대합니다. 그리고 이후에도 저를 찾아주신다면 기꺼이 응하겠습니다. 또한 여러모로 의미 있는 오늘을 잊지 않겠습니다.

어둠의 심연에서

불빛이란 불빛이 모조리 함께
어둑시니처럼 날으며 달려오는 밤
뻘 구덩이의 심연으로 짙은
어둠 하나 또 떨어져 쌓인다

살얼음판 같은 어둠을 딛고
길고도 구불구불한 미로를 헤매지만
움직일수록 더욱 깊어지고 조여드는
어둠의 심연에 이내 포위되고 만다

때로는 골수에 사무치며 애간장이 녹고
환장할 일밖에 더는 없는 휘우듬한 생의 여정에서
차라리 사방에서 눈 뜨는 시린 회한에 의지한 채
살아갈 길을 묻고 그 길을 찾아야만 하리니

유진 오닐과의 가상 대담

• 인터뷰이 : 유진오닐
• 인터뷰어 : 조동숙

♣ 조 : 선생님을 뵈면 초월, 불멸이란 말들이 다시금 떠오르며 새로워
집니다. 영원한 생명력을 부여 받으시고 늘 인류와 사회의 앞
자리를 지키고 계신 때문입니다. 먼저 '인간의 삶의 의미에 대
한 것'은 우리 인류의 영원한 테마이자 선생님께서 평생토록
추구하신 과제이기도 합니다. 선생님께서 추구하신 삶의 의미
는 무엇인지 알고 싶습니다.

♣ 유진 : 그것에 대한 저의 일차적인 관심은 결정적 운명론이었어요. 인
간의 삶과 운명을 좌우하는 어떤 알 수 없는 "배후의 힘"과의
끈질긴 투쟁을 저는 오히려 인생의 진정한 의미를 가져오는
고귀한 행동으로 여겼지요. 즉 끈질기게 따라다니는 운명의
힘에 맞서 싸울 수밖에 없는 인간의 용기와 투쟁을 저의 극에
서 형상화시켰습니다. 그러한 노력의 결실이 『밤으로의 여로』
인 셈입니다. 이 작품은 평생 동안 저의 뇌리에 따라다니고 응
어리진 가족의 삶을 직시하면서 진지하게 쓴 '가족극'입니다.

♣ 조 : 운명과의 끈질긴 투쟁에서 삶의 진정한 의미를 찾고 작품으로
구현하시는 선생님의 치열한 작가 정신을 존경하고 경의를 표
합니다. 선생님은 인간의 본질적인 문제, 인간 내면의 세계를

밝히는 데 일생을 바친 '구도자'란 평가를 받고 계십니다. 숨겨진 자아탐색을 위해서 어떻게 하셨는지 말씀해 주시죠.

♣ 유진 : 네, 무엇보다도 삶의 실상을 무대에 올리려고 했어요. 인물들의 표현이 아니라 엑스레이 같은 눈으로 인물의 내면을 관찰했습니다. 인간의 존재 방법을 보여주려는 의도라고 할까요? 패배자의 존재를 통찰하고, 그의 역경과 고통, 그리고 결함까지도 거의 여과 없이 드러내려 했습니다.

저는 시대를 반영하지 않았고, 영원한 주제로서 내면의 강박관념을 표현했어요. 즉 사회와의 일정거리를 두고 지냈죠. 그렇게 함으로써 정체성 확인의 문제, 즉 외관 속에 숨겨진 참된 자아를 탐색하려고 했습니다. 이런 방법의 결과 저는 큰 발견에 이르게 되었어요. 즉 허약하고 불안정한 자들이 알코올이나 마약 또는 달콤한 환상 속에서 도피처를 찾게 되지만 결국 그들의 고통을 정화하고 치유하기 위해서는 진실과 대면해야 하는 용기가 필요하다는 것이죠.

♣ 조 : 참으로 중요한 말씀을 하셨습니다. 특히 자신과의 진실한 대면이 얼마나 중요한지를 깨닫게 됩니다. 그런데 선생님은 대학교육이 극작가로서의 삶에 필수적인 요인이 아니라고 생각하셨다는데 그 이유가 무엇인지 궁금합니다.

♣ 유진 : 사실 저는 대학체질이 아닙니다. 프린스턴 대학에 입학은 했지만 9개월을 못 채우고 자퇴했어요. 이 대학은 전통에 집착했고, 우월감을 과시하는 점이 저에게는 역겨웠습니다. 저는 수업에 자주 빠졌어요. 술과 여자 사이를 오가느라고 그랬다가

중간고사에서 프랑스어를 비롯한 몇 과목만 낙제점수를 면했죠. 이런 저런 이유로 대학을 포기하기로 결심하면서 기말고사를 치르지 않았고, 그 결과 학업성적 불량으로 탈락했어요. 이후 몸과 마음에서 동부 명문대학의 흔적을 지워갔고, 대학 밖에서 더 많은 것을 배울 수 있다고 확신했습니다. 극작가로 출발한 것은 저가 대학을 그만두고 선원생활을 하면서 바다 사람들과 어울리게 되면서였죠.

♣ 조 : 환경이나 사람을 통한 영향관계가 일반인에게나 작가에게도 참으로 중요합니다. 선생님의 경 우, 작가로서의 삶에 결정적인 영향을 준 장소나 사람들에 대해 알고 싶습니다.

♣ 유진 : 정곡을 찌른 질문을 하셨는데 이상하게 가슴이 두근거립니다. 저에겐 너무나 중요한 사건이자 신선한 충격이었고, 기념비적인 계기가 마련되었다고 할까요? 제가 결핵에 걸려 요양원인 '게이로드 탑'에서입니다. 그곳은 비영리적인, 다소 시험 케이스적인 소규모 요양원이었는데 35만여 평의 광대한 부지 주변의 풍광은 수려했습니다. 이곳은 가정처럼 안락한 분위기에다 규칙적인 식사와 운동으로 병의 회복이 빨랐습니다. 따라서 저의 마음이 안정되었고, 지난 세월의 나 자신을 성찰하고 평가할 수 있었어요. 저는 난생 처음으로 삶에 대해서, 과거와 미래 에 대해서 생각할 정도였죠. 그 곳에서의 시간과 체험은 저의 작품에 큰 영향을 끼쳤습니다. 결핵에 대한 지식은 많은 작품에 응용되었어요. 그리고 이곳에서 읽은 책 중에 도스토예브스키의 『백치』와 스트린드베리의 『죽음의 무도』가 저

에게 너무나 깊은 영향을 주었습니다. 만일 이 작품들을 읽지 않았더라면 저의 글쓰기는 없었을 것 같습니다. 솔직히 광란에 가까운, 강력한 정서적 환희를 작가가 표현하고 전달하는 것을 느꼈습니다. 가슴이 쿵쿵 뛰는 소리가 들릴 정도였습니다. 이 책들 속에는 저가 관객에게 전하고 싶은 감정과 기분이 들어있었어요. 스트린드베리로부터 받은 영향은 이루다 표현할 수 없는 정도였고요. 저는 그 분을 사숙(私淑)했고, 니체처럼 그 분도 정신적 지주가 되었어요. 저에게는 새로운 문학적인 지평이 열리고 있었습니다.

♣ 조 : 선생님의 생애에서 중요한 전환점이 된 시기가 있으셨다는데 그 때가 언제였으며 그 배경에 대해 여쭈어 봐도 되겠습니까?

♣ 유진 : 네, 좋습니다. 그 때는 1912년이었어요. 바로 극작가가 되기로 결심한 해였지요. 자서전과 다름없는 『밤으로의 긴 여로』의 극중 년도를 1912년으로 설정했던 만큼 창작결심을 그 해 여름에 확정했습니다. 결핵 요양원에 있었던 1913년 초에 작품을 쓸 생각을 했다고 말했지만 사실은 1912년 여름에 이미 극작노트를 만들고 있었어요. 이 작품과 일치하지 않는 사실이 있는데 저의 형 제이미가 집에 없었다는 겁니다. 그는 알코올 중독치료를 받고 난 후, 뉴욕에서 영화 「몬테크리스트」를 촬영하고 있었어요.

♣ 조 : 『밤으로의 긴 여로』를 쓰시던 2년 동안 선생님은 심신이 격심한 고통에 시달리셨다는데 그 괴로움의 원인은 무엇이었습니까? 한편 이 걸작을 통해 불행한 가족사가 어떻게 위대한 예

술의 연료가 되는가를 인식하셨는지 알고 싶습니다.

♣ 유진 : 과거의 비밀을 폭로하는 죄의식 때문이기도 하고, 과거를 되살리는 것이 말할 수 없을 만큼 괴로웠기 때문이죠. 이름만 빼놓고는 감춘 것이 없었어요. 에드먼드 타이런은 저의 마지막 의식을 나타내면서 동시에 무의식을 나타내는 자화상이었어요. 이 작품에서 아버지를 구두쇠로, 어머니를 마약중독자로, 형을 알코올 중독자로 그린 것은 가족들을 완전히 용서하지 않았다는 것이기도 하고요. 저는 아버지 제임스 타이런과 형 제임스 2세의 이름을 그대로 했어요. 그러니 저의 이름은 에드먼드라 했는데 어렸을 때 홍역으로 사망한 둘째 형의 이름이죠. 어머니의 경우엔 본명인 엘라 퀸랜 대신에 메어리 타이런이라 했죠. 타이런 가족 4명의 이야기는 피와 눈물에 푹 절여있고, 저의 삶과 예술의 비극적 관점을 이해하는데 열쇠가 될 겁니다. 저의 가족과 제 자신에 대한 진실을 대면할 수 있는 힘을 확인해 본 것인데 사실 냉혹하게 그려진 가족의 초상화라 해도 과언이 아니죠. 이런 일련의 과정들이 예술의 연료가 된 것이라 생각합니다.

♣ 조 : 선생님의 어머니에 대해 궁금해 하던 것을 결례를 무릅쓰고 이렇게 질문하는 것을 양해 바랍니다. 모친께서는 유복한 중산층 출신에다 빼어난 미인이시고, 피아노 연주에도 재능이 있으며 수녀가 되기를 꿈꾸셨다는데 어떤 연유로 마약중독자가 되셨는지요? 선생님께는 물론 난감하고도 쓰라린 가족사가 되겠지만 진솔한 말씀을 듣고 싶습니다.

♣ 유진 : (장탄식을 하시며 어렵사리 말씀을 이어가신다) 어머니의 마약 중독은 가족 모두에게 상처이자 제대로의 삶을 못 살게 하는 요인이 되고 말았지요. 19세의 꿈 많은 소녀가 미남 배우 제임스 오닐과 사랑에 빠져 결혼한 것이 발단이었습니다. 오로지 사랑하는 사람과 함께 있고 싶은 열망으로 순회공연을 하는 남편 따라 싸구려 호텔로 전전(轉轉)하면서 가정다운 가정을 꾸리지도 못한 채 살아갔죠. 그러다가 둘째 아들은 홍역으로 사망하고 셋째인 제가 태어났어요. 저를 낳고 진통이 가시지 않자 아버지가 일류 의사를 쓸 돈이 아까워서 선택한 의사가 바로 호텔의 주정뱅이 돌팔이 의사라고 합니다. 그가 진통제로 처방한 것이 모르핀이었고, 어머니의 모르핀 중독 원인이 된 겁니다. 약물중독 이후 가족에게도 '미친 유령', '마약 쟁이'로 비하되면서 현실에서 아득히 멀어진 채 오직 과거 속을 헤매는 유령으로만 존재하고 있을 뿐이었죠. 사랑의 황홀에서 노닐다가 현실의 혹독한 대가를 치른 희생양이 되고 말았어요.

♣ 조 : 아, 그러시군요. 사랑의 꽃구름과 현실의 먹구름, 그 괴리감이 너무 크네요. 그런데 『밤으로의 긴 여로』에서 묘사된 아버지의 구두쇠 기질은 과장되었다는 지적을 받고 있습니다. 즉 작품 속에서 반복해서 나오는 전등을 끄라는 잔소리는 1900년대 초에는 많은 가정에서 흔히 목격되는 경우라 합니다. '전등 끄라'는 말은 그 당시엔 입버릇처럼 했던 말이라네요. 아들이자 작가이신 선생님의 생각은 어떠신지요?

♣ 유진 : 전등불에 대해선 분명 과장된 점을 인정합니다. 그리고 아버지의 입장에서 보면 두 아들이 부모를 부양할 능력이 없기 때문에 양로원이 눈앞에서 어른거렸을 겁니다. 그리고 1900년대 초에 결핵은 저승 행 급행열차였던 만큼 국민의 사망원인 맨 윗자리에 있었지요. 결핵은 불치병인데 괜히 헛돈 쓸 필요가 없다고 생각하신 것도 일면 무리가 아니라는 생각도 들고요. 아내의 치료와 간병에다 자식들마저 손을 내밀고 있는 처지라 힘든 일을 마다하지 않던 가장이기도 했어요. 그런데도 가족들은 고마워하기는커녕 '노랭이', '수전노', '구두쇠'라며 경멸하기도 했지요. 가슴이 철렁 내려앉습니다.

♣ 조　 : 선생님은 평생토록 자신을 괴롭혀왔던 '한 많은 유령들'이 있었다는데 그 유령들은 누구였으며, 어떻게 잠재우며 화해할 수 있었던가요?

♣ 유진 : 저의 자전적 극을 통해 가족의 유령들을 잠재울 수 있었고 유령들과 화해할 수 있었습니다. 즉 『밤으로의 긴 여로』에서 아버지의 유령과 화해할 수 있었고, 『잘 못 태어난 자를 비추는 달』에서 저의 형 제이미의 유령에게 조의를 표하고 화해했습니다. 아버지와 형에 대한 깊은 연민과 이해, 그리고 용서의 여로가 되는 셈입니다. 그런데 이 두 편의 작품을 집필하면서 극심한 정서적 고통을 겪었는데 육체적으로도 아주 쇠진하게 되었지요.

♣ 조　 : 위의 작품들을 통해 선생님이 가족관계를 파헤치시면서 일종의 고해성사와도 같은 정신적 경지에 도달하셨다는 생각도 듭

니다. 개인의 자전적 이야기를 인간의 보편적 진실로 승화시킨 대표적 예술 작품으로 평가받고 있습니다. 독자들의 이해를 돕기 위해 이 작품들에 대해 보충설명을 해주셨으면 합니다. (선생님은 특히 여기서 땀을 계속 흘리시고 손을 떨고 계셨다. 손 떨림은 지병이라 하셨다)

♣ 유진 : 네. (얼굴이 점점 창백해지신다) 먼저 『밤으로의 긴 여로』는 "피와 눈물로 쓴 슬픈 극"이라 할 만큼 고통스러웠던 젊은 시절의 가족생활을 파헤친 것입니다. 가정을 가정답게 만들어주던 것이 어느 것 하나도 없었던 황량한 곳이었죠. 특히 아버지에 대한 적나라한 비난 부분은 가혹하다 할 정도였음을 저도 수긍합니다. 아버지는 아일랜드에 감자병이 돌면서 치명적인 기근이 덮칠 때 굶주림을 피하기 위해 미국으로 떠나온 이민자의 후손입니다. 따라서 찢어지게 가난했던 어린 시절을 보냈기 때문에 수전노가 돼버린 은퇴배우 제임스죠. 그 다음 『잘못 태어난 자를 비추는 달』에서는 저의 형 제이미가 모델입니다. '방탕아'이며 알코올 중독에 빠진 절망적인 젊은이로 결국 인생에 실패하고 마는 비극적인 내용이고, 따라서 그 의미가 심각하게 되어 버렸어요. 『밤으로의 긴 여로』의 속편이라 할 정도로 매우 중요한 자전적 의미를 담고 있습니다. 저는 이 작품을 통해 형에 대한 저의 죄의식을 예술적으로 승화시켰습니다. 형을 가차 없이 폭로했지만 용서의 감정도 함축되어 있고요. 그리고 형을 변호하려는 욕망만큼 제 자신의 입장에서는 참회의 심정이 훨씬 강했습니다.

♣ 조 : 선생님의 로맨스도 만만치 않던데요. 오늘 날 남겨진 연서(戀書)도 더러 있잖아요? 외모를 많이 보시는 듯 모두 아름다운 여성들이었습니다. 캐슬린, 루이스, 애그니스, 칼로나 등이었고 두 번의 이혼과 세 번의 결혼으로 점철되셨죠. 그 중에서 선생님이 찬미했던 구원의 여성은 누구신가요?

♣ 유진 : (호탕하게 한 번 웃으시다가 다시 특유의 심각한 얼굴로 돌아간다.) 저의 영원한 여성이자 아내는 칼로타입니다. 아주 세심하고 능숙하게 가사를 잘 꾸려갔어요. 창작 이외의 어떤 일에도 신경을 쓸 필요가 없도록 여건을 조성해 준 헌신적인 그녀를 만난 것이 내 인생의 행운이었지요. 『상복이 어울리는 엘렉트라』의 헌정사를 칼로타에게 바쳤고, 『밤으로의 긴 여로』는 결혼 12주년 기념일을 맞아 그녀에게 원고를 헌정했습니다. 집필동기를 밝히면서 헌신적인 내조를 아끼지 않았던 아내에게 진심으로 감사를 표한 것입니다. 1942년 크리스마스 때는 「칼로타에게 바치는 시」를 써서 헌정(獻呈)했고요.

♣ 조 : 역시 사랑이야기는 달콤하고도 화사한 떨림이 일어나게 합니다. 선생님이 아내이자 영원한 연인 칼로나에게 원고를 헌정하시면서 쓴 글의 대목과 헌시를 낭송해 주시면 인터뷰의 분위기가 한결 무르익을 듯합니다. 부탁드리겠습니다.

♣ 유진 : 아내 자랑하다가 허허허 ~~ 요청을 피할 수 없게 되어버렸습니다. 먼저 원고 헌정의 대목부터 하죠.

내가 가장 사랑하는 사람에게 : 피와 눈물로 쓴 해묵은 슬픔이 담겨있는 희곡의 원본을 바칩니다. ~중략 ~ 4명의 무엇엔가 홀려있는 모든 타이런 가족에게 연민과 이해와 용서의 심정으로 이 글을 쓸 수 있었습니다.

「칼로타에게 바치는 시」

세상이 미쳐버리면 어쩌지?
당신이 가까이 있지
마음이 슬퍼지면 어쩌지
당신이 여기에 있지
내 마음 속에
내 사랑으로

♣ 조 : 선생님, 사랑의 물결이 온 세상에 넘실거립니다. 그 여성에 대한 찬사는 끝이 없을 것 같습니다. 이젠 선생님의 업적을 정리해 보겠습니다. 1936년에 노벨 문학상을 수상하셨고, 『지평선 너머』(1920), 『안나 크리스티』(1922), 『기묘한 막간극』(1928), 『밤으로의 긴 여로』(1956)로 네 차례나 퓰리처상을 수상하셨습니다. 그리고 20세기 초의 통속적이고 상업적인 수준에 머물러 있던 미국연극을 예술의 경지로 끌어올린 미국 최고의 극작가로 인정받고 계십니다. 오늘의 미국 연극이 있기까지 가장 중요한 업적을 이룩한 거장이며 독보적인 존재라는 데 평가가 수렴되고 있습니다. 선생님, 층층 세월을 가로질러 이

렇게 오시고 인터뷰에 응해주셔서 진심으로 감사드립니다. 독자들에게도 다시없는 선물이 되겠습니다.

♣ 유진 : 과분한 평가 고맙고 한편 송구스럽습니다. 저도 오늘 즐거웠고 새로운 체험을 했습니다. 가슴 속에 응어리진 것이 정화되면서 다시 작품을 쓰고 싶은 욕구가 넘쳐나서 제 스스로도 놀라워했습니다. 나아가 자신에 대한 가치를 재정립해본 날이기도 했어요. 그리고 너무나 의미 있고 좋은 시간이었습니다. 감사합니다. 다음에도 종종 이런 기회가 마련되길 바랍니다.